浅葉なつ
Natsu Asaba

CONTENTS

イラスト：toi8
デザイン：渡辺宏一
(2725 Inc.)

香彩七色

～香りの秘密に耳を澄まして～

討ち死にした新田義貞《にったよしさだ》の兜《かぶと》を鶴岡八幡宮《つるがおかはちまんぐう》に奉納するため、顔世御前《かおよごぜん》は、戦で命を落とした者たちの兜の香りをひとつひとつ確かめ、それを探し出した。

天皇より賜った名香「蘭奢待《らんじゃたい》」を焚《た》き染めた義貞の兜は、混沌の中にあってなお、その香りを失っていなかったのである。

『仮名手本忠臣蔵《かなでほんちゅうしんぐら》　兜改めの場面より』

試香

「ああ、またそんなに泣いて」

共働きだった両親に代わって、幼い結月《ゆづき》の面倒を見てくれたのは祖母だった。

「だってみんな、おかしいって、言うんだよ」

外へ遊びに行っては泣いて帰ってくることが多かったこの頃の結月は、その日も大泣きして家へと戻ってきた。

祖母は困ったように笑って、しゃくりあげる結月を抱き寄せる。大きなピンク色のリボンを頭につけたまま、結月は祖母の胸に、涙で濡《ぬ》れた顔をうずめた。

「こんな大きなリボン、おかしいよって。靴につけた羽も、バカみたいって。ふわふわの襟も、お星さまみたいなキラキラのスカートも」

幼い頃から独特のセンスを持っていた結月は、その前衛的すぎる格好が原因で、よく周りからいじめられていた。結月としては、自分の気に入ったものを選んで身に着けているだけなのだが、結果的に一人だけ目立ってしまっている結月を、周りが共通の敵として見なすようになっていたのだ。

「あらあら、今朝《けさ》も一生懸命考えて、お気に入りの中から選んでいたのにねぇ」

幼いながらも鏡の前に立って、あれこれとアイテムを組み合わせていた結月のことを、祖母はよく知っている。見かねた幼稚園の先生から、もう少し普通の格好をさせてほしいと言われることもあったが、祖母はいつもとぼけたように首を傾げてみせるのだ。うちの結月のどこがおかしいんです？　と。

「人のことを見た目で判断する奴らのことなんて、気にしなくていいんだよ。人間ってのは、見てくれだけが大事なわけじゃないんだからね」

祖母のぬくもりを感じながら、それでも結月は止まらない涙に声を詰まらせる。

「でもね、みーちゃんも、まりちゃんも、しょうくんも、みんな言うんだよ。そんな格好誰もしてないよって。ゆづきちゃんはおかしいよって」

大好きなものを身に着けることが、どうしてそんなにいけないのだろう。皆と違う格好をすることが、どうしてだめなのだろう。

幼い結月の心情を察するように、祖母は短く息をつく。

「結月、例えばこう考えるのはどうだい？」

涙で濡れた目で祖母を見上げると、見慣れた穏やかな笑顔が注がれていた。

「おばあちゃんは結月が大好きだよ。結月はどうだい？　おばあちゃんのこと、好き？」

「うん。大好き」

結月は即答する。この祖母が世界で一番結月を愛し、慈しんでくれていることは、結月自身いつでも感じている。

「ありがとう。でも、その大好きっていう気持ちって、目に見えるかい？」

微笑んだ祖母にそう問われ、結月は困って俯《うつむ》いた。確かに心の中にその気持ちはあるのに、言葉で伝える以外方法が見つからない。まして、目で見ることなど。

「……目では見えないよ、おばあちゃん」

結月が再び祖母を見上げると、祖母はそうだねと頷《うなず》いた。

「大好きっていう気持ち以外にも、例えば夢や、希望なんかも、見えないものだよね？」

目尻には皺《しわ》が刻まれ、張りの弱い瞼《まぶた》。

それでもその眼差《まなざ》しは、驚くほど透明で。

「結月、この世界にはね、目には見えないけど大事なものの方が、ずっと多いんだ」

どこまでも見透かされそうな、祖母の瞳。

「目には見えないけど、大事なもの……？」

つぶやくように繰り返して、結月は幼い頭でそれを考えた。大好きという気持ちも、思い描く夢も、祈る希望も、決して目には見えないけれど。

「そう。外見より、心の方がずっと大事。どんなにいい服を着てたって、誰かをいじめたりすれば、人としての価値は台無しだよ。きっとそのお友達は、まだそのことに気付いていないんだね」

祖母は、自分の膝の上に結月を乗せた。彼女の穏やかな声は、結月の心にいつでも陽だまりを連れて来る。

「だからね結月、その子たちを怖がったり、やり返したりしちゃいけないよ。おばあちゃんはね、心が綺麗ならどんな格好をしてたってかまわないと思うのさ。だから自信を持ちなさい。そして本当にピンチの時は、すぐにおばあちゃんに言うんだよ？」

筋張って皺のある祖母の手が好きだった。優しく頭を撫《な》でてくれる手が好きだった。そのぬくもりを感じていると、不思議と心が落ち着いてくるのだ。

「そして、どうか覚えていてね」

そう言った祖母の顔を、結月は今でも鮮明に脳裏へと描くことができる。

「目に見えるものだけが、この世のすべてじゃないってこと」

一炉 初恋

手紙

一

耳を澄ますことと、においを嗅《か》ぎ取ろうとすることは似ている、と結月は思う。

川沿いの遊歩道で足を止め、結月は鼻先に触れたにおいをたどるように空へと目をやった。四月中旬、水面を渡る風は温み、土手に植えられた、花が散った後のシダレザクラを揺らしている。遊歩道の脇は緑地スペースが設けられ、春のうららかな陽気の中、ベンチで本を読んだり、遅いランチを食べたり、散歩をしたりと、思い思いに過ごす人々が目についた。

薄手のグレーのパーカーを羽織《はお》り、シュシュでまとめた少し癖のある髪をなびかせて、結月は目を閉じる。川べりで感じる独特の湿気と水のにおいに混じって、誰かが食べているファストフードの油のにおいが嗅覚をかすめた。

「……これは、田丸食堂の出汁《だし》のにおいでしょ……、これは……あっちの女の子が飲んでるコーンスープ……土のにおいと……陽に照らされる砂利《じゃり》のにおい……」

つぶやきながら、結月は先ほどから気になっているにおいを選び取る。

雑多な街の中から一つの音を聴くように感覚を研ぎ澄まし、それが何のにおいなのか、どこから漂ってくるのか、どれくらいの種類が混ざり合っているのかを慎重に読み取った。顎をあげ、目を閉じ、口を尖《とが》らせて鼻を鳴らすその仕草は、女の子なのにみっともないと、母からもよく注意される癖だ。幼い頃に比べて服装は随分落ち着いたものの、文房具などの持ち物は、未だに独特のセンスを遺憾《いかん》なく発揮した物が多い。

「……あ」

嗅ぎ取ったにおいに思い当たった結月は、真剣な顔でゆっくりと目を開け、辞世の句でも読むような声色で、思い当たったその正体を口にする。

「…………焼き魚」

つぶやいた途端、先ほど日替わりパスタランチで満たしたはずの胃が存在を主張するように鳴った。

我ながら節操のない胃だと自覚しつつ、結月はそのにおいに再び意識を向ける。確かに焼き魚のにおいではあるが、夕暮れの帰り道で、近所の家の台所から漂ってくるような慣れ親しんだ感じのものではない。香ばしく焼きあがるあのにおいの中に、どこか爽やかな香りが混じり、魚独特の生臭みがないのだ。

「ハーブ、かな？」

においを確かめるように結月は顎をあげる。おそらく近くにあるダイニングカフェから漂ってきているのだろう。

「……タイムと、セージと、あと何だろう」

同じようなにおいをどこかで嗅いだことがあるような気もする。あれは兄と行ったカジュアルフレンチの店だったか。オリーブオイルを使って焼きあげたスズキの、パリッとした焦げ目のついた皮。口にすると臭みはなく、岩塩の旨味のある塩気と、ハーブの香りがいっぱいに広がったあの感じだ。

「たぶんあそこのお店からのにおいだと思うんだけど……」

この先のダイニングカフェは、少々値は張るが、新鮮な素材の美味《おい》しい料理を提供してくれる。このハーブを使った焼き魚のにおいも、おそらくそこから漂ってきているのだろう。以前訪れた時に、似たような日替わりのメニューを見かけた気がする。

「なんだっけ、この感じ……あとひとつ……ハーブ……」

それは食べ物への執着が起こした奇跡か、それとも元々本人にあった能力なのか、結月は二百メートル先の焼肉屋にも反応する恐るべき嗅覚を持つ。友人の服に染みついたにおいから、彼女の昼食がグリーンカレーだったことを当てたこともあれば、漂ってくるピザの香りだけでイタリア料理店を探し当てたこともあった。

結月は目を閉じ、土手に生える草木や、川の水、それに空気中に漂う様々なにおいの要素の中から、かすかに色づくハーブの香りを選び取るように口を尖らせて集中する。香ばしい魚の焼けるにおいに混じって届く、セージとタイムの主張。そこに入り込む、一陣の風のような白の香り。

「そうだあれだ！」

目を見開いた結月は、清々しくそのハーブの名前を口にする。

「ローズマリー！」

・
二

「啓太《けいた》くん！」

大学の正門を入ってすぐ、敷地の奥にある校舎に向かって緩やかに続く下り坂の途中で、見慣れた背中を見つけて結月は呼び止めた。ワンテンポ遅れて、チェックのシャツを羽織った彼が、黒縁の眼鏡を押し上げながら振り返る。

「結月ちゃん」

結月と同じ三限の授業を取っている啓太は、駆け寄ってくる結月に気付いて笑みを浮かべた。時刻は午前十二時五十分をまわっている。午後一時から始まる三限に向けて、学生たちが慌ただしく移動する時間帯だ。

「また学校の外までランチ食べに行ってたの？」

「うん。だって今日は、よく行くカフェのパスタランチが千円で食べられるサービスデーだったんだよ。一緒に出てくるパンは焼きたてで食べ放題だし、サラダもちゃんと量があって、ドレッシングにもこだわりがあるの。啓太くんは何してたの？」

三限の英語の授業は、この坂を下りきった先にある校舎で行われる。郊外にあるこの仙風館《せんぷうかん》大学は、隣の敷地に高校を併設し、駅から少々離れているものの、芝生《しばふ》などが植えられた広いキャンパスは気持ちよく、だがその分移動に時間を取られてしまう、というのが、この四月から晴れてここに入学した結月の感想だ。しかも三限は、授業のはじめに実力テストが行われるとかで、若干心穏やかではない。それをごまかすために、美味しいランチを食べに行っていたとも言える。

「僕は学食で済ませて、あとはこれで動画見たりニュース見たり」

手元のタブレットを指しながら、啓太は答える。そういった機器に疎い結月は、彼が手にしたノートサイズの端末をしげしげと眺めた。

「なんだそっか。じゃあ誘えばよかったな。あそこのパスタすっごく美味しいんだよ」

学部の違う啓太とは、大学受験前に通っていた予備校で知り合った。クラスは違っていたものの、休み時間、いつも自動販売機コーナーの傍で本を読んでいた啓太に、結月が小銭を借りたことがきっかけで、以来よく話すようになったのだ。

　人文学部である結月と、経済学部である啓太とでは、同じ大学に通っていても偏差値がかなり違ってくるのだが、とりあえず志望校に無事合格したことでお互いに喜び合い、共通する一般教養の授業などではほぼ行動を共にしている。

「あ、でも今日はあっちの店でもよかったかなぁ」

　タイル張りの道を歩きながら、結月は傍にある桜の樹を見上げた。入学直後はかろうじて葉桜だったが、今では眩《まぶ》しいほどの新緑に覆われている。

「あっちの店？」

「うん、川沿いのダイニングカフェ。すっごくいい香りがしてたの。たぶん、ハーブを使った白身魚の岩塩焼き。ハーブの種類が、一種類どうしても思い出せなくて」

　相変わらず食べ物のにおいに敏感な結月に苦笑して、啓太はタブレット端末を操作して、白身魚の岩塩焼きのレシピを検索する。

「白身魚の岩塩焼きなら、使われてるハーブはだいたいタイムとかセージとか？」

「そう！　あとね、ローズマリー」

　結月は啓太の端末を覗き込む。ハーブの種類には詳しくないが、料理に使われているものならだいたいわかる。それが結月クオリティだ。

「ちなみに、ローズマリーの香りには、脳の働きを活発にして、記憶力を高める働きがあるらしいよ」

「え、それなんでもっと早くに言ってくれなかったの⁉　今からテストなのに！」

そうとわかっていれば、あの店でランチを食べてきたものを。責めるように言った結月に、啓太は難しい顔をして、そっとカバンから英語の教科書を取り出した。

「今からなら、ローズマリーに頼るより、こっちの方が……」

顔を見合わせたまま、二人の間に沈黙が流れる。英語だけに限らず、成績は啓太の方が圧倒的に上であることは、予備校時代から嫌というほどわかっていることだ。

「デ、デクラレーション、オブ、インディペイデットオブ、ユ、ユナイテッド……」

「あ、結月ちゃん、予鈴！」

結月が敗北者の目のまま教科書の一節を読み上げていた最中、本鈴三分前を知らせる予鈴が鳴り響いた。校舎は見えているものの、まだ距離がある上、教室は九階だ。タイミングよくエレベータに乗れるかどうかの勝負になる。

「結月ちゃん、走るよ！」

「あ、ちょ、ちょっと待って啓太くん！　今アメリカの独立宣言が……」

「早く早く！」
啓太に急かすように呼びかけられ、結月は校舎の入口を目指して走り出した。

休みの日には古着屋をまわったり、変わった雑貨を扱っている店を見つけたりすることが中心だった結月が、趣味は食べ歩きだと公言するようになったのは、高校に入ってからのことだった。元々食にこだわりがあり、今はホテルの厨房《ちゅうぼう》で働いている兄のおかげでいろいろな飲食店に連れて行かれ、高級フレンチからB級グルメまでを舌で知り、バイトで稼げるようになってからは、一人でも美味しいものを求めて出歩くようになった。

食べ物のためなら早起きも厭《いと》わず、どんな遠方へも出かけて行き、その交通費を捻出するために、新鮮な魚介類が美味しいと評判の定食屋でバイトをすれば一石二鳥だった。美味しいものを味わっている時の至福のひと時は、結月にとって何にも代えがたいご褒美の時間でもある。その幸せがあるからこそ、また日常を頑張ろうと思えるのだ。

「……問題は、体重の増加だけ……」

掲示板を眺めていた薬学部らしき女子学生たちが、授業で出された課題の話をしながら連れだって歩き出す。そのほっそりした後姿を見送り、結月は一人ベンチで『有名店店主が選ぶ、とびっきりの春ごはん』と書かれた雑誌を開いたまま、恨めしく自分の腹の肉をつまんだ。今のところ女子大学生の標準体型は維持しているものの、先月より一キロ増えてしまった事実は無視できない。

「やっぱり先週、チーズと紫蘇《しそ》入りのお好み焼き食べて、その後八百屋さんが作るフルーツパフェと、大納言《だいなごん》使ったたい焼きハシゴして、シメにラーメン食べたのがまずかったかなぁ……」

基礎代謝が高いのか、もともと太りにくい体質ではあるのだが、今回は少しハメを外しすぎた自覚はある。その幸せのツケが、如実に下腹へと表れていた。

結月は大きなため息をついて、リュックのファスナーを開ける。美味しいものを食べる幸せを味わいたいだけなのに、味わえば味わうほどカロリーを蓄えることになる。女の子にとって、これほど悩ましいことがあるだろうか。

「しょうがない、今日は我慢しよう」

雑誌をリュックへと無造作に突っ込み、ファスナーを閉めようとした結月は、何かが引っかかっていることに気付いて手を止めた。見ると、ファスナーに食い込むようにして妨害していたのは、先ほど三限のうちに採点されて返却された英語のテストだった。五十三点、と書かれた点数が鮮やかにその存在を主張している。

「……独立宣言め……」

結月は思わず悔し紛れにつぶやいて、唇を噛《か》む。

The Declaration of Independence of The United States of America.

テスト直前に苦し紛れで読み上げていた一文がそのままテストに出たのはいいが、Declaration の綴《つづ》りを間違え、結果的にその問題の点数はゼロになっていた。せめて三点中、二点くらいくれてもいいと思うのだが。

テスト用紙を再びリュックの奥底へ封印するように仕舞いこんだ結月は、気を取り直して立ち上がる。四限終わりだった今日は、高校時代から続けている和食屋のバイトまでまだ時間がある。その間、以前から目をつけていた商店街のコロッケ屋と、雑誌に掲載されていた米粉ドーナツの店をまわろうかと思っていたが、ここは女の子としてのギリギリの理性で、踏みとどまらねばならない気がしていた。

「でも何か食べておかないと、バイト中お腹空《なかす》くなぁ」

バイト先で賄《まかな》いは出るものの、出汁や油の美味しいにおいで満たされたあの店内に空腹でいることは、結月にとって拷問に等しかった。

学校の売店で軽食を買うか、それとも近くの低カロリーを売りにするスローフードのカフェに行くか迷いながら、結月は歩き出す。四限の授業も啓太と一緒だったのだが、彼はバイトのためすでに大学を出てしまっていた。

結月は本能の欲求に負けそうな気分を紛らわせようと、携帯を取り出す。ぶら下げたストラップは食品サンプルシリーズで、実物と同じサイズのレンゲに麻婆豆腐が入ったリアルなものだ。そしてゲームを起動させようとした結月は、その鼻がかすかにとらえたにおいにふと顔を上げた。

「……あ」

顎を上げ、口を尖らせ、晩春のキャンパスに流れる空気の中から、その一片《いっぺん》を嗅ぎ取る。

「コーヒーのにおい」

スンスンと鼻を鳴らす姿は年頃の女性にふさわしくないが、結月はその香りが漂ってくる方角を確かめようと、体の向きを変えながら続けた。近くに学食はあるが、ここまで香りが届くような良いコーヒーを使っているとは考えにくい。

「どこから漂ってきてるんだろう」

結月は目を閉じて、もう一度念入りに香りを吸い込む。キャンパスに植えられた芝生の湿った青臭いにおいに混じって、確かにコーヒーの香ばしい香りが鼻腔《びくう》に届く。結月はある程度の方角を絞り込むと、携帯をパーカーのポケットに無造作に突っ込み、そのままにおいをたどって歩き出した。こんなに芳香の届くコーヒーなら、きっと美味しいに違いない。できることならそれを味わってみたかった。

芝生のエリアを抜けて、葉を茂らせる桜が陰を作る階段を下り、自動販売機コーナーの辺りでもう一度においを確かめる。グループで話し込んでいた学生たちに不思議な目を向けられつつ、図書館の前を通ってその裏手に回り込み、普段は訪れることのないコンクリートの細い通路と階段を上る。仙風館大学は山の斜面を切り開いて建てられており、キャンパス内でもかなりの高低差がある。この通路と階段は、その斜面を登るようにジグザグに作られていた。斜面を上りきった先は、駐車場や裏門へと続く道と、下り坂になっている道とに分かれていて、結月はにおいをたどりながらそこを下りる。いつも決まった校舎にしか訪れることのない結月にとって、大学の敷地内とはいえ初めて訪れるエリアだった。

「……畑？」

薬学部第一薬草園・関係者以外立入禁止、という札のあるロープの前で結月は足を止めた。傍には無花果《いちじく》や橘《たちばな》と書かれた札のある樹が植えられ、ロープが張られた先はビニルハウスと、小さな板壁の小屋、それに作物の植えられたいくつかの畝《うね》がある。

「こんなとこあるんだ……」

突然現れた風景に、結月は来た道を振り返って、確かにここが大学の敷地内であることを確認する。どこか農家の一角にでも紛れ込んだのかと思ってしまう景色だ。

「でもコーヒーのにおいはこの辺からするんだけどなぁ」

見回してみても、そのにおいの元になるようなものはおろか、人の姿さえない。もう一度顎をあげて鼻を鳴らし、結月は香りが漂ってくる方角を見定め、一瞬躊躇《ちゅうちょ》したものの、張られたロープをまたいで畑の中へと入り込んだ。もしかすると、前方に見えるあの小屋にコーヒーがあるのかもしれない。

こぢんまりとしたロッジのようにも見える木製の平屋の小屋は、物置と呼ぶには少し大きく、風雨を経て少し飴色《あめいろ》がかっている。玄関へと続く二段の階段を上がると、扉の前は少しスペースがとられていて、小さなガーデンテーブルなどが置けそうな感じだった。ただ、一体何の用途でここに建っているのかは一切わからない。

「あれ？　……ちょっと、違うかなぁ」

この小屋が怪しいと思っていたが、近づいてみてもそれほどコーヒーの香りは強くならなかった。むしろ小屋からは、お香やアロマオイルなどを扱う店先で嗅ぐような香りがわずかに漏れてくる。

小屋の前で目を閉じた結月は、感覚を集中するように、嗅覚の焦点をコーヒーの香りに絞りこんだ。実際、食べ物のにおいに関して、結月は驚きの集中力を見せる。自分ではそれほど特異だと思ってはいないのだが、周りから見れば充分すぎるほどの特殊能力だった。

目当ての香りが流れてくる方角を確かめようとした瞬間、結月は目を閉じたまま思わずその動きを止めた。食べ物が絡んだ場合、滅多なことで結月の集中力が途切れることはないのだが、それさえも霧散してしまいそうになるほどの深い香りが、突然意識の中に割り込んでくる。それが何かと思う間もなく、今まで傍にあった土や草のにおいとはまったく違う、立ち上るような鮮やかな緑が、一瞬にして結月の脳裏を染め上げた。

それは、圧倒的な姿で歴史を語る大木の、なお鮮やかに芽吹く枝先。

朝靄《あさもや》の残る中を一陣の風が走り、揺れる枝葉の隙間から青空がこぼれ、敷き詰められた落葉に柔らかな陽が差す、そんな世界を垣間見せる。

森だ。

結月は思わず、感嘆を漏らすようにして息を吐いた。

森の香りがする。

重なり合う葉音が、今にも聞こえてきそうなほどに。

「誰だ」

結月はしばらくその香りに浸るように目を閉じていたが、至近距離から聞こえたその声に、はたと我に返った。振り返ると、いつの間にか小屋の扉が開かれ、そこに一人の男子学生が立っている。

長身の体と、一重の涼やかな目。袖をまくった白のシャツにジーンズを合わせたその姿は、こののどかな風景に不釣り合いにも見える。染めていない黒髪が、逆に彼の整った顔立ちを際立たせているようにも思えた。おそらくは年上の、薬学部の人間なのだろう。あの森を思わせる香りは、確かに彼から漂っていた。

「ここは関係者以外立入禁止だ。入口に書いてたはずだが？」

眼光鋭く不機嫌そうに腕を組むその姿に、結月は慌てて、すいませんと口にする。部外者のくせに侵入したのは確かにこちらの方だ。

「あの、わざとじゃないんです。コーヒーのにおいを追ってきたら、ここにたどり着いちゃって」

「コーヒー？」

結月の言い訳に、彼は怪訝な目を向けた。

「はい、すごく香ばしくて、インスタントコーヒーなんかのにおいとは全然違うんです。どこかで豆でも挽《ひ》いてるのかなと思って」

どうやらこの小屋でもないとなると、一体この香りの元はどこなのだろう。周囲を見回す結月に、彼は呆《あき》れたようにため息をつく。

「こんなところで、そんなにおいするわけないだろ」

「でも私、食べ物のにおいには自信があるんです。これは絶対に、コーヒーのにおいです」

結月はそう断言して、もう一度鼻を鳴らすように香りを吸い込む。周辺の土や草の雑多なにおいに混じって、コーヒーの香ばしい香りが確かにその存在を主張した。

小屋の前から畑の方へと降りてきて、自分でも空気中に香りを確認した男子学生が、不審な顔で結月を振り返る。

「全然感じないが？」

「えっ、……いや、でも、絶対間違いないです！　本当ですってば！」

このままでは単なる不審者扱いされてしまう。結月はどうにかして自分の嗅覚が正常であることを証明しようとうろたえる。そこでふと、鼻先をかすめる別の香りに意識が触れた。普段、食べ物以外の香りはほとんど受け流してしまうのだが、清涼感のある香りが、森の香りに混じって彼自身からもかすかに香っている。その濃い青色を思わせる香りにどこか嗅ぎ覚えがあり、その正体を記憶の中から探り当て、結月ははっと顔を上げた。

「メンターム！　メンターム使ってないですか？　ほらあの、切り傷とかさかむけにつけたりするあれです！」

しかし自信を持った結月のその指摘に、彼は戸惑うように眉根を寄せる。

「使ってない」

「ええ!?」

一瞬、不審者で通報されることを覚悟した結月に、彼は間髪入れず、ただ、と言い置いて続けた。

「ただ、ユーカリの精油なら小屋の中で扱った。メンタームにはユーカリ油が含まれる。まさかそのことを言ってるのか？」

ユーカリと言えばコアラの食べ物ではなかったか。意味が呑《の》み込めずにいる結月の鼻先に、彼は不思議な目を向けつつも、自分の左手を差し出した。

「さっき希釈しようとして、少し指についた。洗い流したんだが……」

男のくせに綺麗《きれい》な手だ、と結月は思った。目の前に突き出された左手の長い指の爪は、きちんと形が整えられている。同時に、その指先から漂ってくる青色の香りに顔を上げる。間違いなく、嗅ぎ覚えのあるメンタームの香りだ。

「これです！　これこれ！」

確信をもって頷く結月に、彼は自分でも確かめるようにその指先を鼻に近づけた。

「これをその位置から嗅ぎつけるって、どんな鼻してんだ……」

宇宙人を見るような目つきで結月を見下ろし、彼は改めて周囲に目をやる。容姿は抜群にいいのだが、口調にいちいち棘《とげ》があるのは気のせいではないはずだ。

「コーヒーのにおい、って言ったか？」

「あ、はい」

信用してもらえたのだろうかとハラハラしつつ、結月は口を開く。

「今まさにコーヒー豆を焙煎《ばいせん》してるような、挽いてるような、そんな香ばしい香りなんです」

結月の言葉に、考え込むように顎に手を当てていた彼は、ふと目の前の校舎を見上げた。つられるように、結月も同じ方向に目をやるが、コーヒーの香りの元になりそうな建物は一切見当たらない。

「……そうか、コーヒーか」

納得するようにつぶやくと、彼は改めて結月を振り返った。

「それはおそらくコーヒーじゃなくて、フルフリルメルカプタンっていう物質のにおいだ」

「物質？」

予想外の展開だ。聞き慣れない名前に眉をひそめる結月に、彼は薬草園の脇に建つ校舎を指さした。

「あそこは薬学部の研究室棟になってる。おそらく今そこで、フルフリルメルカプタンを扱ってるんだろう。確か食品香料関係の研究室があったはずだ」

よく意味が呑み込めない結月に、彼は淡々と続ける。

「フルフリルメルカプタンは、チオール類に属する硫黄化合物だ。薄めずに嗅ぐとニラのような強烈なにおいだが、一千倍に薄めればコーヒー豆をローストしたような香ばしい香りになる。醤油《しょうゆ》に焙炒《ばいしょう》風味をつけるために使われたりもするし、コーヒーの香気成分の中にも、確かに含まれている」

文系の結月にとって、なんだか難しい話になってきた。

「……ええとつまり……そのフルフリルなんとかっていうやつの香りを、私はコーヒーだって思ったってこと、ですか……」

結月は思ってもみなかったつながりに、ただ唖然《あぜん》として口を開けた。

「研究室の排気ダクトがこっちを向いてるし、風向きによってにおいが広がったんだろう。……それにしても、フルフリルメルカプタンはすぐに酸化して、においなんて弱まるはずだが、それを追ってここにたどり着いたって……」

珍しい生き物を見るような目で、彼がまじまじと結月を見下ろした。

「犬並みだな」

なんだかさらりと失礼なことを言われてしまった。何か言い返すべきかとも思ったが、今の結月にとっては、それに反論するよりももっと重要な問題があった。

「あの、じゃあ結局、コーヒーは飲めないってことなんですよね？」

正直なところ、結月にとっては香りの正体が香料だろうがにおい袋だろうががなんでもいい。重要なのは、コーヒーが飲めるかどうかなのだ。

「そういうことになるな」

彼は、特に感情を込めることなく冷ややかに答えた。

「なんだぁ、残念」

せっかくここまで追ってきたのに、コーヒーそのものが存在していないとは、骨折り損もいいところだ。一口目はブラックで香りと苦みを味わい、二口目からは砂糖とミルクをたっぷり入れてカフェオレ風に、などと思い描いていた想像が、一気に崩れ落ちていく。

がっくりと肩を落とした結月に、何か思案するように腕を組んでいた彼がおもむろに口を開いた。

「お前、薬学部……じゃないよな？」

「あ、はい、人文学部の一回生です」

結月は顔を上げた。改めて正面から見ると、彼はタレントかと思うほどの整った容姿をしている。きめ細やかな白い肌に、すらりとした手足。印象的な一重の涼やかな双眼で、彼は結月をまじまじと見下ろす。

「……香水か何かつけてるか？」

「いえ、つけてませんけど……？」

結月の返事を聞いて、男子学生は少し首を捻ったものの、気を取り直したように、すぐ次の問いを口にする。

「嗅覚の訓練を受けたことは？」

「訓練？　嗅覚なんて鍛えられるんですか？」

結月の答えに何やら唖然としている彼に、今度は結月の方から尋ねた。

「あの、あなたこそにおいにすごく詳しそうですけど、薬学部の方ですか？　確かうちの薬学の芳香部門って、有名ですよね」

そんなに歳は変わらないように見えるが、もしかすると院生だろうか。

結月の問いに、彼はそうだ、と頷いた。

「ただ香りの知識に関しては、以前から独学で学んだことがほとんど……」

そう言いかけた彼の言葉は、結月の後方に何かを発見したと同時に途切れた。

「確かにうちの芳香部門は有名だね。アロマテラピーから食品香料まで扱う薬学部は珍しいし」

結月の背後にぴったりと張り付くようにして立っていた白衣姿の男性に、結月は思わず悲鳴にも似た声をあげて距離を取った。先ほどまで誰もいなかったというのに、一体どこから降って湧いたのか。

「そして僕こそが、全国に名だたるこの仙風館大学薬学部、芳香医療研究室教授、澤《さわ》木《き》孝之《こうの》助《すけ》であるよ」

そう言って白衣の襟元を正す教授から、薬膳料理のような独特のにおいが結月の鼻をついた。

「今授業中じゃなかったんですか？」

呆れたように腕を組み、男子学生が澤木を見下ろした。薬品などで色ジミのある、薄汚れた白衣を着た澤木は、白髪交じりの髪に髭《ひげ》をたくわえ、軽く頷いた。

「うん、授業中。大丈夫だよ、うちの学生は優秀だからね、僕がいなくても勝手に授業を進めるさ」

さらりと言って、澤木は後方の校舎を振り返る。

「さっきまで米沢《よねざわ》くんのとこに顔出してたんだけどさぁ、フルフリルメルカプタンが臭くて出てきちゃった。あれは近くで嗅ぐとだめだね。コーヒーは本物を飲んでる方がいいよ」

先ほど男子学生から聞いた物質の名前に、結月は改めて目の前の教授に目をやる。やはりあの校舎のどこかで、それが使われていたことは間違いないようだ。

「助手の人が発狂するから今すぐ戻ってください」

「大丈夫だって、千尋《ちひろ》くんは心配性だな。神門《かみかど》家の息子なんだからもうちょっと肝が据わってないとさぁ」

呆れた目を向ける千尋にへらへらと言い返して、澤木はふと傍らに立つ結月に目をやった。

「ところで彼女は、お客さん？」

　突然話の矛先を向けられ、結月は救いを求めるように、千尋と呼ばれた男子学生を見上げる。そういえばここは、関係者以外立入禁止の場所なのだ。学生ならまだしも、教授に見つかってしまうと少々バツが悪い。その結月からの視線を受けて、千尋はさらりと口にした。

「通りがかりの犬です。それより何しに来たんですか？」

　今、人間以外の生き物だと紹介された気がするが、結月が止める間もなく二人の会話は進んでいく。

「ああ、そうそう、お茶を飲みにきたんだよ。コーヒーもいいけど、新しいドライフルーツのお茶あるでしょ？」

　澤木は千尋の脇を抜けて小屋へと続く階段を上がり、ドアノブに手をかけつつ、左手で結月を手招いた。

「君もおいで。お茶の時間は大勢の方が楽しいから」

　そう言うと、千尋が止めるのも聞かず、澤木はするりと小屋の中に入り込む。

「お茶なんて自分の部屋で飲めばいいでしょう。それになんで昨日手に入れたドライフルーツティーのことまで知ってるんですか？」

しかめ面で、千尋がその後を追った。

手招かれた手前、恐る恐る小屋の入口に立った結月は、開け放たれた扉の向こうから漂ってくる香りに思わずぽかんと口を開ける。

「すごい……」

様々な香りが、結月の全身を覆うようにまとわりついてくる。

それは木の香りか花の香りか。いろいろな香りが混ざり合い、深みを増し、結月をさらなる世界へと連れて行く。まるで迷い込んだ森の奥で、花の咲き乱れる楽園に出会ったかのようだった。その花弁の色と数だけ、香りが溢《あふ》れているように感じる。ひと呼吸するごとに、色とりどりの鮮やかな香りで肺の中が満たされ、洗われるような感覚だった。

「いい香り……」

結月は恍惚《こうこつ》とつぶやく。香りなど目には見えないはずなのに、今確かに虹色の花《はな》吹雪《ふぶき》の中に立ち尽くしているように思えていた。

「あ、そんなに感じる？　僕なんかもう慣れちゃってそれほどにおいを感じないんだけど。この小屋はねぇ、芳香研究部があったところなんだよ。二年前に廃部になって以降は使う人がいなくて、今は千尋くんの遊び場になっててねぇ」

澤木の言葉に、千尋が抗議の視線を投げる。

「埃《ほこり》まみれの小屋を、誰がここまで片付けたと思ってるんですか」

「だから今は自由に使っていいって言ってるじゃない。もうちゃっかりいろんな香料持ち込んでるくせに」

部屋の奥にあるステンレスシンクの簡素な水場で、勝手に銀色のポットに水を汲《く》み、お湯を沸かす準備をしていた澤木が、改めて小屋の中を見渡した。

小屋の中は、壁際に作りつけたガラス戸のついた棚に、びっしりと大小さまざまな小箱と、木片などが入った小瓶が並んでいる。その他陶器でできた香炉、理科の実験で見たような天秤《てんびん》、それに結月が雑貨屋などで見かけるアロマオイルの小瓶もある。普通の人には、ガラス戸に遮蔽されてそれほど香りを感じないかもしれないが、結月の鼻はその混ざり合った様々な香りを確かにとらえていた。

「あの……芳香研究部って、何をしてたところなんですか？」

入口を入ってすぐのところには、木製のアンティークな長椅子ともベンチともつかないものがあり、そこに千尋のカバンらしきものが置かれている。窓際には小さな二人掛けのソファ、それに部屋の中央には大きな作業台のような無骨なテーブルが構えてあった。そしてなぜか、一番奥の壁際には、様々な日本の城のプラモデルが飾られている。大学構内でありながら、隠れ家、という名前がふさわしいような場所だ。

「当時は、研究室の派生みたいな形で、芳香文化や芳香学について主に研究してたんだよ。アロマテラピーとか、聞いたことあるでしょ？」

水場の傍にある小さな冷蔵庫から、まるで我が家のように慣れた手つきでドライフルーツとハーブなどがミックスされたパックを取り出しながら、澤木が答える。

「あ、はい。やったことはないですけど……」

結月の専門は食べ物だ。いい香りを嗅げばそれなりに気分はいいが、それはいつでも食欲と結びついているような気もする。

勝手にお茶を淹《い》れる準備を進める澤木に、千尋はため息をつき、作業台の上に出しっぱなしにしていた小瓶を手に取って、緩んでいた蓋を閉めた。

「フルフリルメルカプタンを嗅ぎつけておいて、アロマテラピーもろくに知らないのかよ……」

千尋から呆れた目を向けられ、結月はなんとなく弁解するように口を開く。

「あ、でも、食べ物のにおいになら敏感です！　食べ歩きが趣味だから、味比べとかだったら得意なんですけど」

「確かに、味覚と嗅覚は密接な関係にあるしねぇ」

澤木がのんきに答え、千尋が眉間に皺を寄せながら深々と息を吐いた。

何やら気に障《さわ》る発言をしてしまったらしい。気まずくなった結月は、なんとかこの空気を払拭しようと小屋の中を見渡した。

「あ、あの、アロマオイルやお香の香りって、リラックス効果があるとか寝つきがよくなるとかって言うけど、ああいうのって本当に効果があるんですか？」

そういえば啓太が、ローズマリーは記憶力を高める効果があると言っていたが、あれも実際のところどうなのだろう。ただのプラシーボ効果だったりしないのだろうか。

「よくぞ聞いてくれたね！」

待ってましたと言わんばかりに、澤木が目を輝かせて振り返る。

「人間と香りの関わりは紀元前からなんだよ。エジプトでミイラ作りに香料が使われて以降、中世ヨーロッパで修道院が芳香植物の栽培をして、イスラム圏では香りを医学に応用したんだ。これが現代のアロマテラピーの原型になってるんだよ。つまりその頃から、人間は香りに効能があることに気付いてたってことなんだ！」

「そんな昔から、ですか……」

熱っぽく語る澤木に気圧《けお》されるように、結月はつぶやいた。てっきり現代になって発見されたものかと思っていたら、そんな時代から香りが嗜好《しこう》以外に使われていたとは初耳だ。

「そう。ちなみに厳密に言うと、ここにあるのはエッセンシャルオイルと言ってね、合成香料の入ったアロマオイルと違って、混ぜ物のない天然成分百パーセントの精油なんだ」

「え、アロマオイルとエッセンシャルオイルって違うんですか⁉」

混乱寸前の頭で、結月は改めて小屋の中を見渡す。同義語だと思って使っていたが、専門家たちの中では明確に分けられているようだ。

「天然アロマオイル、なんて呼び方をするところもあるから、紛らわしいんだけどね。日本では、西洋医学以外の代替医療としてすでに香りが利用されてるし、科学的にもその効果は実証されてるんだよ。内閣が承認したアロマテラピストを養成する学校もあるくらいだしね。あ、千尋くん、お湯入れてくれる？」

ガラス製のティーサーバーを指して、澤木がさらりと頼む。

「なんでオレが？」

「手空いてるじゃない。僕今説明で忙しいんだよ」

「勝手に入ってきたのはそっちでしょう？」

「あ、あの、私が入れます！」

作業台にもたれ、あきらかに不機嫌な顔をしている千尋に気を遣って、結月は自分が水場へと立った。電熱器の上に置かれたポットは、注ぎ口から勢いよく湯気をあげている。コーヒーのにおいを追ってきたはずが、どうしてこの小屋でお茶を淹れる羽目になっているのか、自分でもよくわからない。

「実は今度、芳香医療に特化した学校の設立案が持ち上がっていてね、その相談にも乗ってるところなんだ。講師の何人かは、うちの研究室にいた人間なんだよ。仙風館大学の芳香医療研究室といえば、その筋じゃちょっとした有名所だからね。あ、茶葉は後から入れるんだよ。まずはティーサーバーとカップにお湯を入れて、温めてから」

忠告され、結月は茶葉の袋を持った手を止める。人にやらせる割にこだわりは押しつけるタイプのようだ。

「でも、そういう学校があるなんて思ってもみませんでした。なんというか……ちゃんとしてるんですね」

結月は感嘆をうまく言葉にできないまま口にする。まさか内閣にまで承認されている学校があるとは思わなかった。おばあちゃんの知恵袋のような、民間療法の域を出ないものだと思っていたのだ。

言われた通り、ティーサーバーとカップを温め、改めて茶葉を入れたサーバーに湯を注ぐと、ドライフルーツの甘い香りが立ち上った。結月も何度かドライフルーツティーは飲んだことがあるが、これは中でもかなり良い質の物のような気がする。フルーツの香りが自然なのだ。

「美味しそうなにおい……」

思わずつぶやいて、結月はその香りを湯気ごと吸い込む。コーヒーにはありつけなかったが、これを飲めるのなら、ここへ来た苦労も報われる。

「この酸味は、きっとローズヒップ。あ、オレンジピールも入ってるかな。あとはリンゴと、アプリコット……それに桃のにおいもする」

においだけで次々と言い当てる結月に、千尋が愕然《がくぜん》として目をやった。その様子を、澤木も興味深そうに眺める。

「食べ物のにおいには敏感って言ってたけど、確かにそうみたいだねぇ」

「レストランとかも、探すの得意です」

今のところ、この特技がどう人生に生かされるかはわからないが。

「精油の中にはフルーツから香りを抽出してるものもあるから、案外やってみたらすぐ覚えられるかもしれないよ。例えばオレンジ、レモン、グレープフルーツ」

澤木は壁に作りつけられた棚から小さな木箱を取り出し、その中から目ぼしい精油を作業台に並べていく。

「柑橘《かんきつ》系、っていうやつですか？」

結月の問いに、澤木はそうそう、と頷く。

「他にもいろいろあるよ。ライム、マンダリン、柚子《ゆず》……」

確かに柑橘系というのはよく聞く言葉だが、ふだん口にしている果実から、精油がとれるとは思いもしなかった。結月は作業台の上に並べられたいくつかの小瓶の中から、適当にひとつを選んで蓋を開けた。

「あ……これ……」

瑞々《みずみず》しいもぎたての果実が、結月の鼻先で弾けるようだった。鼻腔を通って頭の方へ抜けていく、爽やかな香り。

「……これ知ってる。……紅茶のにおいだ」

そのつぶやきに、千尋が思わず結月を振り返った。

目の前の小瓶から漂ってくる心地の好い香りを感じながら、結月は思わず目を閉じ、知らず知らずのうちに口を尖らせる。フレッシュで爽やかな香りだが、花のような華やかさもあり、レモンよりも少し甘い。脳裏に描かれるのは、緑に囲まれた美しいイングリッシュガーデンに白のパラソルを立て、その下でウェッジウッドなどのティーカップを片手に過ごす昼下がり。

「すごいね、正解だよ」

そう言って、澤木が手を叩《たた》いた。

「それはベルガモット。アールグレイの茶葉に風味づけされる香りがこれなんだよ。ちなみに香りの効能としてはね……なんだっけ？」

振り返る澤木に、千尋は呆れたように顔をしかめた。

「教授のくせになんで忘れるんですか」

「わ、忘れてるわけじゃないよ。千尋くんを試してるんだよ」

もっともらしく言い訳をする澤木に、千尋がうんざりするようにため息をつく。

「ベルガモットの効能は、心を落ち着かせて明るくし、加えて泌尿器官系への殺菌、消毒の働き。それに肌へは消毒と治癒作用があるので、脂性肌やニキビに効果的。基本でしょう、こんなこと」

千尋の言葉に、そうそうそれそれ、と澤木が同調する。先ほどのフルフリルメルカプタンの説明といい、千尋の香りへの知識はおそらくかなり高いのだろう。

結月は目を閉じ、もう一度ベルガモットの香りを胸いっぱいに吸い込み、幸せな気分で肺の中の空気を吐き出す。

「なんかこの香り嗅いでると、……スコーンが食べたくなる」

　つぶやいて目を開けると、渋面の千尋と目が合った。

「……なんでお前は、香りが全部食べ物と結びつくんだ」

「だ、だってアールグレイと言えば、ティータイムじゃないですか。ティータイムのおやつと言えばスコーンでしょ？　……あ、ほんとに食べたくなってきた」

　恍惚と天井を見上げながら思い出す結月に、千尋がげんなりしながら奪うように小瓶を取り返し、その蓋を閉めた。

「確かに、アールグレイにはスコーンが合うよねぇ。そう言えば今日はおやつのこと考えてなかったな。千尋くん、何かないの？」

　母親にねだる子どものように尋ねる澤木に、千尋はありません、と一喝する。

「だいたい、このドライフルーツティーだって昨日たまたま知り合いにもらったばかりなのに、どうやって嗅ぎつけたんですか？」

　蒸らし時間を見計らって、ロゼワインのように赤く色づいたフルーツティーを、澤木は白のカップへと注いでいく。

「今朝来た時にね、ああなんか美味しそうなのがあるから飲みに来なきゃって」

「……今朝？」

澤木の返事に、千尋がにわかに不穏な表情をする。結月は澤木からカップを受け取りつつ、眉間に皺を寄せる千尋に目をやった。

「……オレが今日ここに来たのは午後三時過ぎですが、その時、昨日の夕方までは確かにこの棚にあった、日本の城シリーズの中の『姫路城《ひめじじょう》』が忽然《こつぜん》と姿を消してたんですけど？」

千尋は、奥の棚に並べられた城のミニチュア模型を指さす。その途端、カップを持った澤木の顔色が明らかに変わった。

「い、いや……違うんだよ千尋くん……ほら、見てたらかっこいいなと思って……」

「気に入った物を勝手に持って行く癖、まだ直らないんですか？」

「持って行くっていうか、その、借りようと思っただけで……」

千尋に詰め寄られ、見事に動揺した澤木は、突然あーっ！と叫んで窓の外を指さすと、カップを持ったまま脱兎《だっと》のごとく小屋を出て行った。

「……相変わらず、油断も隙もない」

澤木が出て行った扉を見やりながら、千尋が舌打ちする。そして、改めて小屋の中に残された結月に目をやった。新鮮なフルーツの香りとは違う、けれど砂糖のしつこい甘さとも違う香りを楽しみながら、美味しくフルーツティーを啜《すす》っていた結月は、その視線に気づき、さすがに慌ててカップを置いた。このまま長居していれば、それこそ犬のようにつまみ出されるに違いない。

「あ、それじゃあ、私もこの辺で……」

そそくさと出て行こうとした結月は、ふと思うことがあって、扉の前で足を止めた。

「……あの、勝手に入り込んでおいて何ですけど……」

なぜこういう状況になったのか自分でもよくわからないが、結月は不機嫌そうに腕を組んでいる千尋を振り返る。

「香りって、ちゃんと意識してみると面白いんですね。私、今までこんなふうに考えることとありませんでした」

今まで結月にとって、においはいつでも食べ物と結びついていた。それ以外、花の香りも、雨上がりのにおいも、一瞬で通り過ぎるものにすぎなかったのだ。まして、その香りに効能や効果があり、学問や代替医療として利用されているなど、考えもしなかった。

「不思議ですよね、においは鼻で嗅ぐものなのに、鼻で感じる以上の情報や効能が詰まってるなんて。集中してにおいを嗅ぐことは、耳を澄ますことと似てると思ってましたけど、情報を読み取ってると考えたら、あながち間違ってなかったかも」

世界中の『香り』にどれだけの種類があるのか、結月には見当もつかない。だがそのひとつひとつに、その香りしか持たない性質や効能があるとしたら、自分は今までどれだけの情報を素通りしてきたのか。

結月の言葉に、千尋が意外そうに目をやった。

「……お前」

「ああっ‼」

何かを言いかけた彼の言葉を遮り、結月は自分の腕時計を見て思わず叫ぶ。

「やばい！　バイトまであと三十分！」

いつの間にか長居してしまった。コーヒーはあてが外れてしまったし、この時間では何かを買ってゆっくり食べている暇はない。

「おい！」

お邪魔しました！　と小屋を出て行こうとする結月を、千尋が呼び止めた。

「お前、名前は？」

小屋の入口で足を止め、結月は振り返る。そうだ、言われてみれば、自己紹介すらもしていなかった。

「秋山《あきやま》です、秋山結月！」

それだけを答えて、結月は走り出す。

枝葉からこぼれる日差しのような、森の香りが漂っていた。

三

水曜日の二限目は、全学部共通の一般教養授業で、大学の中でも一番大きな教室で開かれる授業だった。結月は少し遅刻気味に教室に入ったのだが、一番後ろの列で、啓太がちゃんと結月の分の席を確保してくれていた。学部やゼミの友達も徐々に増えてはいるが、やはり何かとこちらを理解してくれている啓太と過ごすのは居心地が良い。付き合うとか恋人とかいった感情ではなく、性別を超えた親愛のようなものだ。

「結月ちゃんがそう言ってくれるのは嬉《うれ》しいし、僕も席の確保くらいするけど……なんというか……」

二限目の終わりを告げるチャイムが鳴り、教授が終了を告げると同時に、学生たちはいっせいに立ち上がって出口へと向かい始める。結月と啓太は、エレベータの混雑をやり過ごすため、しばらく席を動かないでいた。どうせこの後は昼休みなのだから、そこまで急いで移動する意味もない。

「モーニング、食べてきたんじゃなかったっけ？」

黒縁の眼鏡を押し上げつつ神妙な目つきで、啓太は結月の手元にあるサンドウィッチを眺める。

「うん、食べてきたよ？」

それがどうしたの？　と問いかけるテンションで、結月は答えた。

今日一限目が休講だった結月は、コーヒーが有名な喫茶店へモーニングを食べに出かけていたのだ。実はそれが遅刻の理由でもある。啓太が遠い目になるのを見ながら、結月はたった今食べ終えた、和風チキンジュレサンドの包み紙を丸めた。

「……そうだね、ごめん、今結月ちゃんが結月ちゃんであることを忘れてたよ」

「どうしたの啓太くん、バイトで疲れてるんじゃない？」

そうかもしれないね、と、啓太が乾いた笑い声を漏らすのを聞きながら、結月は机の上のノート類を片付けにかかった。教室に入る前に立ち寄ったコンビニで、新商品と書かれたサンドウィッチを見つけてしまったからには、買わないわけにいかなかったのだ。

「あ、それよりさ」

愛用している水色のリュックの中に、バインダーと教科書を放り込んだところで、結月はさも重要なことを思いついたように顔を上げる。

「このあと、ランチどこに食べに行く？」

ペンケースに筆記用具を仕舞おうとしていた啓太の手が、見事に滑った。

「……時々結月ちゃんが、グルメなのかただの食いしん坊なのかわからなくなるよ」

硬い音を立てて辺りに散らばったペンや消しゴムを眺めつつ、自虐気味に笑う啓太に、結月は、あのねぇ、と、釘《くぎ》を刺しにかかる。

「私はなんでも食べたいわけじゃないんだよ。ちゃんと食べたいものを選んで食べてるの。あとね、女の子に食いしん坊とか言っちゃだめだから！」

冗談交じりに言っておいて、結月は床に落ちた啓太のシャーペンを拾ってやる。机の下に体をねじ込むようにして指先で拾い上げたそれは、思ったよりずっしりと重かった。しかもよく見れば、胴軸は艶やかな深みのある蒼色《あおいろ》で、落ち着いたシルバーのクリップ部分には、Keitaと名前が入っている。

「かっこいいね、これ。誰かからのプレゼント？」

結月の愛用しているシャーペンには、餃子《ぎょうざ》のモチーフがぶら下がっている。文房具は書きやすさも大事だが、気に入って使うという気持ちも大事だと思うのだ。

「ああ、……うん。誕生日プレゼントなんだ、幼馴染《おさななじみ》からの」

「彼女？」

「いや、そういうのじゃないんだけど……」

冷やかすように尋ねた結月に、啓太はどこか寂しげな顔をする。

教室からはほとんどの学生がいなくなり、結月たちと同じように混雑をやり過ごそうとする者や、持参した弁当を広げている学生がちらほらといる程度だった。誰かが開け放った窓からは春の風が吹き込み、カーテンを揺らしている。

「小さい頃からしっかり者で、僕らは志望してた大学が一緒だったから、どっちか片方が落ちるわけにいかないって、僕に発破《はっぱ》かけて勉強させるような子だったんだ」

おかげで僕の成績は結構あがったんだけど、と苦笑しながら言い置き、啓太はさらりと告げた。

「亡くなったんだ。去年の二月」

唐突な展開に、結月は咄嗟《とっさ》に言葉を返すことができなかった。

「僕の誕生日の二日前に、交通事故でね、どうしようもなかった」

「……ごめん、私訊《き》かなくていいこと……」

結月は言葉を探して言い淀《よど》んだ。まさかそんな思い出の品だとは思いもしなかった。

「いや、気にしないで」

　啓太は結月を気遣うように笑ってみせる。

「先々月の一周忌の時、美緒《みお》の、彼女の机の引き出しの鍵が見つかって、ご両親が開けてみたら、僕宛ての誕生日プレゼントが入ってたんだ。小さい頃からお互い毎年贈り合うのが習慣みたいになってたから、あの年も用意してくれてたみたいでさ」

　啓太は、シャーペンと同じ色をしたボールペンを取り出して、二つを並べてみせる。

おそらくこの二本がセットになっていたのだろう。

「そうだったんだ……」

　まさかそんな由来のあるものだったとは。てっきりもっと、おめでたい贈り物かと思っていた。

「びっくりしたよね？　ごめん。こんなこと、なかなか人に話せることじゃないから」

　二本の艶やかな青軸を大事そうにペンケースの中に仕舞って、啓太は思いのほか穏やかに笑った。

「結月ちゃんになら、話せるかなと思ったんだ。案外聞いてほしかったのかも」

　おどけるように言うその表情を見て、結月も自然と頬を緩めた。彼にはいつも世話になるばかりだと思っていたが、こんなふうに心を許してくれていたことが素直に嬉しかった。

「じゃあ、その幼馴染の分もいっぱい勉強しないとね」

同じ大学を目指していたというのなら、きっとそれを果たせなかった彼女の分の想いも、啓太はそのペンに込めているのかもしれない。

「そうだね」

啓太が苦笑して頷き、つられるようにして、結月も笑った。

昼休みのキャンパス内は、どっと人が増えたように感じる。三号館の地下にある食堂で、唐揚げ定食大盛りキムチ付きランチを何の迷いもなく平らげた結月は、啓太とともに始業時間までゆっくり寛ごうと、中庭の芝生エリアへ向かって六号館のロビーを突っ切った。授業に関する連絡事項が張り出される掲示板や学生課もあるここは、普段から学生や職員が頻繁に出入りしており、開け放たれた入口から温んだ春の風が吹き込んでいた。

「あー、なんかあったかいし、お腹いっぱいだし、満足ー」

年季の入ったタイル張りの床を歩きながら、結月は風に煽《あお》られる髪を押さえて目を細める。

「あ、でもやっぱり、デザートのゼリー買っておけばよかったかなぁ？」

懲りずにそう言って振り返った結月は、予想した位置に啓太の姿を見つけられず、しばらく辺りを見渡してその姿を探した。先ほどまで隣を歩いていたと思ったが、一体どこへ消えたのか。

「あ、いた！」

三々五々に歩く学生の中に混じって、ようやく発見した啓太は、いつのまにか掲示板の前で足を止めていた。

「どうしたの？」

結月は小走りに啓太の元へ向かう。ぼんやりしてはぐれるのは、どちらかというと自分の役目のはずなのだが。

「あ、ごめんね」

結月に気付いてそう口にした啓太は、再び掲示物へと目を向ける。彼が熱心に見入っていたのは、授業の情報が掲示されるコーナーではなく、一番隅にある、地域の催し物などのポスターが貼られているところだった。

「フェルメール展？」

それは、近くの美術館で開催される企画展のポスターだった。フェルメールという画家の名前自体はあまりピンとこないが、そのポスターに印刷された、真珠の耳飾りをつけて頭に青っぽい布を巻いた少女の絵には見覚えがあった。今回その絵画が展示されるらしく、待望の来日！　などというキャッチコピーが紙面に躍っている。

「あ、この絵見たことある。美術の資料集に載ってた」

指を差す結月の隣で、啓太が頷く。

「……うん、有名な絵だよね。僕わりとこの画家の絵が好きで、二年前に開催された展示も観に行ったことがあるんだ」

啓太はどこか懐かしそうな目で、そのポスターを見上げていた。

「その時は、この『真珠の耳飾りの少女』は来日しなかったんだけど、昔盗まれて、戻ってきた作品とかが展示されてたんだよ。僕はその絵がなんだか好きでね。……ほら、ここに小さく載ってるやつ」

そう言って啓太は、ポスターの端にある絵画を指さした。

「この、召使いの女性と女主人が描かれてるやつが好きなんだ。陰の使い方とか、構図とか。表情もいいよね」

啓太はもう一度眼鏡を押し上げながら、目の前のポスターを仰ぐ。だが雄弁に語る割に、どこかその口調には覇気がない。

「美術館で初めて本物を見た時は、感動したなぁ。それまでフェルメールなんか興味がなかったくせに、……一緒に見に行った美緒も、この絵は気に入ってたんだよ」

結月は啓太の横顔を見やる。それは、先ほど聞いた幼馴染の名前だったはずだ。

「……そっか。誕生日も毎年プレゼント贈りあってたっていうし、仲良かったんだね」

同じようにしてポスターを見上げる結月に、啓太が何かを言いかけて口を開いたが、逡巡《しゅんじゅん》し、結局何も言わずに再びポスターへと目をやる。

入口の扉から吹き込む春の風が、かすかな花の香りを運んでいた。


「……結月ちゃんに話すかどうか、迷ったんだけど……」

翌日、結月は四限終わりに啓太から呼び出された。待ち合わせ場所に指定された中庭へ向かうと、予想以上に思い詰めた顔の彼が待っていた。

「どうしたの？」

一体何だというのだろう。半ば呆気《あっけ》にとられている結月に、迷うように口ごもった啓太は、覚悟を決めるように顔を上げると、一通の手紙を差し出した。

「これ、読んでみてほしいんだ」

「……手紙？」

彼が手にしている薄いピンク色の封筒に目をやって、結月は首を捻る。宛名のところには『啓太へ』と書かれていた。

「……昨日話した幼馴染はね、誕生日プレゼントと一緒に、毎年手紙をくれてたんだ」

その言葉に、結月は顔をあげた。

「あのペンセットの入った箱の傍にも、いつもと同じようにこの手紙があった」

午後四時をまわった中庭では、学生たちが思い思いに放課後を楽しんでいる。お揃《そろ》いのパーカーを羽織った一団がどこかへ歩き出す中、結月は確認するように啓太の顔を覗き込んだ。

「……見て、いいの？」

いくら受け取り主が了承しているとはいえ、他人の手紙を読むのは気が引けた。だが啓太は、かまわないと言って頷く。

「ごめんね、結月ちゃんに重荷を背負わせるつもりはないんだけど、女の子の方が、もしかしたらわかることがあるかもしれない。だから、いつか訊いてみようと思ってたんだ……」

戸惑いながら受け取った手紙は、ごく普通のレターセットだった。封はきちんと糊《のり》付《づ》けされていて、その端の方が数ミリ切られ、開けられている。封筒の中から便箋を引き抜いて、慎重な手つきで開いた瞬間、結月はその意外な紙面に言葉を失った。

「え……、これ……」

封筒と同じ薄いピンク色の便箋には、何一つ文字がなかった。何度見返しても、目を凝らしても、そこには整然と並んだ罫線《けいせん》があるだけで、空白が広がっている。

「不思議でしょ？　僕も最初見た時は、わけがわからなくて混乱したんだ。僕が開けるまできちんと封もされてたし、いろいろ調べてみたけど何もわからなかった」

結月は便箋の裏側なども見てみたが、文字を記載したような跡さえない。つまりこれは、封筒に宛名のみを書いて封をされたということになる。

「消えるインクとか……あぶりだし、とか？」

何か理由があって、手の込んだ細工を施したのだろうか。結月は思いつくものを口にしてみたが、啓太はどれも首を振った。

「いろいろ試したけど、どれも違ってた。その宛名の文字は間違いなく美緒の物だから、美緒が用意した手紙には間違いないんだけど……」

啓太は、短く息をつく。

「何度考えてもわからないんだ。美緒はどうして、こんな手紙を僕に渡そうとしたんだろう。書きかけだったとしたら、封をしているのは不自然だし」

「確かに、そうだよね……」

わざわざレターセットを用意し、啓太へという宛名まで書いているのに、なぜ本文を書かないまま彼女は封をしてしまったのか。

「女の子なら何かわかるかなと思ったけど、やっぱり、こんなのわからないよね？」

自嘲気味に笑って、啓太はごめんね、と口にする。

「ううん……でも、もうちょっと考えてみようよ。絶対何かあるはずだもん！」

意味のない手紙を残すはずはない。結月はせめて筆跡などが残っていないかと、便箋に目を凝らす。細かい粉をふりかけたら、文字が浮かび上がったりしないだろうか。

「……あれ？」

便箋を顔に近づけていた結月は、その嗅覚がとらえたかすかな香りに手を止めた。いつもならば素通りしてしまうような、普段意識しない香りが、なぜだか今日は鼻に引っかかる。

「どうしたの？」

動きを止めた結月に、啓太が怪訝な顔をする。結月は顎を上げて自分の周りの香りを確認すると、慎重に便箋を鼻先へ近づけた。すると、その香りはよりはっきりと輪郭を持った。

色づいた香りの意志が、結月の鼻先でその存在を主張するように。

「啓太くん、この手紙、何か香りがついてるよ」

もう一度口を尖らせて香りを確かめ、結月は便箋を啓太へと手渡す。

受け取った便箋を鼻に近づけた啓太は、何度か確認して首を捻った。

「言われてみれば、そんな気もするけど……」

その間に、結月は封筒の方も確認する。だがこちらは、便箋よりももっと薄い香りだった。もしかすると、便箋の香りが移っただけなのかもしれない。

「僕にはよくわからないけど……、結月ちゃん、それってどんな香り？」

啓太が若干焦るように尋ねてくる。これが手紙の謎を解くヒントになるかどうかはわからないが、彼にとっては唯一の手がかりなのだろう。

「うーん、なんだろう、こんなにおい初めて嗅ぐなぁ。……木、みたいな香りかなぁ。あとなんかちょっと粉っぽい感じもして……それからショウガ、みたいな。でも間違いなく香りだよ。紙のにおいとかじゃなくて」

再び手にした便箋から、結月は慎重に香りを嗅ぎ取る。結月でもかなり鼻へ近づけないと、その香りを感じ取れないほどだ。それでもなんとか、杉板を思わせるような香りと、甘く粉っぽい化粧品にも似た香りと、スパイシーなショウガのような香りだけは、選び取れた。それらが複雑に絡み合って、便箋からほのかに香っている。

「……木、……甘い？……なんだろう」

つぶやいて、啓太が迷うように瞳を動かした。

「美緒はずっとアロマテラピーにはまってたんだ。だからもしかしたら、その中の何かの香りをつけたのかもしれないけど……」

「アロマかぁ……」

つぶやいて、結月は天井を仰ぐ。食べ物のにおいならまだしも、自分は香りにまったく詳しくはない。けれど、何か力になれることはないか。そんなことを考えて、ふと頭の片隅で何かが引っかかった。ごく最近、香りについてやたらと詳しい人物に出会った気がする。

「あ！」

突然声を上げた結月に、啓太が驚いたように目を向けた。大きな声に反応した他の学生が、ちらちらと視線を向けてくる。

「あの人だったらわかるかもしれない！」

薬草園の片隅で、虹色の香りに囲まれていたあの男子学生。

「あの人……って？」

困惑して尋ねる啓太に、結月は一昨日の出来事の一部始終を説明した。

「……またお前か」

中庭からそのままの足で、啓太をあの薬草園へ連れていくと、案の定千尋は小屋におり、扉の向こうに結月の姿を見つけてうんざりと顔をしかめた。

「すいません……また来ちゃいました」

小屋の中から顔を出した千尋に、結月の後ろで啓太が惚《ほう》けたように息を吐いたのがわかった。千尋のその姿は、顔のつくりから手足のパーツまで、同性でも一瞬見とれるほどの、すべてにおいて均整のとれた体軀《たいく》なのだ。

結月は彼の名を呼ぼうとして、姓を知らないことに気付いた。澤木が千尋くんと呼んでいたことだけは覚えているが、そもそも彼から名乗ってくれたわけではない。少し図々しいかとも思いながら、澤木にならって下の名前を口にする。

「今日はちょっと、……千尋さん、に相談があるんです」

頼みごとをする側らしくかなり遠慮がちな口調で言ってみたが、千尋はしかめ面のまま結月を見下ろした。

「断る」

たった二文字で、拒絶される。

「話くらい聞いてください！」

断るにしても、もう少し言い方はないのか。一昨日の態度から半ば予想していたとはいえ、食い下がる結月に、千尋はうるさそうに短く息をついた。

「ここは休憩所じゃないんだ。ましてカウンセリングルームでもない。相談なら然《しか》るべきところに行け」

冷ややかな目で一瞥《いちべつ》された啓太が、若干おびえるように目を逸らす。悪い人ではないと思うのだが、こういう時の口調や態度にいちいち棘があるのだ。

「ちょ、ちょっと待って！」

ここまで来て手ぶらでは帰れない。あの手紙の謎を解く唯一の手がかりは、今のところ便箋に残る香りしかないのだから。

「ヒントもらったら、すぐ帰りますから！」

目の前で扉が閉じられていく中、その隙間に滑り込ませるように結月は叫ぶ。

「香りのことなんです！」

その瞬間、ドアノブを持つ千尋の手がぴたりと止まった。

涼やかな双眼が、ゆっくりと結月を捉える。

その反応に、啓太が慌ててカバンからあの手紙を取り出して、結月の前に出た。

「この手紙に残ってる香りが何なのか、それが知りたいんです」

無言で手紙を眺める千尋に、結月は畳み掛けるように続ける。

「お願いします。それだけ聞いたら、すぐ引きあげますから」

吟味するように二人を見下ろしていた千尋は、ひとつ息をつくと、ようやく扉を押し開けた。

「小屋の中の物には手を触れるな」

結月と啓太は神妙に頷いて、様々な香りが満ちる小屋の中へと足を踏み入れた。

扉を閉めてしまうと、途端に小屋の中の閉じられた空間が際立つようだった。作業台の上では、作りかけの城のプラモデルが置かれ、その傍では煌々《こうこう》とキャンドルが燃え、上部の皿のようなものを温めていた。そこから漂ってくる甘い花の香りに、結月は思わず深呼吸をして目を閉じる。透明な青紫の玉が生まれては弾け、空間に満ちていくような感覚だ。

「ラベンダー、ですね」

香りの名前を口にしたのは、啓太だった。その名前は、結月もよく聞いたことがあった。吸い込むたびにどことなく心が静まっていく、眠気を誘うような花の香り。

「美緒が好きだった香りなんだ」

微笑《ほほえ》んでみせる啓太を、結月は複雑な思いで見やった。図らずも、幼馴染を思い出す香りにここで出会ってしまうとは。

「突然訪ねてきてすいません。僕は一回生の清水《しみず》啓太といいます」

覚悟を決めたように顔を上げた啓太は、改めて千尋に向き直り、頭を下げる。

「幼馴染が遺した手紙の謎を解きたくて、結月ちゃんにあなたを教えてもらいました」

律儀に説明する啓太に短く息をついて、千尋は、それで、と話の続きを促す。

「手紙の謎っていうのは何なんだ？」

啓太は頭の中を整理するように言葉を選びながら、事の経緯を語り始めた。

「……幼馴染は、美緒は、一年前の二月十日、僕の誕生日の二日前に、交通事故で亡くなりました」

それは高校三年生になる春を控えた、二月の初旬だった。隣県に住む知り合いを訪ねようとしたらしい彼女は、電車を一時間半ほど乗り継いでたどり着いた駅の、バス乗り場へと向かう途中の交差点で事故に遭ったという。横断歩道を渡っていた彼女の元へ、信号無視の軽トラックが突っ込んだらしい。平日の夕方だったことから目撃者は多く、すぐに病院へと運ばれたが、家族や啓太が到着する頃には、もう息を引き取っていたそうだ。

「加害者は農家の六十代の男性で、彼自身も重傷を負いました。普段車にはほとんど乗らないらしくて、その軽トラックも、月に一回肥料を運ぶ時に使えばいい方だっていうくらい、使用頻度は低かったって聞いてます。……本当に、不運な事故でした」

未だ割り切れない思いを包括するように、啓太は口にする。

「これは、美緒が僕の誕生日プレゼントと一緒に遺した手紙です。見つかったのは、先々月の一周忌の時。それまでは鍵のかかる机の引き出しに入ってました。肝心の鍵がずっと見つからなくて、たまたま片付けようとしたカバンの内側のポケットに入ってるのを母親が見つけて、それで開けたらしいんです」

作業台にもたれるようにして立つ千尋に、啓太は手紙を差し出す。初めてその手紙を見せられた結月と同じように、千尋も受け取ることに若干の戸惑いを見せた。そして念押しするように啓太に目を向け、おもむろにその手紙に手を伸ばす。

「封は、僕が開けるまで開いていませんでした」

啓太の言葉を聞きながら、千尋は封筒の宛名を確認し、中の便箋をゆっくりと引き抜く。そしてそれを開いたところで、思案するように目を細め、顎に手をやった。

罫線だけが並ぶ、空白の便箋。

「僕と美緒は、小さい頃から毎年誕生日にプレゼントと手紙を贈りあっていて、だからそれを見つけた時もてっきりその手紙だと思ったんです。プレゼントと一緒の紙袋に入ってたし。でも……」

啓太はその先の言葉を濁した。そして彼の代わりに、結月が続きを引き受ける。

「宛名だけあるのに、本文がないなんておかしいですよね？　でもちゃんと封はされてたらしいんです。だから、何か意味があると思うんですけど……」

同じ女性の立場である結月でも、この手紙に隠された意味はさっぱり分からない。

一体美緒はどういう意図でこの手紙を残したのだろう。

「……香りが残ってるって言ったか？」

便箋から顔を上げて、千尋が啓太に目をやる。

「はい。僕はよくわからないんですけど、結月ちゃんが……」

またお前か、という半ば呆れた視線を千尋から向けられたが、結月は大真面目に頷いた。何度も確認したので、そのことだけには自信がある。

千尋は香りを確認しようとして一瞬躊躇し、わざわざ窓を開けに行って、その傍で香りを確かめた。焚いているラベンダーの香りと混ざることを避けたのかもしれない。

「……薄いな」

険しい表情で、千尋はつぶやいた。便箋に近づけた鼻から息を吸い込み、吐く息が便箋にかからないよう、顔をそむけて別の方向へと息を吐きだす。何度かそれを繰り返したが、その反応は啓太と似たようなものだった。結月の良すぎる嗅覚と比べれば、当然の反応だともいえる。

「秋山……って言ったな、確か」

唐突に名指しされ、結月は慌てて、はい、と返事をした。

「お前、この香りがわかるのか？」

「わかるっていうか……何の種類かはわかりませんけど、香りがついてることはわかります」

メンタームのようなわかりやすい例を出せないことが申し訳ないが、結月の鼻は確実にその手紙に残る香りを嗅ぎ分けている。これがピザの香りやら、パスタの香りであれば、具材なども言い当てることができたかもしれないが。

「香りの種類を具体的に言ってみろ」

「具体的にですか⁉」

レベルの高い指示に、結月は思わず問い返す。

「お前ならできるだろう。ドライフルーツティーの中身を言い当てたくらいなんだからな」

千尋が差し出してくる便箋を、結月は戸惑いつつ受け取った。果たして自分に、千尋が納得のいく説明ができるだろうか。

「……ええと、木みたいな香りなんです。例えば……新築の家に入った時みたいな？」

結月の香りに対する語彙は少ない。どうにかしてわかってもらおうと、口を尖らせて香りを読み取りながら、結月は必死で言葉を探した。

「中学校の時の工作室の香りにも似てます。木を削ったりした時の香りだと思うんですけど……」

例えば自分に全種類の精油の香りが頭に入っていれば、もう少しわかりやすい説明ができるのだろうが、残念ながら自分のスペックはそこまで高くない。

「それに、ちょっと粉っぽい香りも混じってて……」

「ちょっと待て」

説明を続けようとした結月を、千尋が不意に制止する。

「香りは一種類だけじゃないのか？」

何か変なことを言っただろうか、という戸惑いの中、結月は頷いて続ける。

「はい。何種類か、感じます。ちゃんと説明しろって言われると……難しいですけど、木みたいなやつと、粉っぽいやつと、あとなんかちょっとスパイシーな感じの」

目を閉じて意識を集中すれば、結月には少なくともその三種類ほどの香りが視える。

「木と……粉っぽい……それに、スパイシー……」

千尋は作業台の上のキャンドルを吹き消し、空気を入れ替えるように部屋中の窓をすべて開けた。そしてその足で棚の方へ向かうと、ガラス戸を開けて木箱を取り出し、その中のずらりと並んだ小瓶の中からいくつかを選び取って、作業台に並べ始める。

「お前が言うイメージから連想できる香りはこれくらいだ」

千尋は三つのグループを作って、そこにそれぞれ三、四種類くらいずつの小瓶を置いた。そしておもむろに結月と目を合わせて、さも飼い犬に命じるように口にする。

「探せ」

「は⁉」

もしかして、これをすべて嗅いでみろということなのだろうか。

啞然としている結月に、千尋はやれやれと言った感じでため息をつく。

「しょうがないだろう、どの香りかわかるのがお前しかいないんだ。それともこのまま帰るか？」

結月は愕然と千尋を見返した。常日頃世話になっている啓太のためならば、何種類香りを嗅いで判別しようがそんなことは一向にかまわないが、もう少し言い方というものがあってもいいような気がする。

「結月ちゃん……」

啓太が眼鏡《めがね》越しに、複雑な表情で見つめている。その視線を受けながら、結月は作業台の上の小瓶を渋い顔で見やった。できることなら彼の力になりたいし、結月自身もこのまま帰るつもりはない。だが、こんな数の中から一つの香りを嗅ぎ当てるなど、果たして自分にできるだろうか。

「……わかりました」

腹を決めるように息をつき、結月は椅子に腰を下ろした。

結月はまず木のグループの中から、小瓶をひとつ手に取った。蓋を開け、嗅覚に触れてくる香りの分子を玉のように想像し、便箋からかすかに漂うあの香りと同じ色や景色を探して意識を集中する。途中で鼻をリセットしながら、二瓶目、三瓶目と開けるうちに、結月は千尋が選んだものが見事に同じ系統のものであることに気付いた。

自分の拙いあの説明だけで、よくもここまで似たものを選べるものだと、内心舌を巻く。それはつまり、彼がそれだけ香りを熟知し、それを記憶しているということだ。

あの偉そうな態度には、それだけの実力を有するという自負もあるのだろう。

「……あ」

木のグループの最後の瓶を開けたところで、結月は顔を上げた。香りの系統、その濃さや質感など、結月にしか表現できない領域が、便箋から嗅ぎ取った香りと限りなく近い。

「それか？」

「はい、……たぶん」

結月は手にしていた小瓶を、千尋へと差し出す。

「……シダーウッドか」

千尋は小瓶に貼られたラベルを読んで、結月を手伝って蓋を開ける係をしていた啓太に目をやる。

「その幼馴染は、こういう精油も持ってたか？」

千尋から小瓶を受け取り、自分でもその香りを確かめ、啓太は首を横に振った。

「いいえ、美緒はこういう香りを好みませんでした。持ってた精油は、ラベンダーやイランイラン、ローズやジャスミンなんかの、華やかな花のものがほとんどでした。万人受けするような柑橘系も、あんまり好きじゃなくて」

その言葉に、千尋が思案するように腕を組んで作業台にもたれかかった。その間に、結月は残り二種類の香りを探す。さすがにこう続けて嗅ぐと鼻がおかしくなりそうだが、だからといって、ここであきらめるわけにもいかない。

「うん……これと、これだ」

最終的に結月が選び出したのは、オークモスとカルダモンというラベルが貼られた精油だった。

「これも見覚えはないな？」

二つの小瓶を指して、千尋が啓太に尋ねる。

「はい」

ラベルと香りを確認して、啓太は頷いた。

「なんか、わかりそうですか？」

酷使した鼻を押さえながら、結月は千尋を仰ぐ。さすがに少し鼻腔に香りが残る感じがして、今の部屋の正常な香りがよくわからない。

三つの小瓶を前にして考え込んでいた千尋は、やがて言葉を選ぶようにしながら口を開いた。

「秋山が選んだものに間違いがなければ、この便箋に残っている香りは、香水を使ってつけられた可能性が高い」

「香水？」

啓太が怪訝な顔で、つぶやくように繰り返した。

「カルダモンは香水のミドルノートに、そしてシダーウッドやオークモスは、香水のラストノートに使われることが多い。わざわざ何種類もの精油を選んで振りかけたとは考えにくいからな」

よくわからない言葉が出てきて、結月は授業中のように挙手をする。

「あの、ノートって、何ですか？」

普段香水をつけない結月にとって、ミドルだとかラストだとか言われても、何のことだかさっぱりわからない。

尋ねた結月を、千尋が凍てつくような眼差しで振り返る。

「それくらい自分で調べろ」

啞然と固まる結月の隣で、啓太が素直にタブレット端末を取り出して検索をかけた。

「……ノートっていうのは精油が揮発する度合いのことみたいだよ。香りが立ち上ってくる時間が精油によって違ってて、トップノートは、つけてから約二十分、その後ミドルノートが約二時間、最後にラストノートが約六時間安定的に香る。香水は、それを計算して香りを調合してるんだって」

サイトを読み上げる啓太の説明に、結月は感心するようにへぇとつぶやいた。百貨店などのコスメ売り場で見かける香水に、そんな仕組みがあるなど考えもしなかった。

「それにしても、ラストノートに使われがちな二種類はともかく、カルダモンのスパイシーさまで嗅ぎ取るって、お前どんな鼻してんだ。それを今まで食べ物のためにしか使ってないって、宝の持ち腐れも甚《はなは》だしい」

千尋が呆れたように言うのを、結月は複雑な思いで聞いた。褒められているのか、けなされているのか、よくわからない。

「でも香水なんて、美緒は持ってたかな……」

三つの小瓶を眺めながら、啓太がつぶやいた。それに気付いた千尋が、確認するように尋ねる。

「覚えがないか？」

「……はい。美緒が亡くなる前も、亡くなった後も、僕は何度も彼女の部屋を訪れてるけど、エッセンシャルオイルやハーブ水はあっても、香水はなかったと思うんです」

迷いながらも、はっきりとした口調で啓太は主張する。

「あのー、あと、女の子視点から言わせてもらうと」

再び挙手をして、結月は口を挟む。

「この香りって、ちょっと大人っぽい感じがしません？　女子高生がつけるにはちょっと不自然っていうか」

それは便箋の香りに初めて気づいた時から感じていたことだった。もっと大人の女性や、男性であればわかる気はするが、高校生の女の子にふさわしい香りとは言い難い。彼女が華やかな花の精油を好んだのであれば、なおさら疑問が残る。

「確かに、これだけを嗅げば、女子高生が持つには大人びてる香りだ。でも、香水は時間によって香りが変化するからな。トップノートやミドルノートが加われば、また印象が変わったりもするし、個人の好みもある。だから一概に、この手紙に使われた元々の香りが、女子高生には不自然な香りだと言い切ることは……できない」

断言するような言い方だが、その千尋の口調は案外きつくはない。むしろその語尾に、何か思案するような含みがあった。

「……あ、そうだ、香水って言えば……」

考え込んでいた啓太が、不意に顔を上げた。

「僕らが中学生の頃まで向かいの家に住んでた人が、たくさん香水を集めてる人だったんです」

何か確信を得たように、啓太は二人を振り返る。

「理枝《りえ》さんっていう客室乗務員をしてる人で、僕と美緒は随分《ずいぶん》かわいがってもらいました。フライトに行くごとに、海外で香水を買ってくる人だったんです。だから家にはいっぱい香水があるって聞きました。引っ越してからも、美緒は二人で遊びに行くくらい仲が良くて」

そこで言葉を切って、啓太は続ける。

「あの日美緒は、理枝さんの家に行こうとして事故に遭ったんです」

結月は目を瞠《みは》る。何の手がかりもなかった手紙の謎が、わずかにほころんだような気がした。

香水を持っていなかった美緒。

香水を買い集めていた理枝。

そして今でも、行き来があった二人。

「学校の昼休み中に、突然今日訪ねてもいいかって連絡をしたらしくて……」

美緒が亡くなったのは去年の二月。平日だったその日、学校が終わったその足で、彼女は片道二時間弱かかる知人の家へ向かったということになる。それだけの時間をかけて向かうのに、わざわざその日でなければいけない理由があったのだろうか。

「じゃあ美緒ちゃんは、理枝さんから香水をもらった可能性があるってこと？」

結月は情報を整理するように口にする。啓太の知らないうちに、美緒が理枝から香水を手に入れていたとしたら、この便箋に香りを残すことも可能だということだ。

「……でも、幼馴染の部屋に香水はなかったんだな？」

冷静な千尋の言葉に、啓太は複雑な顔で頷く。

「はい。事故当日の持ち物の中にもありませんでした。それに、理枝さんにはお葬式の時に会いましたけど、香水のことや、まして手紙のことなんて、何も言ってませんでした……」

啓太の言葉に、結月はますます混乱して作業台の上に突っ伏した。では一体、この便箋に香りをつけた香水はどこに消えてしまったというのだろう。そしてなぜ、美緒はその日突然理枝の家に向かったのか。

「一番手っ取り早いのは、その理枝さんに会いに行って、もう一度詳細を聞くことだな。親しい人間を亡くした直後に、香水のことまで頭が回るとは思えないし」

千尋は作業台の上に出した精油の瓶を、元通り棚へと戻していく。

結月は納得するように頷いて、啓太を振り返った。

「じゃあその理枝さんに会いに行ってみるしかないね。私も付き合うよ」

乗りかかった船だ。ここまでくれば最後まで付き合わないと、逆に気持ちが悪い。

「ありがとう、結月ちゃん」

行くなら早い方がいいだろう。どこかほっとした顔で啓太が礼を言うのを見て、結月は早速、小龍包《しょうろんぽう》が浮き出るようにデザインされたスケジュール帳を取り出して、予定の確認をする。初めて見た時、啓太が思わず二度見した代物《しろもの》だ。

「今週末の、土曜日の午後とかどうかな？　理枝さんと連絡取れる？」

「うん、僕は大丈夫だよ。理枝さんにも連絡してみる」

「千尋さんは？」

結月の流れるような質問に、千尋が一瞬瞠目《どうもく》して、眉間に深い皺を刻んだ。

「なんでオレが行かなきゃいけないんだ？」

その反応に、結月は肩をすくめる。流れで頷くかと思ったのだが。

「やっぱ、だめ、ですか……？」

「手がかりは充分与えてやっただろ。あとは自分たちでなんとかしろ」

「だって理枝さんに会いに行ったって、そこで全部解決するとは限らないじゃないですか。私たち香りに関しては素人《しろうと》だし。もしそこでまた香りに関する謎にぶつかったら、またここに来ることになりますよ？」

「もう二度と来るな」

うんざりした様子で精油を棚へと戻し終えた千尋は、作りかけで放置してある城のプラモデルを、大事そうに奥の棚へと移動させる。それを見ていた啓太が、ふと思いついたように口を開いた。

「僕からもお願いします。できれば千尋さんも、一緒に見届けてもらえませんか？」

啓太の落ち着いた声色に、千尋がしかめ面で振り返る。

「それに、僕が言うのもなんですけど、千尋さんはこんなに香りに詳しいんだから、正直気になると思うんです。便箋に残った香りに、どんな意味があるのか」

案外図星だったのか、気まずそうな顔で千尋が啓太を見つめて、息をつく。

「……確かに、興味がないと言えば嘘《うそ》になる。だが、オレがそこまで協力する義理はない。今回香りを特定できただけでも、かなりの親切だ」

「その通りです」

突き放す言い方をする千尋に向かって大きく頷き、啓太は続ける。

「だから、もし今度一緒に来てくださるなら、僕はそれなりのお礼をします」

「お礼？」

結月は怪訝に問い返した。

啓太は、黒縁の眼鏡を押し上げる。

「僕の家に正宗社の『日本の城シリーズ　幻の安土城《あづちじょう》デラックス版』が、未開封のまま残ってます。限定モデルだったので、再販がないことはご存じだと思うんですけど」

それを聞いて、明らかに千尋の顔色が変わった。

奥の棚にぽっかりと空いている空間は、おそらく澤木教授が持ち去ったらしい姫路城が置いてあった場所だろう。その他にも、彦根城《ひこねじょう》や大阪城《おおさかじょう》など、結月でもわかる名城はもちろん、様々な城が繊細に組み立てられ、飾られている。

「僕の父が買ったんですけど、場所を取るからって母に反対されて、結局物置に仕舞われてるんです。それを、差し上げてもかまいません」

そうきたか、と結月は感心するように啓太を眺める。結月にしてみれば、千尋が一緒に来てくれるのなら、その代償が城だろうが甲冑《かっちゅう》だろうがなんでもいい。

何か反論しようとして千尋は口を開いたが、はっきりと言葉にはできずに、結局しかめ面のまま、うなだれるように右手で顔を覆った。

四

週末の空は、皮肉なほど晴れ渡った。新緑をまとった街路樹は、春の柔らかな風に吹かれ、アスファルトに影を躍らせている。もうすぐ訪れる連休を過ぎれば、季節はいよいよ初夏へと移っていくだろう。

電車を二回乗り継ぎ、啓太に促されるようにして下車した駅は、駅ビルなどもなくこぢんまりとしているものの、最近新しく建て替えられたらしく、壁や床にまだ真新しさが残っている駅舎だった。だが併設するショッピングモールなどがないため、土曜日にもかかわらず利用客は案外少ない。

「……オレ、夕方から予定があるんだけど」

待ち合わせ時間ぎりぎりになって、渋々といった感じで現れた千尋は、午後二時をまわった駅の時計を恨めしく見上げた。

「だから、それまでに終わらせるように、ささっと移動して、ささっと話を聞いて、帰ってくればいいじゃないですか」

出口へと続く階段を下りながら、結月は何度目かのなだめにかかる。最悪来ないかとも思ったが、渋々でも顔を見せたあたり、本人も結果が気になるところではあるし、なにより幻の安土城に釣られているのだろう。ただ、そのために二時間弱をかけて移動することが、どうも気に食わないらしい。割と面倒臭い男だ。

「でも、平日の放課後にここまで来ようと思うのは確かに引っかかりますよね。よっぽど来ないといけない事情があったのかな」

腕時計で自分も時刻を確認しつつ、結月は腕を組む。駅の周りはすぐ住宅街になっており、若者が集まるような娯楽施設もない。美緒は理枝の家に行くためだけに、わざわざ夕方、電車を乗り継いでここへ来たことになる。

うんざりした表情で歩いていた千尋が、ふと思いついたように顔を上げた。

「……そうか、急いで来ないといけない事情が、あったのかもしれないってことか」

バスの乗り場を確認してくると言って、啓太が案内の窓口へと小走りに向かう。幻の安土城は、今日は荷物になるので後日大学で引き渡す約束になっていた。

啓太の背中を見送って、結月は千尋を振り返る。

「急いで来ないといけなかった理由って、なんだと思います？」

時刻表が貼られた柱に寄りかかって、結月は尋ねる。

「だから、それを今から訊きにいくんだろ。今ある情報だけで判断できるか」

結月を見下ろすようにして、千尋が腕を組む。

「ただ、彼女にとって、とても重要な理由だったことだけは確かだ」

涼やかな双眼が、外の街路樹へと向けられる。風に揺れる葉音が、結月の耳にも届いた。同時に若葉の瑞々しい香りが嗅覚に触れて、結月はそれを深呼吸するように吸い込む。今までは通り過ぎるだけだったこのような香りを、ここ最近よく意識するようになった。

あの日美緒は、何を思ってここへ来たのだろう。

まだ、わからないことばかりだ。

「……あ、フェルメールだ」

結月はふと、駅の入口にある掲示板に張られたポスターに目を留めた。確か大学にも貼ってあったポスターのはずだ。大きく印刷された、真珠の耳飾りの少女に使われた青色が目を引く。

「あれ、大学にも貼ってあったんです。啓太くんが好きらしくて」

そう言う結月の視線を追った千尋が、おもむろに口を開いた。

「ヨハネス・フェルメール。ウルトラマリンを使ったこのフェルメール・ブルーが有名でもある、いわゆるオランダ絵画の黄金時代の一端を担った、十七世紀の画家」

流暢《りゅうちょう》な説明に、結月は思わず千尋を振り返った。

「もしかして、絵画にも詳しいんですか?」

香りの世界だけでなく、芸術の世界全般に造詣《ぞうけい》が深いのだろうか。

尋ねた結月に、千尋は呆れた目を向ける。

「これくらいは一般常識だろ。フェルメールは、作品が盗難に遭ったことでも有名だ。その取り戻された絵が来日した時は、オレも実際見に行ったことがある」

当時を思い出すような口ぶりで、千尋がもう一度ポスターへと目をやった。

「あ、それって啓太くんが好きだって言ってた絵かな? これですよね?」

似たような話を聞いた気がして、結月はポスターに小さく載っている絵画を指す。

「美緒ちゃんも、この絵は好きだったらしいですよ。それまでフェルメールには興味がなさそうだったのに、この絵は気に入ってたって、啓太くんが言ってました」

取り繕うように口にする結月に、千尋がふと何かを言いかけ、結局思案するようにして、言葉にはせずに呑み込んだ。

バス乗り場へ向かう横断歩道は、交通量の多い国道を横断する形になっている。美緒が事故に遭ったのは、ちょうどここを渡っていた時で、脇見運転で信号無視をした軽トラックは、美緒の体を交差点の中央辺りまで撥ね飛ばしたという。

横断歩道を渡りきったところで、啓太は交差点に向かって手を合わせた。それにならって、結月と千尋も手を合わせる。そこは何の変哲もないごく普通の道路だ。一年前、ここで一人の少女が命を落とした痕跡など、どこにも見当たらなかった。

「僕は、実際に事故を見たわけじゃないから、正直ここに来てもあまり実感がわかないんだ。お通夜やお葬式が終わってからしばらくして、僕が初めてここに来た時には、当然だけど、現場は綺麗に片づけられてて、ちょうど車がぶつかったガードレールも、綺麗なものに替えられたところだった」

走り去る車の風に髪を煽られながら、啓太はどこかつぶやくように言った。

例え何の変哲もない風景だったとしても、実際事故の後ここに来るのは勇気がいっただろう。

「あの日、いつもと同じように教室で顔を合わせて、放課後になって理枝さんのところに行ってくるって聞いたんだけど、あれが最後になるとは思わなかったな……」

そう口にする啓太は、眼鏡のレンズ越しに、まるで生前の美緒をそこに見ているようだった。当たり前のように隣にいた人が突然いなくなってしまった悲しみを、結月たち他人には、推《お》し量《はか》ることしかできない。

「こんにちは」

ガードレールの脇に立っていた三人の後ろから、穏やかな声がかかる。

振り返ると、四十代手前くらいの男性が人好きのする笑みを浮かべて立っていた。野田花苑《のだかえん》と書かれた濃緑のエプロンをつけ、どこかへの買い出しの帰りか、右手にはコンビニの袋をぶら下げている。

「あ、野田さん！　こんにちは」

男性に気付いた啓太が、見知った人への笑顔を浮かべた。

「今日は友達と？」

「はい。その節は、いろいろとお世話になりました」

親しげに会話をするその様子に、結月は二人の顔を見比べる。友達にしては年齢が離れすぎているような気もするが、一体どういう知り合いなのだろう。結月のその視線に気づいたように、啓太が結月たちを振り返った。

「野田正治《まさはる》さん。この二軒先の花屋さんだよ。一年間はここに花を供えてたから、ここでいつも買わせてもらってたんだ。僕も美緒の家族も、遠くてあまり頻繁に来られない事情を知って、お供え物の処分とかも請け負ってくださったんだ。事故の時現場に居合わせて、救急車を呼んでくれたのも野田さんなんだよ」

意外にも、こんにちは、と、優等生らしく挨拶をする千尋に続けて、結月も頭を下げる。望んでいないのに失う縁もあれば、こういう温かな縁もあるのだろう。それは穏やかな啓太の人徳もあるのかもしれない。

「すいません、ちょっといいですか？」

先ほどまで早く帰りたいというオーラを出していたはずの千尋が、何か思うことがあるのか、一歩前に出て尋ねる。

「事情があって、あの事故のことを少し調べてるんですが」

長身の千尋が前に出ると、何となく威圧感があった。決して筋骨隆々とした体格ではないのだが、気圧される、という表現が正しいかもしれない。

「失礼ですが、野田さんは、あの事故を目撃されたんですか？」

尋ねる千尋に、正治は穏やかな眼差しを返す。

「正確に言うと、事故直後に居合わせたって感じかな。その瞬間を見たわけではないんだ」

そう言うと、正治は交差点の方へと目をやった。

「あの日のことはよく覚えてるよ。すごく寒い日で、あまりお客さんも来なくてね。

夕方五時ごろになって、今日はもう早めに店じまいして帰ろうか、なんて、スタッフと話してたんだ。辺りはもう暗くなってて、雪が降るのかな、なんて話してた時に、交差点の方からすごい衝撃音が聞こえてきて……」

そこまで言うと、正治は気を遣うように啓太に目をやった。それに気付いた啓太が、続けてください、と大きくはないがはっきりとした口調で答える。幼馴染の最期の瞬間の話など、聞きたいはずがない。それでも毅然《きぜん》と背筋を伸ばした啓太を、結月はどこか痛々しくも感じていた。

「……ひどい、事故だったんだよ。……そこら中に、ガラスの破片や車の部品、それに美緒ちゃんの靴や、カバンの中から飛び出した物とかが散乱してた」

目撃者から語られる生々しい内容に、結月は知らず知らず眉間に力を込めていた。今にもこの交差点に、その光景が蘇《よみがえ》りそうな気さえする。

「その時、何か変わったものを見つけませんでしたか？」

その千尋の問いに、正治は首を捻る。

「変わったもの？」

「例えば、小瓶とか、香水の入れ物みたいなものです」

ようやく千尋の質問の意味を理解して、結月は啓太と目を合わせる。事故に遭った時に美緒が持っていたとすれば、その混乱の中で紛失してしまっていてもおかしくはない。

「……いや、わからないな。もう辺りは暗かったし、僕が気付かなかっただけかもしれないけど……。ただ……」

「ただ？」

思案するように目を落とす正治に、千尋が尋ねる。

顔を上げた正治は、少し戸惑って口を開いた。

「香水って言われて思い出したんだけど、あの事故の時、車から流れ出たオイルや、タイヤの焦げたようなにおいに混じって、芳香剤みたいなにおいがしてたんだ」

「芳香剤？」

結月は確認するように繰り返す。

「車用の芳香剤ってあるだろ？　そのにおいだと思うんだけど」

正治が思い出すようにそう口にするのを聞いて、千尋が腕を組む。

「その可能性は……低い、かもしれませんね」

「どうして？」

尋ねる結月に、千尋はちらりと目をやる。

「事故を起こしたのは農家の軽トラックだったんだろう？　しかも、月に一回畑に肥料を運ぶ時に使えばいい方だっていうくらい、使用頻度は低かった。そんな車に、わざわざ芳香剤を置くか？」

確かに、千尋が言うことは的を射ていた。作業用の車に、まして消臭剤ではなく芳香剤を置いているというのは、なんとなく引っかかる。

「車用の芳香剤でないとしたら、その香りは、美緒さんの持ち物であった可能性が出てくる。持ち物が道路に散乱していたっていうくらいの激しい衝撃の中、瓶に入っていればおそらく割れてしまっただろうし、飛び散った車のフロントガラスなんかと一緒に、処分された可能性が高い」

交差点を行きかう車に目を向け、千尋がその視線を再び正治へと移動させる。

「野田さん、その香りって、どんな香りだったか覚えていますか？」

尋ねられ、正治は再び記憶をたどるように瞳を巡らせた。

「確か、レモンとかオレンジみたいな、……シトラスなんとかみたいな？　そういう、柑橘系っぽいにおいだったと思う」

その言葉に、啓太が眉をひそめた。

「柑橘系、ですか？」

　確か美緒は、柑橘系の香りが好きではないという話ではなかったか。結月は戸惑うような啓太と目を合わせた。ラベンダーの香りならともかく、好きではない香りをなぜ持っている必要があるのだろう。

「まだ憶測の話だ。それに、なにもそれが美緒さんの物だとは言ってない」

　二人の心中を読み取るように、千尋は口にする。

「美緒さんの物ではなかったかもしれないし、たまたまその日持っていただけだったかもしれない」

　なにか思い当たることがあるのか、千尋は意味深な言い方をした。

「可能性を潰す手段として、加害者のところに行って、車内に芳香剤を置いてたかどうか聞くべきかもしれないが、時間が惜しい。それにおそらく、理枝さんに会えば全部わかるはずだ」

　その言葉に、結月は何か直感のようなものを感じて千尋を見上げた。もしかすると、彼はすでに、美緒が遺した手紙の真相にたどり着いているのではないか。

「なんだかよくわからないけど、役に立てたかな？」

　いまいち話が呑み込めていない正治が、取り繕うように頭を掻《か》く。

「充分です。ありがとうございました」

正治に丁寧に頭を下げ、千尋はバス停の方へと踵《きびす》を返した。それに倣《なら》って、結月と啓太も正治に礼を言って、その後を追う。

歩きながら、結月は自然と自分の胸のあたりを押さえた。この状況で不謹慎かもしれないが、鼓動が逸《はや》っている。今まで結月の中で、香りなど味覚と結びつくことでしか意味を見出さなかったが、今まさに結月たちを美緒が残したメッセージへと誘《いざな》っているのは、紛れもなく便箋に残された香りなのだ。

美緒が遺したその香りは、一体どんな言葉を語ろうとしているのだろう。

五

「ごめんね、昨日フライトから帰ってきたばかりで散らかってるけど、気にしないで適当に座ってくれる?」

バスに乗り込んでから十分ほどで到着した理枝の家は、閑静な住宅街の中にある、女性単身者専用のマンションだった。

「突然連絡して、すいませんでした」

理枝が引っ越してからも、啓太は美緒と三人で何度か会ったことがあるらしく親しげな表情を見せる。二人にとっては、姉代わりのような存在だったのかもしれない。

「いいのよ。久しぶりね、啓ちゃん。一周忌の時以来かしら」

美緒を失ったことは、すでに自分の中で決着がついているのか、それともそう装っているのか、快活に答える理枝は、二十代後半ほどに見える、ウェーブがかったロングヘアーが美しい女性だった。客室乗務員をしているだけあって、どこか頼りになる凛《りん》とした雰囲気がある。だがそんな彼女ですらも、玄関先で初めて千尋を目にした時、呆けたようにその整った容姿を眺めていた。仕方のない女の性《さが》ということだろう。

「いきなり電話があった時は驚いたけど、私にわかることだったら協力するわ」

理枝はお茶を入れるためにキッチンに立つ。結月は啓太と並んでソファに座ったが、なんだか落ち着かずに辺りを見渡した。

女の子らしい小物は少ないものの、室内はハイセンスな雑貨が置かれ、家具なども北欧ブランドの物と、アンティークのテーブルなどを合わせ、おしゃれなカフェを思わせるような雰囲気にまとめられている。本人が言う割には散らかってもおらず、服や雑誌が放置されているようなこともない。これならば自分の部屋の方がよっぽどまずいだろうと、結月は密かに反省した。

そして先ほどから千尋は、部屋の隅にある棚の前で、じっと考え込むようにしたまま動かない。そこには理枝が買い集めたらしい様々な香水の瓶が五十個ほど、所狭しと置かれている。単に香りマニアとして気になるのか、それとも何か手紙の謎を解決するための手がかりでも見つけたのだろうか。

「それで私は何を話せばいいの？ 美緒のことで訊きたいことがあるんだっけ？」

客用のティーカップを探してあちこち戸棚を開けていた理枝が、どうにか準備を整えてキッチンからティーセットを運んでくる。そして先ほどようやく探し当てたらしい、野イチゴの模様が入ったウェッジウッドのティーカップに紅茶が注がれた。湯気とともにふわりと広がった香りに、結月は思わず、あ、と声を上げる。茶葉の香りと爽やかに融合する、柑橘系なのにどこか甘い香り。

「ベルガモット」

そのつぶやきに、棚の前で千尋が振り返った。

「あら、よくわかったわね！ これアールグレイなんだけど、キーモンっていう中国産の茶葉に、ベルガモットの精油で香り付けをしてあるのよ。いい香りでしょ？」

艶やかな銅色にも似た紅茶を注ぎながら、理枝が微笑む。結月も何度かアールグレイは飲んだことがあるが、ここまで香りのいいものは初めてだった。きっとアイスティーで飲んでも美味しいだろう。

「ミルクを入れても相性がいいわよ」

そう言って、理枝は一度キッチンへと引き返し、再び戸棚を開け閉めした後、牛乳を入れたミルクポットを持って帰ってくる。その間に、千尋がソファへと戻ってきて、アールグレイの香りを確かめるように、ひとくち口に含んだ。

「昔から紅茶が好きで、いろんなフレーバーティーを試したけど、やっぱり私はこれが好きね。あとオレンジティーなんかもよく飲むけど。……えっと、それで……」

何の話だったか？　と首を傾げる理枝に、啓太はここを訪ねることになった経緯を説明した。美緒が遺した手紙のこと、その手紙につけられていた香りのこと。そして、事故現場で香っていたという柑橘系の香りのこと。

「手紙に、香り……？」

ちょうど結月の正面に腰を下ろした理枝は、確認するように繰り返した。

「そんなの全然知らなかった。一周忌の法要の時でも、そんな話出なかったから」

戸惑うように目を伏せる理枝に、啓太が口を開く。

「おばさんたちは、これ以上理枝さんに自分を責めてほしくなかったんだと思います」

あの日、なぜ美緒が理枝の家に向かおうとしたのかはわからない。道中で事故に遭ってしまったことは、信号無視をしたという加害者以外、誰も責めることはできない。

それでも理枝は考えてしまっただろう。今でこそ明るく振る舞っているが、あの日、美緒がうちに来ることを止めていれば、と。

結月が包むように持ったカップから、まだ爽やかな香りが立ち上っていた。理枝とは仲が良かったという美緒も、こうして一緒にアールグレイを飲んだのかもしれない。そう思うと、美緒のことは何一つ知らないはずなのに、胸の奥の方が痛む気がした。

「……事故があった当日、美緒さんからは突然連絡があったんですよね？　放課後、ここに寄りたいって」

結月は確認するように尋ねた。彼女にとって、急いでここへ来なければならなかった理由とは、一体何だったのだろう。

「ええ、美緒とは、ちょうどその前の日曜日に会ってたの。それから一週間もたたないうちに、しかも平日の放課後にうちに来るなんて、普段なら考えられないのよ」

当時を思い出すようにして、理枝は小さく息をつく。

「私の仕事はスケジュールが不規則だから、うちに遊びに来たい時、あの子は必ず何日か前に連絡をくれるの。現に、私はその前日まで仕事で留守にしていたし……。だから、あの日連絡をもらった時は、ちょっとおかしいなって思ったんだけど……」

テレビ台の上には、美緒と二人で写っている写真がある。それは他人同士とは思えない、まるで仲の良い姉妹のような笑顔に思えた。

「ちなみに、あのコレクションは全部ご自分で集められたんですか？」

部屋の隅にある棚を指して、千尋が尋ねた。

「そうよ。仕事柄世界を飛び回るから、お土産として集めてるうちに増えちゃって」

理枝の視線につられるようにして、結月も棚の方を見やる。

「すごい数ですね」

「何個あるかは、私もちゃんと把握してないの。メンズもレディースも関係なく、香りが気に入ったら買っちゃうから、もう混沌《こんとん》としてるのよ」

そろそろ整理しないと、と、理枝が苦笑する。

「理枝さん、美緒に香水をあげたりはしなかったですか？」

ティーカップを置いて、啓太が核心に触れる。確かにこれだけの量があれば、仲の良い妹のような美緒に、プレゼントしていてもおかしくはない。

「そうねぇ……あの子がもっと小さい頃に、イチゴのコロンをあげたことはあるけど……」

理枝は片頰に手をあて、首を傾げる。

「美緒とはあんまり香りの趣味が合わなくてね。啓ちゃんも知ってるでしょ？　あの子はラベンダーや花の香りが好きだったから、今度見つけたら買ってくるっていう約束はしてたのよ」

その約束も、果たしてあげられなかったけど、と、理枝はテレビ台の写真を見つめながらつぶやいた。

「理枝さんは、柑橘系の香りがお好きなんですね」

おもむろにソファの背もたれから体を起こし、千尋が前かがみになるようにして膝に腕を置く。

「あそこにある香水の多くが、トップノートに柑橘系の香りが使われてる。それに、好んで飲んでいる紅茶も、柑橘系のフレーバーティーが多いようですし」

あの棚の前で眺めただけでそんなことまでわかるのかと、結月は呆れるように感心する。一体彼の香りに関する守備範囲はどこまであるのか。

「ええ、そうね。あの爽やかな香りが好きなの。美緒にはよく子どもっぽいなんて言われてたけど。柑橘系の香りを使ってたって、大人っぽい物はあるのよって言っても、あんまり聞く耳持ってなかったわね」

思い出すように苦笑した、その理枝の言葉を聞いた瞬間、千尋の瞳の色がふと変わったような気がして、結月は思わず背筋を伸ばした。

今まさに何か腑《ふ》に落ちたような、千尋の感覚が伝わる。

「……なるほど。よくわかりました」

それだけをつぶやいて、千尋は立ち上がった。

結月は啓太と目を合わせる。自分たちには、まだ何が何だかさっぱりわからない。

「あの日美緒さんは、ここに何かを返しに来たんだ。それはなるべく急いで返さないといけなかった。だから平日の放課後だったにもかかわらず、ここへ来ることを望んだ」

ゆっくりと棚の方に向かって歩きながら、千尋は続ける。

「なぜなら、それを持ち出したことを、理枝さんに告げていなかったから」

結月は息を詰めるようにしてそれを聞いていた。少しずつ明らかになっていく美緒の行動に、鼓動が速くなる。

「持ち出した？　でも、それなら私も気付くでしょう？　私の家の物なんだし」

意外な展開に戸惑う理枝に、千尋は、失礼ですが、と言い置いて続けた。

「理枝さんは、片付けが苦手のようですね。この部屋と、あなたの行動を見ていればわかります。来客用のティーカップやミルクポットを探すのに手間取ったのは、それをどこに仕舞ったかわからなかったからでしょう？　それに部屋の中も一見片付いているようで、リモコン類があちこちに散らばって置かれている」

千尋はテレビの近くに置かれていたエアコンのリモコンと、ダイニングテーブルの上にあったテレビのリモコン、それに本棚の上に置かれていたブルーレイレコーダーのリモコンを指さす。

「片付けが苦手な人の特徴として、置く場所を決められない、ということが挙げられます。今日は来客があるのでリビングルームはそれなりに片付けたつもりかもしれませんが、あっちのベッドルームは、おそらく悲惨な状態でしょう」

フライトから帰って来たばかりと言う割には綺麗な部屋だと思ったが、案外千尋の言うとおり、向こうの部屋に全部を突っ込んで扉を閉めただけの状態かもしれない。

「この棚にある香水も、ブランドごとに分けているわけでもなく、香りごとにまとめてあるわけでもない。箱から出ている物もあれば、出ていないものもある。おそらく買って来てとりあえずあそこに置いたまま、放置している状態だと思うんです」

痛いところを突かれたのか、理枝が苦い顔で千尋を見やる。確かに他人に指摘されて、嬉しいことではない。もう少しオブラートに包んだ言い方もあるかとは思うが、さすがに結月も、千尋がそのようなまどろっこしい言い方をする人間ではないということに、身をもって実感していた。

「だから、その中から一つ、美緒さんが持ち出しても気付かなかった」

息を呑むように、啓太が棚へと目をやった。

千尋が言うように、あの日美緒が、あの中から一つの香水を持ち出したとしたら。

「その香水が、手紙に使われたものってことですか？」

結月の問いに、千尋は、おそらくな、と頷いた。

「じゃあ美緒は、それを返すために、あの日ここへ……」

啓太が、当時の美緒の行動を振り返るように口にする。

「でも、どうして美緒ちゃんは、わざわざ理枝さんに黙って持ち出さないといけなかったんですか？　仲良しだったんだから、頼んで貰《もら》えばよかったのに」

結月の問いに、理枝も同意するように頷いた。妹のような存在である美緒に頼まれたなら、彼女は快く香水を分け与えただろう。

「お前、今まで何を聞いてたんだ？」

脱力するように、千尋が結月に呆れた目を向けた。

「な、何って……」

結月は慌てて、今までの出来事を頭の中で反芻《はんすう》する。なぜ黙って美緒が香水を持ち出したのか、その理由など、どこかで明らかになっていただろうか。

「……あ、そうか」

結月よりも早く、啓太の方がその答えを口にする。

「その香水が柑橘系の、少なくとも、トップノートに柑橘系の香りが使われてるものだったからだ」

その結論に、千尋が頷いた。

「そうだ。美緒さんは柑橘系の香りを子どもっぽいと言って好んではいなかった。それを理枝さん本人にも伝えている。そのせいで、柑橘系の香りが使われたその香水を欲しいと言えば、必ず理由を問われると思ったんだ」

そこで言葉を切って、千尋は理枝に目を向ける。

「それに、たとえうまく理由をごまかしても、香水を指定しただけで、それをなぜ欲しがっているのか、理枝さんにはばれてしまう可能性があった」

「……私には、ばれてしまう……？」

理枝が不思議そうに首を捻る。

「じゃあ、事故現場で野田さんが嗅いだっていう芳香剤みたいな香りは、その香水の香りだったってこと……？」

結月の中でも、ようやくいろいろなことが繋《つな》がり始める。美緒のカバンの中身すら散乱していたという事故現場だ。おそらくその時に香水も道路へと投げ出され、その衝撃で瓶は割れ、車の部品やフロントガラスの破片などと一緒に、美緒の持ち物だとは気付かれることなく回収されてしまったのだろう。

「理枝さん、確認してもらえますか？　オレの予想が当たっていれば、おそらくはトップノートに柑橘系の……ベルガモットなんかを使用した、オードトワレ。カルダモンやオークモス、シダーウッドが使われているものです。もっともそれは、実際美緒さんが想像していたよりずっと大人の香りのはずですが」

ベルガモット、という単語に、結月は顔を上げる。先ほど千尋が反応したのは、すでにその心当たりがあったからなのかもしれない。千尋の声に導かれるようにして立ち上がった理枝が、棚の前で香水の瓶を一つずつ確認していく。

「もう一つ言えば、無くなったのは女性物の香水ではなく、男性用の物です」

「男性用の……？」

思わず問い返した結月に、千尋が目を向ける。

「お前が、女子高生が持つには不自然だって言ってたのが、ちょっと気になってたんだ。元々香水がメンズのものだとしたら納得がいく」

結月はわずかに目を瞠った。香りに関しては素人である自分の何気ない一言を、彼が覚えていたことが意外だった。

「でもなんで、男性用の物を……？」

戸惑うように尋ねる啓太に、千尋は確信を持って目を合わせる。

「それにふさわしいものが、ここには男性用しか、なかったからだ」

強調するように、区切られた言葉。

未だよく呑み込めない結月の耳に、棚の前で小さくつぶやく理枝の声が届いた。

「……トップノートに、ベルガモットなんかの柑橘系が使われてて、カルダモンと、オークモスと、シダーウッド……。そして、メンズのオードトワレ。……私にもひとつ、心当たりがあるんだけど……」

棚にあった香水をすべて取り出し、五十個近くはあるそれをもう一度丹念に見直し、理枝は首を捻る。

「おかしいわね……見当たらないわ」

そうつぶやいて、理枝は三人を振り返った。

「確かに買った記憶はあるのに、……ないの……カルティエの、メンズの……オードトワレ」

千尋が、一瞬だけ目を伏せた。

「……そのオードトワレの名前は、『declaration《デクラレーション》』ですね？」

確認する千尋の言葉に反応し、啓太が眉をひそめて思わず立ち上がる。

「……そうよ」

意味を悟ったらしい理枝が、涙ぐみながら頷いた。そして、堪えきれないようにして口元を覆う。

「千尋さん……」

どういうこと？　と、言外に尋ねるようにして、結月はゆっくりと立ち上がる。確かデクラレーションは、アメリカの独立宣言に使われる単語ではなかったか。自分が先日の英語のテストで苦い思いをしたものだ。それが香水の名前とは、一体どういうことなのだろう。

「declaration は、宣言という意味の単語であると同時に、もう一つ意味がある。カルティエからそれが発売された時には、むしろそっちを強調して売りに出された」

そこで言葉を切って、千尋は淡々と告げた。

「declaration のもう一つの意味は、『告白』だ」

誰も、何も言葉にできなかった。

結月は息を止めたまま、瞬きすら忘れそうになる。

啓太の誕生日プレゼントと一緒に用意されていた手紙。宛名を記《しる》し、当日になれば確実に啓太の手へ渡っていたであろう手紙。

美緒がその白紙の手紙に託したのは、紛れもない、彼への告白だったのだ。

「香りが好きだった彼女らしいやり方で伝えたかったんだろう。まさか彼女も、自分が事故で亡くなって、手紙だけ残るとは思ってなかっただろうな」

啓太は、何も言葉にできないまま呆然とその場に立ち尽くしていた。

香水の名前の意味を知っていた理枝は、先ほどから嗚咽《おえつ》を堪えて泣いている。彼女もまた初めて知ったのだろう。妹のようにかわいがった少女が抱いていた、ほのかな想いを。

結月は、自分の両手が震えていることを自覚する。まさか、こんな結末が待っているなど誰が予想しただろう。

一年を経て、その主亡き後も、香りつづけた想い。

「おそらく美緒さんは、啓太とフェルメール展を観に行った時に、この計画を思いついたんだ。啓太が好きだと言った絵になぞらえようとして手紙を選び、そこに告白を意味する香りをつけた」

「……絵に、なぞらえる？」

決して感情的にならずに語る千尋に、結月は問い返した。あのフェルメールの絵にも、何か意味があったということだろうか。

「……あ」

半ば混乱したままの結月の耳に、啓太の震える声が届く。

「あの絵の、タイトル……」

目を合わせた千尋が頷くのを見て、啓太は脱力するようにその場に膝をついた。

「……嘘だよ……そんな……」

見開いた啓太の目に、透明な雫《しずく》が溢れる。その事実を信じたくないと、まるで否定するように首を振って。

「啓太くん……」

未だ意味が呑み込めないまま、結月は啓太を気遣ってその傍にしゃがみ込んだ。そしてその肩に手を添えながら、千尋を見上げる。

すべてを知った彼の涼やかな双眼は、冷静にその事実を告げた。

「あのフェルメールの絵のタイトルは、『恋文』というんだ」

告げられた事実に、結月はしばらくの間呼吸することを忘れていた。

啓太と一緒に観に行ったというフェルメール展。それまで絵画になど興味を示さなかった美緒が、唯一気に入ったといった一枚の絵。

それを彼女が、どんな想いで見ていたか。

どんな想いで、隣に立つ啓太を見ていたか。

その時淡く香っていたのは、幼馴染を超えた感情に違いなかった。

「僕のせいだ……」

やがて啓太が嗚咽とともに、溢れ出る言葉を吐き出した。

「こんなこと考えなければ……美緒は……」

あの日理枝の家に向かわなければ。

香水を見つけなければ。

フェルメールの絵など知らなければ。

美緒が死なずに済んだかもしれないいくつもの可能性を、泣き崩れる啓太が心中で数える声が聞こえるようだった。

「……違う。それは違うよ、啓太くん」

部外者の自分が何を言えるだろうか。何を伝えられるだろうか。

それでも結月は、啓太に言い聞かせるようにして口にする。

「だって美緒ちゃんが、どんな気持ちであの手紙を残したと思う？」

結月は美緒のことを知らない。会ったこともなければ、話したこともない。けれど、一枚の便箋に遺されたあの香りに、彼女の想いを垣間見た気がしていた。

「きっとすごくドキドキして、でもどこか楽しみで……。啓太くんと一緒にこれからも歩いていけること、想像してたと思う」

ずっと隣にいた幼馴染に抱く想いが、肉親や親友などに感じるものではなく、愛情だと気付いた時、きっと彼女は嬉しかっただろう。

きっと彼女は、幸せだっただろう。

告白という香りに染めた恋文を、彼女は満ち足りた想いで用意したはずだ。

「それって、啓太くんのこと好きにならないと出会えなかった想いなんだよ。出会えなかった、香りなんだよ」

啓太が濡れた目で愕然と結月を見つめる。両眼に溢れる涙が、再び頬を伝って床へと落ちた。

「だから絶対、自分のせいだなんて思ったらだめ」

そう言う結月の声も、涙にかすれた。

目には見えない、形にすら残らない、美緒の想いを乗せた香り。

「……だって、だってこんなの、ずるいよ……。僕だって……」

床に両手をつき、伏せるようにして、啓太は嗚咽をあげる。その体から湧き上がる悲しみは、辛さは、後悔は、あらゆる方法を使っても、そのすべてを表現しきることはできないだろう。

「僕だって、美緒に……美緒に伝えたかったのに……！」

その頬に流れる雫は、亡き幼馴染に届くだろうか。

遺された手紙に、もう返事を書くことはできない。

こちらの想いを、伝えることは叶《かな》わない。

例えそれが、お互い口にできないまま温めていた、同じ感情だったとしても。

結月は、嗚咽をあげる彼の背中にそっと手を置いた。そうすることでしか、自分の涙を止める方法もないように思った。

この時、告白という香りを添えた美緒の恋文は、時を経て誰よりも彼女に寄り添い、誰よりも彼女を想っていた啓太へ、確かに届けられたのだ。

六

美緒が遺した手紙の真実が明らかになった数日後、大型連休の初日でもある今日は、午前中から気温が上がり、上着を片手に歩く人が多く目についた。

　結月は川沿いの歩道で少し足を止め、吹き抜けていく風の中で顎をあげる。今までは美味しそうなにおいに反応すること以外、こんな風ににおいを意識することはなかったのだが。

「川の湿気のにおいって、おんなじ湿気でも、雨が降る前のにおいとは違うなぁ……」

　そんなことをぼやいて、再び歩き出す。今まで自分が当然のように感じ、景色と同じように通り過ぎてきたにおいは、いつだって何かを知らせてくれていたのかもしれない。

「千尋さーん、いますー？」

　結月が薬草園の小屋を訪れると、祝日だというのに、千尋は作業台で啓太からもらった幻の安土城を開封しているところだった。相変わらず様々な香料の香りと、千尋から漂う涼やかな森の香りが一体となって、不思議に調和した香彩が満ちている。

「……何の用だ？」

　あからさまに舌打ちをして、千尋は小屋の中に入ってきた結月に目をやる。だがもはやそんなことには動じず、結月は作業台の傍にあった丸椅子を引きずってきて、千尋の正面に腰を下ろした。

「啓太くんから連絡があったんです。今日美緒ちゃんのお墓参りに行くけど、一緒にどうですかって」

その言葉に、千尋が意外そうに顔をあげた。

「あいつ、もう立ち直ったのか？」

「完全にとはいきませんけど、気持ちの整理はついたみたいです」

実際あの日以降、啓太は心の整理をつけるために多少の時間が必要だった。授業も休みがちになり、出てきてもぼんやりとしていることが多かった。話しかけてもまともな返事は返って来ず、めずらしく結月が彼の面倒をみるような場面もあったのだ。だが、昨日電話をもらった時の啓太の声は、随分明るく感じられた。すぐには無理だろうが、徐々に以前の明るさを取り戻してもらえればいいと思う。

「そうか。じゃあ、とっとと行って来い」

屋根のパーツを確認している千尋に、他人事《ひとごと》のように突き放され、結月は思わず、ええっと声をあげた。

「千尋さん来ないんですか？」

「なんでオレも行かなきゃいけない？」

「結末見届けたんだから、お墓参りだって一緒に行くのが自然じゃないですか！」

「自分の勝手な考えを人に押し付けるな」

城の外壁を組み立て始める千尋は、結月の方を見ないまま答えた。

別に押し付けているつもりはなく、それが自然だと思うのだが。結月はやや憮然《ぶぜん》としてその姿を眺める。見る限り、城を愛でることが最優先のように思えて仕方がない。

「あ、じゃあこの食品サンプルシリーズあげるから行きましょうよ！」

結月はふと目に留まった、自分の携帯電話のストラップを差し出した。実物大のレンゲに、リアルな麻婆豆腐が載っているものだ。

「これゲームセンターの景品だから超貴重なんです！　ラーメンとフカヒレはよく出るけど、麻婆豆腐は数が少なくて」

「お前の食欲の権化みたいな物体と、オレのコレクションを同列に並べるな」

千尋はこめかみのあたりを押さえる。結月にしてみれば、城も麻婆豆腐も大して変わらないと思うし、千尋は案外集めだすとハマるタイプかもしれないとも思うのだが。

「だいたい、連休明けに提出する、新聞記事のコピーまで貼り付けろっていう課題だけでも面倒臭いのに、これ以上時間を割けるか」

プラモデルを組み立てる時間はあるのに、と言いかけた結月は、それが命取りになるような気がしてかろうじて飲み込んだ。そしてふとその課題内容に聞き覚えがあるような気がして、授業の課題を書いてある小龍包の手帳を取り出す。

「もしかしてその課題って、過去五年間に新聞や雑誌に取り上げられた化石人類についての新事実に関する記事を読み、その発見によってこれまで知られていなかったどんなことが明らかになったのかをまとめなさい、とかいうやつですか？」

それは、結月が啓太と一緒に受講している、「人類史I」という、共通科目の授業で出された課題だ。レポートの締め切りは、連休明けの最初の授業となっている。

「それがどうかしたか」

ぶっきらぼうに答える千尋を、結月は半ば啞然として見上げた。

「……ってことは、千尋さんって年上じゃないの⁉」

思わず声を大きくする結月に、千尋が面倒臭そうな目を向ける。

「一回生だったら悪いか」

「わ、悪くないけど、一回生って……同級生じゃん！」

今までずっと年上だと思っていた結月は、改めてその姿を眺める。同級生と言われればそのように見える気もする、が。

「一回生ならそう言ってよ！　しかも同じ授業取ってるし。敬語使って損した！」

「お前が勝手に勘違いしてただけだろ」

「だってなんか偉そうだし、動くの嫌そうにするし、老けてるし、年上だとばっかり」

わざとらしく大きなため息をついて、結月はやれやれと首を振る。

「人間、見た目じゃないってことだよね。なんかすごく納得した」

言い返すのも面倒臭い、といった感じで、千尋が眉根を寄せたまま黙々と安土城の部品を組み立てていく。その手に若干力が入っているのは気のせいだろうか。

「こんにちはー」

不意に小屋の入口をノックする音が聞こえて、結月と千尋は同時に振り返る。扉を開けて入ってきたのは、一抱えもある包みを持った啓太だった。走ってきたのか、額には薄っすらと汗を浮かべている。

「……まさか、ここを待ち合わせ場所にしたんじゃないだろうな？」

ぎろり、と千尋が結月を見やる。

「だって千尋さんはここにいるだろうと思ったから、ちょうどいいかなって」

深々とため息をつく千尋に、結月は平然と答えた。何とも合理的な提案だったと思うのだが、何かまずかっただろうか。

「千尋さん、その節は本当にお世話になりました」

啓太は包みを持ったまま、千尋に向かって頭を下げる。

「あれからまたあの手紙を見返しましたけど、僕たちだけじゃどうしようもなかったって、つくづく思ってます」

一文字も書かれていなかったあの手紙の謎を、見えない美緒の言葉を、解き明かしてくれたのは千尋に他ならない。

「オレは安土城の分働いただけだ。改めて礼を言われる筋合いはない」

手元の城へと目を落としたまま、千尋は不愛想に答えた。意訳すれば「気にするな」と言うことだろう。もう少し言い方とか、言葉を選ぶとかいう努力があってもいいとは思うのだが。

「それから結月ちゃんも、本当にありがとう」

啓太から改めて向き直って礼を言われ、結月はとんでもない、と両手を振る。

「私なんて、全然香水のこととかわかんなかったし……役に立ったかどうか」

「そんなことないよ」

柔らかな口調だがきっぱりと否定して、啓太は口にする。

「だってあの日、結月ちゃんが手紙の香りに気付いてくれなかったら、僕は永遠に、美緒の気持ちを知ることはできなかったんだ」

その言葉に、結月は新鮮な感覚に陥る。

もしかしたら自分は、見つけてしまったのかもしれない。

コーヒーのにおいに誘われたあの日、突然連れ去られた森の奥に、今まで自分が素通りしてきた、新しい世界を。

「……目に見えるものだけが、この世のすべてじゃない」

いつか祖母が言った言葉を、結月はつぶやくように口にした。

それを聞いて、千尋がふと顔をあげる。

「おばあちゃんが言ってたの。この世には、目には見えないけど大事なものの方が、ずっと多いんだって」

当時の祖母の声を思い出しながら、結月は微笑む。

「きっと香りも、そういうことなんだね」

目には見えないけれど、大事なもの。

この世界は、目に見えるものだけで創られているわけではないから。

「……それで、墓参りに行くならさっさと行ってきたらどうだ」

追い払いにかかる千尋の声に、結月はふと我に返る。相変わらずの冷たい言い草に、啓太が苦笑しながら振り返った。

「せっかくですから、千尋さんも一緒に来てくださいよ」

「生憎《あいにく》、忙しい」

「さっきから誘ってるのに、ずっとこうなの」

告げ口するように、結月は啓太に訴える。この男には、もう少し人としての情などがあってもいいような気がする。

「ところで啓太くん、それ……お花？」

結月は啓太の持つ白い紙に包まれた植物をしげしげと眺めた。供花《きょうか》は啓太が用意するとは聞いていたが、彼が手にしているのは、よく見る菊や百合《ゆり》の花などではなければ、青葉のシキビでもない。小さく細い葉は、表面に産毛が生えており、淡紫色の小さな花が稲穂のように密集してついていた。その清涼な香りが、結月の嗅覚で白の玉になって弾ける。どこかで嗅ぎ覚えのある香りだ。

「……ローズマリーか」

目を留めた千尋が、その名前を口にする。

「はい。野田さんのところに注文して取りに行ってたから、遅くなっちゃいました」

「え、あんなとこまで行ってたの⁉ しかもなんでローズマリー？」

どこか満足そうにも見える啓太が、なんだか不思議だった。墓前にハーブを供えるとは、あまり聞かない話だ。

「あれ、結月ちゃん、ローズマリーの効能忘れたの？」

「効能？　白身魚のグリルに使えば美味しくなるっていう？」

相変わらずの結月の返事に、啓太が苦笑する。それを聞いていた千尋が、わざとらしいほどに大きくため息を吐いた。そして面倒臭そうに口にする。

「ローズマリーの香りの効能は、脳の働きを活発にして、記憶力を高めること。そして花言葉は、『記憶、思い出』」

それを聞いて、ローズマリーを用意した意味に思い当たった結月が振り返ると、窓から差し込む日差しの中で、啓太は穏やかに笑っていた。

「文学的解釈をすれば……こうか」

一拍置くようにして、千尋はその言葉を香りの中に乗せる。

それは、もう返事を届けることのできない亡き幼馴染へ、啓太が用意した精一杯の想い。

「『君を忘れない』」

二炉　勝れる宝

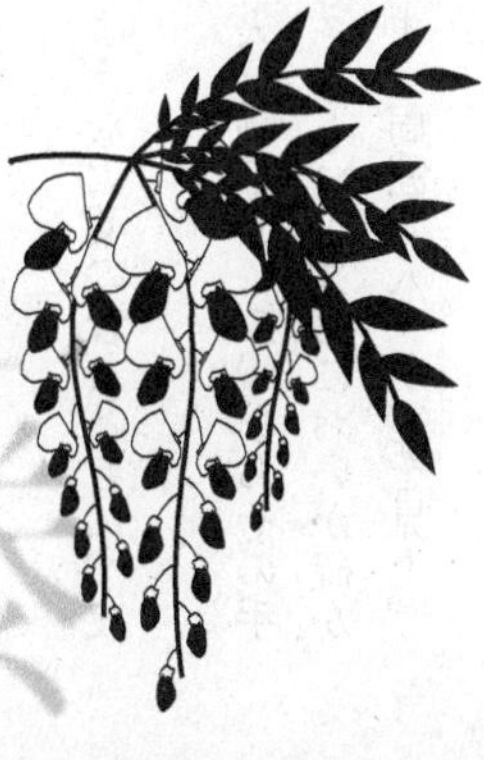

藤

一

「あら結月、いい空を見つけたね」

先ほどから打ち上げが始まった花火は、腹の底に響くような火薬の音とともに、夜空に大輪の花を咲かせていた。

屋台で買ってもらったたこ焼きが、発泡スチロールの入れ物を介して、なおその手に熱を伝えてくる。振りかけられた鰹節《かつおぶし》が踊り、美味しそうなソースのにおいが確かに鼻へと届いているのに、結月は未だにそれに手を付けず、周囲の人々が空を見上げて歓声を上げる中、ひたすら川面《かわも》を眺めていた。

「おばあちゃん、私ね、空って上にしかないと思ってた」

瀬々川《せせがわ》の花火大会は、毎年大勢の人で賑《にぎ》わう。両親に代わって祖母と一緒に訪れることが多かった結月は、その年も一緒に会場へとやってきていた。だが川べりの遊歩道はすでに多くの人間で埋め尽くされ、当時まだ小学校に入学したばかりの結月は、その中で花火が見られるいい位置を取ることが難しかった。空を見上げてみても、大人たちの背中や頭が見えるばかりで、肝心の花火は降ってくる欠片《かけら》しか目に入らない。

「ゆらゆら揺れる花火も、風情があっていいじゃないか」

高齢の祖母に抱っこをせがむのも気が引け、たこ焼きを持ったままの結月が見つけたのは、緩やかに流れる川面に映る、色とりどりの花火だった。

結月の傍へ目線を合わせるようにしゃがんで、祖母はにっこりと笑う。

「結月が見つけた空だね」

水面に咲く大輪の花を夢中になって眺めながら、結月は無意識のうちに、たこ焼きをひとつ、口の中に入れた。すでに冷め始めていたが、なんだかいつもよりとても美味しく感じられた。祖母もたこ焼きをひとつつまんで、美味しいねと言って笑った。

抱きしめるようにして、支えてくれていた手のぬくもり。

その日のことを、結月は通夜《つや》当日に夢で見た。

「結月、起きてたの？」

祖母は、結月が高校一年生の時にこの世を去った。自覚症状がないままステージが進んだ癌《がん》が見つかった時には、余命半年の宣告をされたのだが、そこからさらに三年を生きてくれた。

「今起きた」

二階の自室から降りてきて、結月は目をこすりながら母親に返事をする。いつの間にか、通夜に出た制服姿のままで寝入ってしまっていたようだ。なんだか懐かしい夢を見ていた。

「あんたその付襟、明日の葬儀の時にはちゃんと外しなさいよ？　お父さんの会社の人も来るんだから」

深夜二時。親族や友人が訪れ通夜が行われたあとも、夜通し火を守るために、祖母の遺体が安置された部屋には灯りがともされ、線香の煙が音もなく立ち上っていた。

「おばあちゃんはカッコイイって言ってたよ」

結月は制服のブラウスの上からつけた、黒いレースの付襟を触る。

「おばあちゃんが良くてもだめなの」

新しい線香に火をつけていた母は、ちょっとお願いね、と、火守《ひのもり》を結月に任せてその場を離れる。仮眠用に布団《ふとん》を敷いた隣の和室からは、親族のものと思われる賑やかないびきが聞こえていた。

「……フェニックス朝子《あさこ》も、ついに降参だね」

白い布に包まれ、棺桶《かんおけ》の中に納まっている祖母に、こっそりと結月は呼びかける。

危篤状態からの復活劇を二度演じてみせた祖母は、結月が名づけたこの呼び名をいたく気に入っていた。母に聞かれると不謹慎だと怒られるので、祖母と二人きりの時にさらりと呼んで、検温に来る看護師を笑わせたりしていたのだ。

　余命宣告を大幅に裏切る生命力を見ていたせいか、祖母が息を引き取った時、結月は悲愴に取り乱すという感じではなく、どこか落ち着いてそれを受け入れた部分もあった。もちろん途方もない喪失感もあったのだが、心の一部に凪《なぎ》のような穏やかな場所があったのだ。

「それにしても、別人みたいだよ、おばあちゃん」

　棺桶の中の顔をまじまじと眺めながら、結月はつぶやく。冷たくこわばり、もう動かない祖母の身体は、結月が知っている祖母のものではないような気がしていた。ほんの十数時間前まで、確かにこの身体は「祖母」であったのに、今目にしているそれは入れ物のように無機質に思える。

「生きてた方が美人だったのに」

　そうぼやいて、結月はそっと祖母の頬に触れる。

　と、同時に、ふと気づいた。

　命が宿っていたからこそ、この身体は祖母だったのだ。その火が消えてしまったせいで、祖母は祖母でなくなってしまった。鼓動や呼吸を確認することはできても、結月の目で『命』を確認することはできない。けれど確かに、その目には見えない何かが、祖母を祖母として形作っていたのだ。

「……すごい。おばあちゃんが言ってたこと、本当に本当だったんだね」

結月は愕然と、もう動かない祖母を見つめた。

「目に見えるものだけが、この世のすべてじゃない……」

そう口にすると、今まで凪いでいた胸の奥が、急にさざめき立った。

「結月？」

部屋に戻ってきた母が、結月の小さな背中に呼びかける。

この時結月は、祖母を失って初めて、まるで膝にすがる小さな子どもに戻ったように、号泣していたのだ。

二

五月の連休が明け、再び大学生活の日常が始まって一週間がたっていた。日差しは随分と強くなり、日中真夏日になることもある。街路樹の新緑もいよいよ勢いを増し、その枝葉を伸ばしていた。

三限が休講になり、四限は元々入っていない今日、結月は駅の地下街で開催されている『懐かしの駄菓子フェア』を訪れた。小さい頃祖母によく買ってもらっていた、ラムネやカレー煎餅《せんべい》、それによっちゃんイカなど、結果二袋分の駄菓子を買い込み、再び大学へと戻ってきたところだった。

「小さい頃に食べてたものって、なんでこう、ふと懐かしくなって急に食べたくなったりするんだろう」

今はアルバイトのおかげで買い食いに困らない程度の金はある上、駄菓子よりも美味しいものも知っているはずなのだが、なぜこうも興味をそそられてしまうのか。結月は一人ぼやきつつ、あの薬草園の小屋を目指して歩いていた。せっかくたくさん買い込んだのだから、千尋に差し入れもかねて持って行こうと思い立ったのだ。美緒の一件以降、香りについて今まで以上に興味を持ってしまった結月は、香料や資料の揃ったあの小屋へとよく通うようになっていた。もっとも、千尋は決して歓迎しているわけではないのだが。

図書館の裏を抜けた先にあるジグザグの斜面を登り、たどり着いた薬草園に相変わらず人気はない。だが先月来た時よりも、一層緑が濃くなったような気がする。むせるような湿気と混じる青臭いにおいに鼻を鳴らし、結月は口を尖らせる。今までは素通りしていたこんな植物のひそやかなにおいも、最近はよく気付くようになっていた。

結月も最近知ったのだが、薬学部にはもうひとつ第二薬草園が別の敷地にあり、最新の設備が整った温室なども完備され、今はそこが主に使われているのだという。そのためこの第一薬草園は、今では管理する澤木の庭のようになってしまっていると聞く。だからこそ、千尋があの小屋を自由に使えているところもあるのかもしれない。

「こんにちはー」

いつもどおりそう声をかけて、結月は小屋の扉を開けた。室内は、相変わらず色とりどりの香りで満ちている。一息吸い込むごとに、香りが肺を満たし、血液に乗って体の隅々まで行き渡るような感覚がする。しばらくここで息をしていれば、そのうち体から芳香が漂うのではないかとさえ思うほどだ。

「……お前いい加減、気安くここを訪ねて来るのやめろ」

作業台の前に、相変わらずしかめ面で千尋が座っている。今日は城のプラモデルではなく、月刊日本の城、と題された雑誌を広げていた。どこまでも城好きらしい。

「駄菓子だか何だかを買いに行ったんじゃなかったのか？」

千尋が鬱陶しそうに結月を見やる。先ほど駄菓子フェアに行く前に千尋にも声をかけたのだが、興味がない、と一蹴されてしまっていたのだ。言葉の語尾に、戻って来なくてよかったのに、という一文が見えるのは気のせいだろうか。

「うん、行ってきたよ。で、帰ってきたの。千尋くんの分も買って来たんだよ。ちょうどおやつの時間だし、食べようよ」

結月は平然と答え、早速お茶を淹れようと、嬉々《きき》として水場へ向かった。その間に、作業台の上へ置いた袋の中を千尋が覗き込み、手当たり次第詰め込まれたと思われる駄菓子に、ため息を漏らす。

「駄菓子だからやっぱり緑茶かなぁ？　ストレートティーとかも案外合うのかも」

冷蔵庫の中には、結月が持ち込んだ飲み物やちょっとしたもの、それに数種類の茶葉を保管しており、その中からいくつかを取り出して、結月は真剣に吟味する。食べ物の味を生かすために、お茶選びは気が抜けないところだ。何度注意しても結月が勝手にお茶を淹れてしまうので、千尋も最近は何も言ってこなくなっていた。

「濃い目のダージリンとジャスミンティーだったら、どっちがいいかな？」

ポットを電熱器にかけつつ、結月は千尋に背を向けたまま尋ねる。

「やっぱダージリンかなぁ、案外ごはんにも合うんだけど……」

「ジャスミンティー」

至近距離で聞こえた声に、結月はふと動きを止めた。千尋とよく似ているが、別人の声だ。

「ジャスミンティーがいいな」

振り返った結月の目の前で微笑むのは、いつの間に小屋の中に入りこんだのか、見覚えのある白いシャツとボルドー色のネクタイ。

「オレの分もよろしく」

それに裾を縁取りしてある紺のブレザーを身にまとった、アイドルグループの一員にいそうな甘い容姿の少年だった。

「隆平《りゅうへい》、勝手に来るなと言っただろう」

千尋に咎《とが》められるように言われ、隆平と呼ばれた少年は肩をすくめて子どものように笑う。いや、実際彼はまだ子どもに分類されてしまう年齢なのだ。襟元にある、二年生を表すバッジ、そしてそのブレザーの制服は間違いなく、大学に隣接する仙風館高校のものだった。

「この前来た時はまだ割と散らかってたのに、もう完全に千尋のプライベートルームじゃん。いいなぁ、オレも学校にこういうとこ欲しい」

結月の淹れたジャスミン茶を啜って、隆平は物珍しげに辺りを見回した。

千尋に劣らず長身の彼は、どちらかと言うと和風の顔立ちの千尋と違い、大きな二重の目をしており、陽に透けると鳶色《とびいろ》に見える色素の薄い髪と、少し日焼けをした健康的な肌をしている。横顔などは案外精悍《せいかん》に見えるのだが、笑うとまだ子どもっぽさが残っていた。シャツの下からはターコイズのネックレスが覗き、適度に着崩した制服からは、堅苦しさや、息の詰まる真面目さなどは感じられない。要は、そういう生徒だということだ。実際、勝手に大学に入り込んでしまっているあたりでも、そのことはよくわかる。

「あ、この袋何？　おおーっ駄菓子じゃん！　超懐かしい！　こういうのってあんまり買ってもらえなかったんだよなー。ねぇ、食っていい？」

作業台の上にあった袋を覗き込んで、隆平が人懐っこい笑顔で尋ねてくる。馴《な》れ馴れしいなと思う反面、いつも千尋に足蹴にされている結月にとっては、少し心が安らぐようでもあった。

「いいよ。たくさん買って来たから、どれでも選んで」

「やった！　サンキュー」

隆平は早速、袋の中から目当ての駄菓子を選び取る。その様子を見ていた千尋が、面倒臭そうな顔でため息をついた。

「お前、まだ授業中じゃないのか？　それに無断で大学の敷地に入るのは禁止されてるはずだろう。見つかっても知らないからな」

作業台を挟んで向き合って座る千尋と隆平を、ちょうど横から眺められる位置に結月は座り、二人の様子を見ながらジャスミン茶を啜った。どうやら以前からの知り合いらしいが、一体どういう関係だろう。兄弟にしては、顔立ちが違いすぎるような気もする。

「大丈夫大丈夫、どうせ自習だったし。それにこんな辺鄙《へんぴ》なとこに入り込んでたって見つかるはずないって。つーか、オレはそれより千尋の趣味の方が意外だったなぁ」

「趣味？」

千尋が眉をひそめて問い返す。

「うん。だって千尋ってもともと人間に興味なさそうに生きてるから、女の好みとか不思議だったんだよ。まさかこんな普通に地味な女を選ぶとはね」

一瞬の間があった後、結月は思わず自分を指さした。

「私!?」

「それ以外誰がいるんだよ」

当然のような隆平の口調に、千尋が右手で顔を覆ってうなだれる。

「違う違う！　誤解だよ、私そういうのじゃないから！」

「え、そうなの？　でも千尋がここに入るのを許してるって相当だと思うけど。それにほら、あんたって」

そこで言葉を切った隆平が、ごく自然な動きで結月の顎を右手でとらえる。

「よく見たらかわいいし」

瞳の奥を覗き込むように見つめてくる無邪気な双眼を、結月は愕然と見返した。この男、本当に高校生だろうか。その辺の男子学生より、よっぽど女慣れしている。

「隆平、笑えない冗談はよせ」

呆れたように椅子の背もたれに体を預け、千尋が息をつく。その隙に、結月は隆平の右手を摑《つか》んだ。通常なら千尋に言い返すところだが、それよりも気になったことがあるのだ。

「……女の子のにおいがする」

「え？」

戸惑う隆平をよそに、結月は口を尖らせ、彼の右手から丹念ににおいを嗅ぎ取った。

「フローラル系の。なんだろう、ワックスとかの整髪料のにおいかな？　ここに来るまでに女の子の頭とか触った？」

その言葉に、隆平の顔色が変わる。

「なんでわかんの⁉」

「だって男の子のにおいじゃないもん。この小屋のにおいでもないし」

結月はにっこりと微笑む。おそらく彼の周りには、いつでも女の子が寄ってくるのだろう。その彼女たちと、どの程度誠実な付き合いをしているのかは知らないが。

「隆平、そいつは犬だと思え。お前の悪事くらいすぐ暴くぞ」

千尋からの冷静な声に、結月はキッと振り返る。

「何度も言うけど私犬じゃないし！　人間！　ヒューマン！」

「うるさい犬だな」

「人の話聞いてる⁉」

どこまでも失礼な男だ。ぎりぎりと奥歯を噛みしめる結月の隣で、唖然と二人のやり取りを眺めていた隆平が、やがて肩を震わせて笑い声を漏らした。

「千尋が相手にしてる女、久しぶりに見たなぁ。今までどんなにいい女が寄ってきても、睨《にら》んで終わりだったのに」

笑いを引きずりながら、隆平はカレー煎餅の袋を開ける。

「その調子で早く嫁でも見つけて、家元に頭下げて戻れよ。オレもいい子ちゃんやるの、楽じゃないんだからな」

　その言葉に、千尋は隆平から目を逸らすようにして息を漏らした。

「……お前には申し訳ないと思ってるよ、若干」

「若干？」

「お前の猫かぶりは天性のものだからな。それほど苦じゃないだろう」

「……千尋てめぇ、真実は秘密であるからこそ人生楽しいんだぞ」

「あ、あのー」

　二人の会話を聞いていた結月は、授業中のように挙手をして口を開いた。なんだか
さらりと流れてしまったが、どうしても気になる言葉があったのだ。

「家元……って？」

　それは、茶道や華道などでよく耳にする言葉ではなかったか。

「千尋くんって、何か習い事してるの？」

　その言葉に、隆平が怪訝そうに身を乗り出した。

「え、知らねぇの？　えーと、名前」

「あ、秋山結月」

「結月ちゃん？　かわいい名前じゃん」

確認とセットのように褒められて、結月は複雑な思いで微笑む。愛想の良すぎる隆平と、不愛想すぎる千尋を足して二で割ればちょうどいい人間になると思うのだが。

「千尋の家は、神門流香道の宗家だぜ。千尋が跡を継げば、ちょうど二十三代目」

さらりと告げられたその言葉の意味を、結月は咄嗟に理解できなかった。

「神門流、香道、……宗家……？」

単語だけをオウムのように繰り返す結月の隣で、隆平がもう少しわかりやすい言い方を探して口を開く。

「つまり千尋は、香道宗家の跡継ぎってこと。わかる？」

跡継ぎという言葉に、結月はぽかんと口を開ける。そんな世襲制の話になど、あまり縁がない。当の千尋は、やれやれといった感じで短く息を吐き、天井を仰いでいた。

「ちょ、ちょっと待って。まず香道って何？　千尋くんの家はそんなにすごい家なの？」

話がよく見えず、結月は一人混乱する頭を抱えた。香道という言葉自体は聞いたことがあるような気がするが、具体的なイメージが一切湧いてこない。そこに宗家だとか跡継ぎだとか言われても、いまいち現実味がなかった。

「香道は、書道や華道、茶道と同じ芸道であり、一定の作法の下香木《こうぼく》を炷《た》いて、その香りを鑑賞する芸事だ」

簡単な料理のレシピを説明するように、千尋は口にする。その簡素すぎる説明に付け加えるように、隆平が説明を続けた。

「昔は、公家《くげ》の教養とか言われてたらしいんだよ。和歌の要素や、書道の要素も含んでて、神門家は公家の流れを汲む、五百年続く香道の伝統を受け継ぐ家、ってのが、その世界では共通の認識かな」

カレー煎餅を齧《かじ》る姿からはおよそ似つかわしくない言葉が、隆平の口から語られていく。結月は無意識のうちに息を呑んだ。五百年前が一体何時代だったのか、結月の頭では咄嗟に計算することができない。

「……と、とにかく、すっごい名家ってこと？」

結月のざっくりとした問いに、隆平はあっさりと頷く。

「由緒正しいとこから賜った香木もあれば、国宝レベルのお道具もあったりするし」

「国宝!?」

「それに千尋の父親である現家元は、芸道の世界はもちろん、政財界にも顔が利く結構すげぇ人間だし。オレにとっては、小さい頃からおっかない伯父《おじ》さんだったけどな。あ、でも昔に比べたらちょっとはまるくなったかなぁ」

混乱する頭の中で、結月はその単語をどうにか聞き逃すことなく捉えた。

「伯父さん……？　ってことは、つまり隆平くんは、千尋くんの……従弟《いとこ》？」

煎餅を噛み砕きながら、隆平がご名答、と笑う。どうりで仲が良さそうな上、いろいろな事情に詳しいはずだ。

「え、じゃあさっき、家元に頭下げて戻れっていうのはどういうこと？　千尋くん、お父さんと喧嘩《けんか》してるの？」

なんだか訳ありな雰囲気に、結月は遠慮がちに尋ねる。

隆平が言葉を探すように唸《うな》って、さらりと答えた。

「喧嘩っつーか……ほぼ絶縁？」

「絶縁⁉」

「うん。で、家出中。ちょうど一年前くらいかなぁ。それまで洞華院《どうかいん》に通ってたのに、大学は一転してここ。遅れてきた反抗期ってやつ？」

洞華院という学校名に、結月はますます唖然とする。洞華院学園は、財閥や名家の子女が通うことで有名な学校で、幼稚園からエスカレータ式に大学まで進めるようになっている反面、その総額の授業料は、ブランド物の制服など諸々の一式を含め、都内で一戸建てが買えると揶揄《やゆ》されるほどだ。神門とは、そこに通えてしまうほどの家柄なのか。

「でもなんで絶縁なんて……」

他人の家の事情はよくわからないが、よっぽどのことがあったに違いない。千尋の偏屈な態度も、もしかするとそういうことが原因になっているのだろうか。

「まぁいろいろあるよな、宗家にもなると。でもおかげで、従弟のオレが次期家元に！って担がれちゃって大変なんだよ。そりゃ香道の稽古も受けてるけど、オレは千尋の影で好き勝手やってんのが良かったのに」

「隆平、しゃべり過ぎだ」

そのままいくらでもしゃべり続けそうな隆平にそう釘を刺して、千尋は席を立つ。どこか育ちの良さを感じさせるとは思っていたが、これほどの家柄の人間だったとは予想外だ。

「でも、なんか納得したなぁ……。どうりで千尋くんが香りのことをよく知ってるはずだよね。精油とかハーブとか、香水のことにだってすごく詳しかったし」

美緒の一件からずっと不思議に思っていたことに、ようやく着地点が見つかった気分だった。いくら薬学部の学生とはいえ、少し詳しすぎるような気がしていたのだ。

「あーでも、千尋のそういう香りの知識は、香道とはまったく関係ねぇよ。香人としての技量に、アロマとか香水とかの知識なんか役に立たねぇもん」

あっけらかんと言う隆平の言葉に、結月は、そうなの⁉と問い返す。

「香りを扱うものだから、香道でもアロマでも、お香かオイルかの違いだけでそんなに変わらないと思ってたけど、そんなに違うんだ？」

結月自身、以前より香りに興味は持つようになったものの、香道についてはまったく知識がない。千尋が神門流の宗家だということや、香りに関する芸事だということはなんとなくわかるが、茶道や書道のように身近にない分、具体的に想像することができなかった。

ジャスミン茶を啜っていた隆平が、言葉を探して視線を巡らせる。

「確かに香の十徳《じゅっとく》なんて言葉もあるけど、香道は香りに医療的な効能を求めるっていうより、香りに想像力を膨らませる芸事だからなぁ。和歌になぞらえた組香《くみこう》なんかもあるし。それに、香道で扱うのはお香じゃなくて香木。木そのものの切片を銀葉《ぎんよう》の上で炷くんだよ」

「香木……？」

つぶやくように繰り返して、結月はその香りを想像する。木そのものを炷くとは、一体どんな香りがするのだろう。結月がよく知る線香や、精油や、そんなものとは違う独特の香りがするのだろうか。

例えば千尋から漂ってくる、森のような。

「茶道なんかだとお道具を褒めたりするんだけど、香道の場合は本香《ほんこう》を炷き終わるまでしゃべっちゃだめなんだ。香道では香りを嗅ぐことを、香りを聞くって言うんだけど、まさに、ほのかに立ち上る香りの声に、耳を傾ける感じ？」

「香りを、聞く……」

結月はその言葉に、高揚にも似たものを感じてかすかに身震いした。それは以前から自分が思っていた、香りを嗅ぐことと耳を澄ますことは似ている、という持論にも当てはまる。

「んで、部屋も心も良い香りでいっぱいになりましたねって意味で、香元が『香満《こう》ちました』って挨拶して終わんの」

隆平の言葉を聞きながら、結月はその場面を脳裏に思い描く。秘め事のようなそれが、結月の興味を引いて仕方がなかった。きっとその言葉通り、香席が設けられたその部屋は、幽玄な香りで満たされているのだろう。音のない、息さえひそめたような部屋の中で、ただただ目には見えない香りに耳を傾け、想いを馳《は》せること。それは、一体どんな世界だろうか。

「まぁ古臭い芸事だよ。最初の許状をもらうのに何年もかかるし、お手軽に免状や看板が欲しい人向きじゃねぇことは確かだよなぁ。そういうことも原因で、あんまりポピュラーでもねぇし」

隆平は、作業台の上に頰杖《ほおづえ》をついて、次の駄菓子を物色する。その姿だけを見ていれば、次期家元に推奨されるような人間にはまったく見えないのだが。

「でも、好きなんだね」

「あ？」

意味を呑み込めなかった隆平が、よっちゃんイカを手にしたまま問い返す。

「だって嫌いなら、そこまで詳しく丁寧に語らないでしょ」

いくら身内が香道宗家だからといって、自分も香道を習っているからといって、高校生など遊びたい盛りだ。それでも話を聞く限り、隆平は真面目に香道のお稽古に励んでいるのだろう。結月の言葉に、隆平が一瞬言葉を見失った。心なしか、彼の両耳の端が赤く染まる。

「べ、別にオレは……、千尋がいない今、良い子のふりで香道を優先させとけば、親とか一門の連中の機嫌がいいし、それ以外のことでとやかく言われることがねぇからやってるだけで」

「照れなくてもいいのに」

「て、照れてねぇよ！」

「おい」

延々と続きそうだった漫才に、窓の外を眺めていた千尋が声をかける。

「お前ら、用がないならさっさと帰れ。ここは休憩所じゃないんだぞ」

ついに御咎めが出てしまった。結月は肩をすくめて隆平と目を合わせ、何か正当な用事を作ろうとして、もう一度お茶を淹れなおすことにする。

「あ、そうだ、用ならある！　やっべぇ、忘れるとこだった」

ふと思い出したように顔をあげた隆平が、千尋に目をやった。

「海棠《かいどう》さんに頼まれたんだ。放課後、千尋を連れてうちに来てくれって」

そうそう、それを言いに来たんだった、などと、隆平は一人つぶやいて、よっちゃんイカを齧る。どうやら単に遊びに来たわけではなかったようだ。

「……ちょっと待て、念のために訊くが、その放課後っていつの放課後だ？」

千尋がこめかみのあたりを押さえて尋ねた。結月は自分の腕時計で時刻を確認する。時刻は午後三時五十分。確かにそろそろ放課後と呼んでもいい時間帯だが。

「今日に決まってんじゃん」

悪びれることなく答えた隆平に、千尋がしかめ面のまま天井を仰いだ。

三

大学から数駅離れた先にある東水寺《とうすいじ》は、観光名所にもなっている有名な寺で、結月も中学校の時の遠足や、祖母と出かけた記憶があった。小高い山の中腹にあり、巨大な山門こそないものの、約七百年前に建設され重要文化財にも指定された本堂をはじめ、護摩堂《ごまどう》や三重塔《さんじゆうのとう》、新たに建てられた納骨堂《のうこつどう》、それに山の上に奥の院《おくのいん》を構える広大な敷地を持つ。その一角にある庭園『藤の園』では、各種様々な藤の花が植えられ、ちょうど開花時期と重なっている今は、普段より観光客でにぎわっている季節だ。先月、少し寒い日が続いたせいもあり、ちょうど今が見頃になっているらしい。

「……ねえ、本当に私も行って大丈夫なの？」

隆平に連れられるまま駅から乗ってきたバスを降りた結月は、観光客の流れに沿って歩き出す背中に、恨めしく問いかけた。

「いいじゃん。どうせ暇だったんだろ？」

「ひ、暇だけどさぁ……」

隆平とこそこそと話しながら、結月は前を歩く千尋をちらりと見やる。自分の予定よりも、気になるのはあっちの機嫌だ。

千尋と隆平を自宅に招いたのは、東水寺の住職である海棠という人物らしい。神門流香道の門人《もんじん》であり、千尋の父とは幼い頃からの友人で、千尋や隆平のことも生まれた時から知っているのだという。そんな親しい人物の元へ、隆平が強引に連れて来たとはいえ、無関係の自分がノコノコと入り込んでいいものか。だが正直、興味がないと言えば嘘になる。だからこそ自分から帰ると言うには、いささか踏ん切りがつかなかった。

「若い感性が聞きたいっつってたし、男ばっかじゃ華もねぇし、結月ちゃんがいたって全然大丈夫。問題なし」

先ほどから隆平はそう言ってまったく気にしていないのだが、千尋の方は、無言ではあるものの、時々ブリザードを思わせる視線を投げてくる。これならばまだ、面と向かって帰れと言われるか、余計なことはしゃべるなすると、体中に穴が開くほど釘を刺された方がましかもしれない。

海棠の住居は、仁王門のある正面入口からずっと離れ、本堂の裏手の、敷地を見下ろせる山の斜面にある。東水寺の敷地に入ると、結月の鼻にどこか懐かしいにおいが届いた。

「あ……おばあちゃんの部屋のにおいがする……」

思わず顎をあげて口を尖らせ、結月はそのにおいを嗅ぎ取る。五月晴《さつきば》れの空に揺蕩《たゆた》うのは、その鮮やかさにどこか不釣り合いな、幽玄な深みのある香り。

「おばあちゃんの部屋のにおい？」

怪訝に問い返す隆平に、結月は頷く。

「うん、たぶん線香のにおいじゃないかな」

結月は目を閉じてその香りを吸い込む。重厚な造りの寺の敷地に漂う、仏へと捧《ささ》げられる香り。結月につられるようにして隆平も顎をあげたが、それほど感じ取れなかったらしく、腑に落ちない様子で首を傾げた。

海棠の住居に続く道は、当然ながら普段は関係者以外立入禁止になっており、結月たちは千尋に連れられてその木戸をくぐった。玄関わきに備え付けられた木目のポストには、家主の遊び心なのか、精巧に作られた黄緑色の小鳥が二羽、じゃれ合うような格好で配置されていた。

「いやいや、お忙しいところを恐れ入るな、若先生」

檜《ひのき》の一枚もののテーブルがある二間続きの客間に通され、数分もたたないうちに、廊下に面した襖《ふすま》がするりと開いて、六十歳前後の飄々《ひょうひょう》とした笑顔を浮かべた男性が姿を見せた。

「たまたま昨日神門に寄った時に、隆平と会ったんで頼んどいたんだ。最近はちょっと、バタバタしててな」

そう言って部屋に入って来ようとした海棠は、あ、と気付いたように足を止め、一旦部屋の外へと引き返すと、今度は人数分のお茶を持って戻ってくる。

「今日は娘がいないもんで、手が回らなくて申し訳ねぇな」

そう言って、三人にお茶を出してくれる海棠は、透け感のある黒とも濃紺ともつかない色の羽織に、竹のような不思議な模様の入った、やや緑がかった明るい灰色の着物を着こなしていた。その少し腹の出た姿や佇《たたず》まいから気品や貫録を感じはするが、表情はにこやかで、薄くなった頭のせいもあり、どことなく愛嬌《あいきょう》があるように思える。

そして彼が動くたびに、結月の鼻には線香のような、花のような、何か混ざり合った不思議な香りが届いた。

「隆平がちゃんと伝言役をできるか不安だったんだが、どうやら話はちゃんと伝わったみてぇだな。いや、急に呼びつけて悪かったよ」

どっこいしょ、と口にしながら、大義そうに海棠は腰を下ろしたが、その言葉のわりに、着物の端をそろえ、きちんと正座をしたその背は美しく伸びていた。

「オレだって伝言役くらいできるっつーの」

その伝言を忘れかけていたことなどなかったように、お茶を啜りながら隆平が偉そうに口にする。そして気を取り直して、海棠へ結月を紹介した。

「こちら、千尋と同じ大学の秋山結月ちゃん。たまたま居合わせたから連れて来た。いいだろ、別に？」

隆平に紹介され、結月は初めまして、と頭を下げる。

「急にお邪魔してしまってすいません。あの、不都合でしたら、すぐに帰りますから」

謝罪する結月に、海棠は気さくに微笑みかける。

「とんでもない、歓迎するよ結月ちゃん。どうか気を遣わないでやってくれ。うちは女房が早くに逝って、娘も息子も成人したし、儂《わし》も気楽にやってんだよ。賑やかなのは大歓迎だ」

海棠は、帯に挟んでいた扇子《せんす》を取り出して、それを扇ぎながら豪快に笑った。そういえば、先ほどお茶を運んできた時のセリフも、今の話を聞けば頷ける。きっと亡くなった妻に代わって、娘がいろいろと家のことを手伝ってくれているのだろう。そんなことを思っているうちに、扇子の風に乗って海棠から漂ってきた香りを、結月の鼻がより明確にとらえた。線香のような香りの他に、どこかで嗅ぎ覚えのある、花のように甘くもあり、木陰に吹く風のような彩に包まれる。これは一体どこで嗅いだ香りだったかと、結月は密かに首を捻った。なぜか、考えても考えても、以前食べたみたらし団子のことしか思い浮かばない。

「それにしても、この天邪鬼にもまともに友達がいたんだねぇ」

からかうようにイヒヒと笑う海棠を、千尋がうろんな目で眺める。千尋の父親の友人ということは、幼い頃の千尋や隆平のことをよく知っているのだろう。

「訂正しておくが、こいつは友達でもなければ、オレが連れてきたわけでもない」

「じゃあ追い返せばよかったじゃねぇか。相っ変わらず素直じゃねぇなぁ」

「オレはどんな死に方をしても、絶対におっさんの読経《どきょう》だけは聞かない」

「安心しろ、十中八九《じっちゅうはっく》、儂の方が先に仏になっとるわ！」

冥土から手招いてやる、と、再び朗らかに笑う海棠を、結月は半ば呆気にとられるようにして見ていた。住職といえば、もっと生真面目なイメージがあったが、なんというか、随分フランクだ。どことなく、住職というより落語家のような印象だった。

「それで、今日は何の用事だったんだ？」

放っておけば延々続きそうだった不毛な応酬のリングからさっさと降りて、千尋が尋ねる。

「おお、そうだそうだ、家元に相談するとなれば、ちと大げさでな。今は実家とこじれてるが、お前の腕は信用してるもんでな。そこでお前の意見を聞こうと思ったんだ」

思い出したように閉じた扇子で膝を打って、海棠は千尋に向き直る。

「香木を選びたいんだ」

「香木を？」

眉をひそめて、千尋が繰り返した。

海棠は、ちょっと失礼するよ、と言い残して一度部屋の外へ出て行き、すぐに一抱えもある風呂敷包みを持って戻ってくる。

鶯色《うぐいすいろ》の年季の入った縮緬《ちりめん》の風呂敷には、先ほどポストでも見たような、じゃれ合う二羽の小鳥と、小鳥遊という三文字が散らばるようにデザインされて染め抜かれており、それをほどくと、ティッシュ箱よりひとまわり大きいほどの木箱が三つあった。

海棠はそれを慎重に千尋の前へと並べ、蓋をとる。その瞬間、結月の嗅覚に香りが触れた気がした。ほんのわずかな香りの粒が、ふと鼻先をかすめていく。

「これが香木、ですか？」

結月は、箱の中身をよく見ようとして身を乗り出した。木箱の中には、和紙に包まれた結月の腕ほどの太さの、長さも形も色もそれぞれ違う木切れが入っている。だがそれらは、結月が普段目にするような枯れ枝や、海岸などに流れ着く流木とは明らかに違っていた。しっとりとした艶があり、中身が詰まっている重そうな印象だ。

「この一番小さいのが伽羅《きゃら》、あとの二つのうち長い方が真那蛮《まなばん》で、短い方が寸門多羅《すもんたら》。うちの寺に伝わる由緒正しきものだ。大正時代の頃に手に入れたらしい」

結月は、初めて聞く専門用語のような言葉に首を捻る。もっとも、香道に関するほとんどのことが初耳の状態なのだが。

「あの、キャラとかマナバンっていうのは……？」

恐る恐る尋ねた結月に、海棠が、ああ、と気付いたように説明をする。

「香道に使われる香木は、沈香《じんこう》と呼ばれるものになるんだが、昔からそれを産地ごとに分けた六国《りっこく》という呼び方があってな。後世になってから、香木を性質ごとに、その六種類の中に分類するようになったんだ」

その言葉の後を引き受けるように、箱の中の香木を手に取りながら、隆平が結月を振り返る。

「伽羅、羅国《らこく》、真那蛮、真那伽《まなか》、佐曾羅《さそら》、寸門多羅、これが六国。今じゃこれに新伽羅《しんきゃら》を加えることもあるけどな」

隆平は普通に説明してくれたのだろうが、結月には外国語か呪文のようにしか聞こえなかった。とにかく、香木の種類を表す名前ということなのだろう。

「香木ってのは、樹脂が樹の内部に固まってできるものでなぁ。沈香樹自体には、幹にも葉にも花にもにおいはないんだが、樹脂が沈積した部分だけ香りが閉じ込められてるって事情だ」

「……ええと、つまり木っていうより、樹脂が香るってことですか？」

海棠の説明に、結月は混乱する頭を抱えながら確認する。

「ああ、そういうことだ。自然のものだけに大きいものは貴重でな、これらの香木も購入当時は倍ほど大きさがあったようなんだが、その切り取った分を、祖父《じい》さんが実の娘の結婚祝いに丸ごと炷いたらしくてなぁ」

扇子で自らを仰ぎながら、海棠があっけらかんと口にした。

「丸ごと⁉」

思わず隆平が問い返す。結月にはそれが何を意味するのかはよくわからないが、彼の反応を見る限り、通常のやり方ではないらしい。

「もうこの世にいない人に言うのもなんだが、相変わらずのバサラぶりだな」

伽羅だといって紹介された香木を手に取っていた千尋が、呆れたように息をついて、それを箱に戻した。

「祖父さんは不器用だったんだよ。やると決めたら零《ぜろ》か百だ。中庸《ちゅうよう》ってのがどうも苦手だったらしくてな」

ま、儂もその血を引いてるんだが、と海棠は豪快に笑う。

「あの、これ、触ってもいいですか？」

千尋と隆平を経て回ってきた木箱を覗き込んで、結月は尋ねる。

「もちろん。じっくり見てやってくれ」

快く応じてくれた海棠の返事を聞き、結月は恐る恐るその木片に手を伸ばした。

三つともそれぞれ姿が違い、濃橙色の艶やかな肌のものもあれば、栗のような色で、ばっくりと剝離したような木目が荒いものもあり、逆に木目が薄く少し明るい色のものもあった。だが総じてどれも見た目より重く、これがただの枯れ木などではないことを感じさせた。海棠が言うように、樹脂が詰まっているということだろう。鼻を近づけると、かすかに香りはするものの、思ったほど強い芳香ではない。

「実は今度、昔本当に世話になった檀家《だんか》の娘さんが結婚することになってな、是非このうちのどれかを差し上げたいと思ってよ」

結月が物珍しげに香木を見ている姿を、微笑ましく眺めていた海棠が、そう言って千尋を振り返る。

わずかな戸惑いを見せて、千尋が眉根を寄せた。

「香道について、結婚する本人は詳しくはないし、どこかの門人ってわけでもない。親がかじってるのを見てたくらいだ。しかしなぁ、下世話な話だが、知っての通り、香木は金になる。せめてものご祝儀代わりってとこだよ」

それを聞いて、結月は自分が手にしている香木をまじまじと眺めた。

「あの、実際香木の値段ってどのくらいするんですか？」

一見枯れ木のように見えるこれに、どれほどの値がつくのだろう。ご祝儀代わりと言うことは、五万とか十万くらいなのだろうか。

「質や種類にもよるが、だいたい一グラム三千円から一万五千円くらいだ」

千尋の返事に、意外と安い、と言いかけた結月は、すんでのところで思い直す。確か今、『一グラム』という単位だったような気がするが。

「ここにある香木は、東水寺の所有というブランドや、質もいいことなんかを前提にすれば、真那蛮と寸門多羅はともかく、この伽羅はざっと見ても五百万くらいの値がついてもおかしくはない」

「ええっ、そんなに!?」

結月は思わず自分の手の中にある香木を見つめた。この木切れにそんな価値があるなど到底思えない。海岸に落ちていれば、間違いなく焚火《たきび》の燃料にしてしまうだろう。

「そういや、金《きん》より香木の方が高いんだって、昔からよく聞かされたなぁ」

行儀悪くテーブルに頬杖をついていた隆平が何気なく言い、急にその手が震えだしそうになった結月は、香木に傷をつけないようゆっくりと箱の中へ納める。こんな高価なものをご祝儀代わりに贈ろうなど、セレブたちの考えることは理解しがたい。

「でもさぁ、なんでそんな重要なことを千尋に任すんだよ？　そんな恩人なら自分で決めればいいじゃん」

隆平の言葉に、千尋も同意するように海棠を見やる。

「いいじゃねぇか、ちょっとくらいアドバイスをもらいたいって思ったってバチは当たらねぇだろ。別に次期家元の名前を出そうってわけじゃない。ただ若い感性が聞きたいんだよ」

頼むよ、と海棠が半ばおどけるように顔の前で手を合わせてみせる。父親ほどの年齢の海棠に懇願され、千尋はやれやれと嘆息した。だがそこに一片の迷いを見た気がして、結月はふとその表情を注視する。いつもの呆れた顔のようでいて、どこか彼の思考が深いところに沈んでいるような感覚がした。

「なんかよくわかんねぇけど、本人がこう言ってるんだし、選んでやれば？」

半ば投げやりに言った隆平の言葉に、海棠はイヒヒと笑った。

「どうかよしなに頼むわ」

だがその中で、やはり千尋だけが、やけに浮かない顔をしていた。

「千尋くん？」

気づいた結月が問いかけると、思考から浮上するように、千尋がゆっくりと顔を上げた。彼がこんな顔をするのも珍しい。

「何か気になることでもあるの？」

「いや……」

何かを言い淀み、千尋はそれを振り切るように顔を上げて海棠を見据えた。

「わかった。じゃあ早速だが、香りを聞きたい」

千尋の要請に応えるように、海棠は微笑む。

「もちろん、そのつもりで用意をしといた」

茶道や華道などという伝統的な芸事と、結月はこれまでこれといった縁を持たずに過ごしてきた。書道も学校の授業で習っただけで、今となっては筆を握る機会はほとんどない。そんな自分が、いきなり五百年前から香りの文化を受け継ぐ香道宗家の人間の手前《てまえ》を見ることになるとは、人生何が起こるかわからないものだ。

先ほどの客間から別の和室へと案内され、結月は新たに通された部屋の中をぐるりと見渡した。そこは十畳ほどの広さで、床の間には涼やかな清流が描かれた掛け軸があり、左に袋戸棚、そのすぐ下には教科書で見たような違い棚と、さらにその下に置かれた古いシェルフのような変わった棚に、見慣れない漆塗りの盆のようなものや、湯呑のような形の焼き物などがあり、その他は机もないがらんとした座敷だった。

「ねぇ、なんでわざわざ部屋を移動したの？」

千尋に指定された場所に正座しながら、結月は素朴に尋ねる。茶室と違って湯を沸かすような炉もないのなら、別に先ほどの座敷でもよかったと思うのだが。

「ここが香席だからだ」

結月の問いに、千尋は当然のように答える。

「香座敷と言えばわかりやすいか？　ここは銀閣寺の弄清亭《ろうせいてい》を模して造った、香を聞くための部屋だ」

「……つまり、専用の部屋ってこと？」

銀閣寺のなんとか亭のことを、結月はよく知らない。だがそれを模して造られたということは、何か決められた形などがあるということなのだろうか。

「オレは別に、部屋なんかどこでもいいと思うんだけどねー」

礼儀作法を叩き込まれているはずの隆平が、わざと胡坐《あぐら》をかいて座る。そこへ、部屋をでてどこかへ消えていた海棠が戻ってきた。

「他人の道具で使いにくいだろうが、勘弁してくれや。それとも、儂が炷くか?」

海棠は、火屋のついた小型の香炉のようなものを小さな盆に載せていた。それを目にして、千尋は床の間の左にあった棚から、深さのある漆塗の盆のようなものを下ろした。その中には、結月の見慣れない様々な道具が入っている。

「いや、オレがやる。別に正式な席じゃないんだ。道具だってなんでもいい」

香道具を見やりながら、千尋がさも簡単なことのように答える。

「なら、そうしてくれ。久しぶりにお前の手前も見たいんでな」

海棠はあとの準備を千尋にまかせ、ふと結月に向き直った。

「結月ちゃんは、こういう手前を見るのは初めてかい?」

「あ、はい。こういうことには全然縁がなくて……」

正直なところ、正座している足も辛くなってきている。興味本位でやってきたとはいえ、まさかこんな場面に参加することになるとは思わなかった。

「私、作法とかそういうの全然わからないんですけど、大丈夫でしょうか……」

茶道であれば、茶碗《ちゃわん》を褒めるとか、茶碗を回してから飲むとか、そういう作法があるように、香道にも何か決まりがあるはずだ。しかしお手前自体見たことがなく、何をするのかさえよくわかっていない結月にとって、ただただ未知の世界へ地図もなしに放り込まれるようだった。

「大丈夫大丈夫、これは正式なものじゃないし、香木の香りを自分なりの感性で楽しむってことが肝要だ。組香なんかだと、数種類の香を聞き分けるなんて要素が入ってくるが、これはもう、そのまんま香りを聞けばいいだけだからよ。わかんないことがありゃ、すぐ訊けばいい」

そう言って、海棠はからりと笑う。

「なぁに、楽にやろう。香木を選ぶなんて言うと大層に聞こえるが、正直儂はどれでもいいんだ。この三つのうち、どれもがふさわしければ、どれもふさわしくはないってもんよ」

海棠が話す間、千尋は正座した自分の前に、風呂敷よりも少し厚みのある濃紫《こむらさき》の敷物を広げ、その上に灰が入った三つの香炉と、海棠から手渡された、それぞれ一、二、三と書かれた、手の平に乗るほどのたとう紙の包みを並べていく。その中に、あらかじめ三種類の香木から切り取った香木片が入っているらしい。

「香道ってのは、元々は宮中の遊びだったんだ、堅苦しく考えなくていい。もちろん芸道を極めようと思えば、難しいこともあれば厳しいこともある。けどな、そこに香りを楽しむ心を忘れちゃ、空虚なもんだ」

海棠の言葉は、結月の中へやけに素直に入ってくる。きっと香人として、彼が香りを真剣に楽しんでいる証だろう。

「儂から言えるのはそのくらいだな。千尋、あとなんか言っておくことあるか？」

海棠に尋ねられ、すでに準備を終えた千尋が、ちらりとこちらに視線を投げてくる。

「事前に垂れる講釈なんて、オレが一番嫌いなの知ってるだろ」

その言い草に、イヒヒと海棠が笑い、隆平が行儀悪く囃《はや》し立てるように口笛を吹く。

そして不意に千尋の涼やかな双眼に捉えられ、結月は自然と背筋を伸ばした。何か言われるのかと思ったが、千尋は無言のまま、その瞳は流れるように目の前の香炉へと注がれる。

「あとは、香りに訊いてくれ」

その瞬間、この座敷だけが世界から切り離されたような、独特の緊張感が辺りをひた走った。

一本の糸が張り詰めるように、集中する千尋に目を奪われる。同時に、彼から漂う香りが一層強くなった気がした。

森が、迫ってくる。

体中の感覚が研ぎ澄まされる感覚に、結月は無意識のうちに息を呑んだ。

千尋と初めて出会った時に感じた、あのむせ返るような森の香りが、結月を木漏れ日の静寂へと連れて行く。

おもむろに青磁の香炉を手元に持ってきた千尋は、火箸のような道具で中にある灰をかいて、真ん中に窪《くぼ》みを作った。そこへ、海棠が持ってきた香炉の中から取り出した、紅く燃える炭を埋めていく。そして、香炉の中の灰が山形になるように火箸で器用にかきあげた後、平たいヘラのような道具で山を押さえて形を整える。その流れるような動きに、結月はただ見惚《みほ》れるように目を注いだ。

「相っ変わらず、こういう手前は器用にこなすよなぁ」

隆平がぼやくのを聞いて、海棠が声を出さないまま笑う。

その後千尋は、香炉の縁についた灰を鳥の羽がついた道具で払い、山の中心に炭へ空気を送るための穴を開け、灰山の斜面の一ヶ所に印をつける。そこまでの動作に一切の無駄がなく、大胆に道具を動かしているように見えて、わずかな灰をこぼしもしなければ、道具同士が触れ合って大きな音を立てることもない。

「あれが聞き筋《すじ》っていう、正面の印な。本来ならあれの他にも、灰の上に箸目《はしめ》っていう模様をつけんの。陰陽五行説《いんようごぎょうせつ》の影響を受けてて、流派によっても違うんだけど」

呼吸することを忘れるように息を詰めていた結月に、隆平が小声で説明した。

次に千尋は、香炉と一緒に運んできた雅《みやび》な小箱を開け、曲線を描いたピンセットのような道具を使って、銀縁のある四角い半透明の板を取り出す。そしてそれを、香木が入った包みの上にそれぞれ一枚ずつ載せた。三包分のそれがそろったところで、一と書かれた包みに載せた四角い板を、香炉の、ちょうど炭へ空気を送るために開けた穴の上へと静かに置く。そこで千尋はふと顔を上げ、居並ぶ面々を見渡した。

「ご安座に」

何事かと思って注視していたが、千尋はそれだけを言って、再び香炉へと目を落としてしまう。

「ゴ、ゴアンザって何？」

「足を崩していいってこと」

結月と隆平がこそこそと話しているうちに、千尋は一と書かれた包みを開け、その中にあったごく小さな香木片を、匙《さじ》のような道具ですくい、先ほど灰の上へ置いた板へ慎重に乗せた。これで香炉は整ったらしい。香木を直接炭の上に置いたりするのかと思っていたが、あの四角い板を介して、炭の熱を受けるようだ。

「オレから聞くぞ」

そう断っておいて、千尋はおもむろに香炉を手に取った。左手で香炉の下を包むように持ち、右手の親指を手前の縁に沿わせ、他の指はそろえたまま、香炉を覆うようにかぶせる。そして肘を開いたまま、右手の親指と人差し指で作った空間に鼻を近づけて、立ち上る香りを吸い込んだ。吐く時に、息が香炉にかからないよう顔をそむけるその仕草は、美緒の便箋の香りを確かめていた時と同じような動きだったような気がする。彼にとって、香りを聞く時の癖になっているのかもしれない。

「一炉は真那蛮だ。銘もあるんだけどよ、先行してイメージを持たないように、あえて最後に公表しようと思ってんだ」

味わうように丁寧に香りを聞いている千尋に、海棠はそんなことを言った。

真那蛮の香りを聞き終えた千尋は、少し思案するように押し黙り、なるほど、とつぶやいて、香炉を海棠へと回す。そこから順番に、隆平、結月、と回されていくようだ。正式な場ではないとはいえ、神門家の人間が炷いた、しかも東水寺が所有していた貴重な香木の香りが聞けるなど、滅多にない事だろう。

いよいよ自分へと香炉が回ってきて、結月は見よう見まねで香炉を持つと、ゆっくりとその香りを吸い込んだ。

「あ……」

それは、結月が予想していたよりずっと豊かな香りだった。どことなく涼やかな風を感じる、およそ木片を炷いているだけとは思えない景色。先ほど触らせてもらった姿木《すがたぎ》からは、想像できないほど強く立ち上る香りだった。

嗅覚から運ばれた景色が、意識すればするほど、鮮明に脳裏へと走る。その鮮やかな色彩に、結月は思わずつぶやいた。

「……空みたい」

それは昼と夜の境目。

西の空が、薄青と白と橙《だいだい》の混ざり合う淡い色に染まる頃、振り返った東の空に見た夜の帳《とばり》。

「子どもの頃、キャンプに行った山奥でこんな空を見た気がする……」

迫りくる漆黒に身をひそめる木々。山肌から忍び寄る、湿気を含んだ土のにおい。様々な想像を掻き立てる雲のシルエットが、その始まりを告げていた。

郷愁と同時に、なぜか別の世界への入口が開いたような高揚を感じたあの時間。日常とは違う場所で、これから始まる『夜』に、言い様のない期待と不安を混ぜた気持ちが胸に蘇る。何か不思議なものを見つけそうな、未知のものと出会いそうな、そんな想いを抱えて空を見上げた。

陽が沈んだ山端に、星が輝き始める直前の、

宇宙の果てまで見渡せてしまいそうな、どこまでも透き通った空を。

吸い込まれそう、という感覚を、結月はその時初めて味わった。普段見上げている青空でもない。学校の帰り道で見かける紅の夕暮れでもない。確かにこの空が、宇宙へとつながっているのだと思わせる夜の色。

いや、その色こそが、本当の空の色だったのかもしれない。

「……群青の空、か」

結月の言葉を受けて、千尋がつぶやいた。

「面白い表現をするもんだなぁ」

海棠が興味深く頷く。結月ははっと我に返るようにして、気まずく身を縮めた。

「す、すいません、私……」

「いや、それでいいんだ。自分の言葉で表現すればいい。香りってのは、積み上げた

知識ばかりに頼ってると、大事なことを聞き逃すもんだ」

そう言って穏やかに笑う海棠の傍で、千尋は淡々と二つ目の香炉に二番目の香木を準備する。

「次、回していくぞ」

千尋から声がかかり、結月は慌てて香炉を千尋の元へと返した。

四

「一体、どれが選ばれるんだろうね」

店の前に置かれた、緋毛氈《ひもうせん》の敷かれた縁台に腰かけて、結月は緑葉の隙間から見える初夏の空を仰ぐ。ちょうど頭上に広がる藤棚には、ややピンクがかった紫と白のコントラストが美しい、いくつもの藤の花が風に揺れていた。

一昨日、東水寺で図らずも即席の聞香に参加して、結月は自分から進んで蚊帳《かや》の外での見物を決め込んでいる。何しろあの日、初めて香木の香りを聞いたのだ。好きだ嫌いだという感想なら言えても、何が良くて何が悪いということはわからない。誰かに贈るための選択となれば、素人が口を出していいものかと、自然と及び腰になってしまう。

あの日海棠が用意した香木には、一番目のものに『流星《りゅうせい》』、二番目に『東雲《しののめ》』、三番目に『翠鳥《そにどり》』という銘がついていた。今回千尋に選んでもらうにあたって、ふさわしい銘を自分でつけたのだと言う。

三つすべてを聞き終わった時点で、千尋は難しい顔をしていた。香人たち曰く、三つの香りはどれも甲乙つけがたい、大変素晴らしい香りであり、結婚する若い娘にふさわしい香りというのは、すぐには選び難い、ということだった。

「オレは東雲推しかな。あれは伽羅だったし、一番高価だし、なんかすげぇ縁起のいいっぽい銘だし、贈り物にするんならふさわしいんじゃね？　千尋はまだ決めかねてるみたいだったけど」

結月の隣では、行儀悪く脚を投げ出して座った隆平が、見るともなしに目の前の通りを眺めている。そこを、大学生らしい数人の女性のグループがシュークリームを片手に歩いていく。

「まだ時間があるから急がないって海棠さんは言ってたけど、実際迷うだろうね」

なにしろ、五百万の値がついてもおかしくない香木を選ぶのだ。百円均一でお菓子を選ぶのとはわけが違う。自分のことのように悩ましく息をついて、結月はまだ運ばれてこない目当ての和菓子を思って、店の方を振り返った。ちょうど二人分の頭上を飾る藤棚を持つ店は、『ふじや』という看板を掲げている。

大学から十分ほどバスに揺られた先に、豆小路《まめこうじ》と呼ばれる場所があり、昔ながらの情緒が残るその一角は、土産物《みやげもの》屋などが並ぶ賑わいのある通りになっていて、結月は月に何度かここを訪れている。起伏のある石畳の細い小路が続き、両脇に続く老舗《しにせ》を見て歩くだけでも充分な散策ができる場所だ。

中高年の客層による団体旅行や、同じ制服で歩く修学旅行生、それに若い女性も多く訪れ、平日でもある程度混雑しているものの、少し横道にそれれば、ひっそりとした町の日常があった。

「結構悩んでたみたいだったから、気分転換にと思って誘ったのになぁ」

藤越しに空を仰いで、結月はため息をつく。ここへ来る際に千尋も誘ってみたのだが、駄菓子フェアの時と同じようにばっさりと断られてしまった。彼は小屋の中に香木のことなどが網羅された資料などを持ち込んで熱心に読みふけっており、それ以上声をかけるのは憚《はばか》られ、渋々出てきたのだ。結局答えはまだ出ないらしい。

「なんだよ、オレじゃ不満なわけ？」

千尋とは対照的に、一人でバスに乗り込もうとしていた結月を見つけ、勝手について来た隆平が、心外そうに拗ねてみせる。

「そういうわけじゃないけどさぁ、デートだったんじゃないの？」

隆平と合流して以降、彼の携帯電話にはひっきりなしに電話の着信とメールが入ってきているようだった。その中で、今日行けなくなった、などと彼が断るのも耳にしている。

「そんなんじゃねぇよ。ただの遊びの予定。それにオレ、彼女いないし。だから立候補受け付けてるけど？」

確信犯のような爽やかな笑顔を向けてくる隆平を、結月は半ば呆れつつ眺めた。出会ってまだ数日しかたっていないというのに、恐ろしい高校二年生だ。

「みたらし団子二つと、単品のわらびもち、それに芋ようかんお待たせしました！」

そんな会話をしている間に、顔見知りの女性店員が注文の品を運んでくる。その声に反応して、結月は弾かれたように立ち上がった。

「待ってました！」

この一帯は観光地であるがゆえに、ここのみたらし団子をはじめ、ご当地の食材を使用したコロッケや黒豆の入った金《きん》つば、七味のかかった煎餅、いろいろな種類のさつま揚げなど、手ごろな値段の美味しい物がそろっているのだ。

「結月ちゃん、いい時に来たわね。今日はこの席ずっと埋まってたのよ」

結月に盆ごと商品を手渡しながら、店員が気さくに話しかけてくる。

「いい香りでしょう？　ちょうど今が見頃だわ」

臙脂色《えんじいろ》の制服と同じ色の三角巾をつけた店員は、どこか感慨深げに藤を見上げた。

「やっぱ日頃の行いかなぁ。神様は見てるんですよ、きっと」

結月は恍惚と微笑む。どうしても今日は、この藤の花の香りが届く席に座りたかったのだ。

「見てる神様は、食欲の神様かもしれないけどね」

店員がおどけるように言って笑った。ここの店では、外国からの観光客が多く訪れることもあり、店員が付けている胸の名札にはひらがなとローマ字でフルネームが書かれている。たかなしゆかり、という名札を付けた彼女とは、何度か店に通ううちに仲良くなり、こうして冗談も言い合える仲になった。

「確かに藤も綺麗だけど、こんなかわいいおねえさんが店員さんなら、オレ通っちゃいそうだな」

すかさず隆平が営業用の笑顔とともにそんなことを言い、盆を取り落としそうになる結月の隣で、ゆかりが頬に手を当てて微笑む。

「いつでもお待ちしてるわ」

「次はおねえさんを注文してもいいの？」

「残念だけど、私は売約済みなのよ」

そう鮮やかに切り返し、ゆかりはゆっくりして行ってね、と言い残して店の中へと戻っていった。

「さすがに慣れてんなー」

ゆかりの後姿を見送りながら、隆平がぼやく。

「隆平くんさぁ、いつか刺されるよ？」

いろいろな客を相手にしているゆかりだからこそうまくかわしてくれたが、誰にでもあれをやってるのだとしたら、いつか痛い目に遭うだろう。

「オレはそんなヘマしない」

「高校二年生にしてなんなのその自信」

「つーか、店員と仲いいんだね。元々知り合いだったとか？」

結月から三串が一つの皿に載ったみたらし団子を受け取りながら、隆平が尋ねた。

「ううん、私がここに通い始めてから仲良くなったの。二年くらい前かな？　ゆかりさんは大学時代からずっとここで働いてて、アルバイトとはいえ店主さんからは随分信頼されてるみたい」

そう説明しながら、結月は皿からみたらし団子の串を取り上げる。初めて来た時から愛想がよく、親切にしてくれたゆかりのことは、いろいろな店に行くことが多い結月の中でも特に良い印象で残っていた。

「ふーん。それにしても、マジでここに団子食いにきただけ？　なんか色気ねぇな」

改めてみたらし団子を眺めながら隆平がぼやいた。

「そう言わずに食べてみなよ。超美味しいんだから。休みの日は行列になるんだよ」

結月は気合を入れ直すように背筋を伸ばし、いただきます！　と宣言するように口に出した。そして、艶やかなタレのかかったふくよかな団子にかぶりつく。歯を押し返してくる弾力のある生地と、甘辛いタレが舌の上で絶妙に絡み合い、結月は思わずその旨さに目を閉じる。鼻へと抜けていく、焦げ目の香り。

気が乗らない様子でひとくち食べた隆平も、その美味しさに思わず目を見張る。作りたてということもあるだろうが、コンビニやスーパーで買い求めるものとは香りも味もまったく違っていた。

「でもさぁ、なんで急にここの団子だったんだよ？」

理由も訊かず、バス停であっさり同行を決めただけの隆平が、改めて尋ねた。

早くも一本目の竹串を露わにしながら、結月は説明する。

「あの日ね、海棠さんからすごーくいい香りが漂ってきたの。甘い花みたいな」

「花？」

「うん。きっと二人は気付いてなかったと思うけど、私、なんだかその香りをどこかで嗅いだことがあるなぁと思ってたの。で、ずっと考えてたんだけど、どんなに頑張って考えても、ここのみたらし団子のことしか浮かんでこなかったの」

数秒、頭の中を整理するように押し黙ってから、なんで？　と隆平が神妙に尋ねた。

「それがね、今日ここにきてようやくわかったの。海棠さんから漂ってきた香りって、藤の花の香りだったんだって」

結月は、頭上でその甘い芳香を生み出す薄紫の房を見上げる。

「そう言えば私、去年の今頃もここに来てたんだよね。そこで嗅いだ藤の香りが、いつの間にかみたらし団子と一緒にインプットされてたみたい」

団子の串で藤を指し示し、結月は一人納得するように頷く。なんというか、自分でも驚くほど食欲が勝る頭だ。

「なるほどなぁ、オレは藤の香りなんて全然気づかなかったな。海棠のおっさんの自宅から、『藤の園』も結構離れてるし」

　隆平が緑茶の入った湯呑を手に取って、温度を確かめるように慎重に啜った。隆平だけではなく、おそらくあの場で藤の香りに気付いたのは結月だけだろう。あの日、海棠はもともと千尋に香木の香りを聞いてもらうために招いたのだ。そんな場に、神門流の門人である彼が違う香りを持ち込むとは考えにくい。おそらくわざとではなく、服などに染みついた類の香りだったのかもしれない。

「ちなみに、ここの藤って、東水寺に一番多くある藤と一緒のものだって知ってる？」

　隆平が、頭上の藤の花を指して尋ねる。

「え、そうなの？」

「オレも親から聞いただけだけど、確かここの創業者が海棠のおっさんの祖父さんと知り合いで、その当時『藤の園』からいくつか分けてもらったって聞いた。だから結月ちゃんの鼻はやっぱ正確だったたってことだな。さすが犬の鼻」

　団子を齧りながらしみじみと頷く隆平に、結月は複雑な目を向けた。まずい、このままではこの従弟にまで犬呼ばわりされてしまう。

「お茶のお代わりどう？」

　結月がみたらし団子を平らげ、黒蜜ときなこのかかったわらびもちへと移行した頃、再びゆかりが急須を片手にやって来る。

「ありがとう！」

結月は遠慮なく、ほぼ空になった湯飲みを差し出す。客の様子をよく見ており、こうした頃合いをちょうど見計らって声をかけてくれるところなどが、ゆかりが店主に信頼されている一つの要因なのかもしれない。

「そういえばゆかりさん、一人暮らし始めたって言ってたけど、その後どうですか？」

平日の午後四時半をまわっているが、観光シーズンということもあって、まだまだ界《かい》隈《わい》は賑わっている。結月が差し出した湯飲みにお茶を注ぎながら、ゆかりは苦笑した。

「まぁまぁかな。あれこれ親に干渉されないから楽だけど、結構勢いで出てきちゃったところもあるから、善《よ》し悪《あ》しね」

そこへ、ちゃっかりと隆平が口を挟む。

「ああ、わかるな。親っていると煩わしく思う時もあるけど、居ないといろいろ不便だったりするし」

高校の制服を着た彼のわかったような口ぶりに、ゆかりは結月と顔を見合わせて、笑いながら肩をすくめる。

「私ずっと実家暮らしだから、一人暮らしってちょっと憧れちゃうなぁ」

結月の実家は、大学へ余裕を持って通える距離にあるため出ていく必要もなく、おそらく卒業まであの家から通うことになるはずだ。家族仲は良い方だが、時々自由気ままな一人暮らしがしてみたいと思うこともある。だが、結月の場合はほとんど興味本位だ。ゆかりのような、出ていくための勢いすら持ち合わせていない。

「気楽なのはいいけど、実際父親と弟残してきちゃったから、やっぱり心配だし……」

急須を手にしたまま、ゆかりは小さく息をつく。

「結構お金もかかるしね。だからいっぱい稼がないと。そういうわけで結月ちゃん、お代わりは？」

ゆかりの強引な催促に、結月は声をあげて笑った。冗談だとわかっているが、ここまで露骨だと逆に清々《すがすが》しい。

「しょうがないなぁ、じゃあ売り上げに貢献しようかなー」

結月のその言葉に、隆平が呆れたように顔を上げる。

「まだ食べんの？」

みたらし団子だけを頼んだ隆平に比べ、結月はわらび餅と芋ようかんまで頼んでいる。その上まだ食べる気かと、その表情が言葉以上に語っている隆平の顔を見て、結月はにこやかに否定した。

「そんなわけないじゃん、まだ芋ようかんだって残ってるのに」

「あ、やっぱそうだよな」

「だから、お団子お持ち帰り用にするの」

見事に絶句した隆平の反応に、ゆかりが堪えきれないように笑った。

「じゃあ、みたらし団子のお持ち帰り用、用意しとくわね。サービスしとく」

快く引き受けたゆかりは、笑いの余韻を引きずったまま店の中へと戻っていく。その背中を見送って、結月はわらび餅の最後のひとつを口の中に放り込んだ。

「まさか結月ちゃんがこんなに食う女とはね……」

隆平が乾いた笑い声を漏らしながら、お茶を啜る。

「でも、千尋が気に入るのも何となくわかるよ。なんかおもしれぇし」

「ねぇ、それ絶対誤解だよ。私、千尋くんに気に入られてなんかないと思うよ？」

芋ようかんのひと口目を頬張っていた結月は、もぐもぐと口を動かしつつ否定する。

普通気に入っている人間に対して、犬呼ばわりしたり、明らかに鬱陶しく見つめたり、無言で帰れという光線を発したりしないはずだ。

「んなことねぇよ、前も言ったと思うけど、あいつの近くに寄れるだけでもう選ばれし者なんだよ。一番荒れてた中学から高校にかけての頃なんか、オレですらちょっと近寄りがたかったし」

当時を思い出すように、隆平は空を仰ぐ。

「え、千尋くんってそんなに荒れてたの？」

そういえば、実家とは絶縁状態という話だったような気がする。今のあのモデルかタレントかと思わせる端正な容姿と、冷静沈着に他人を小馬鹿にできる態度などからは想像もできないが、結月が思っていたよりも随分熱血な少年時代を過ごしていたのだろうか。

「荒れてたっていうか、今よりずっと無口で刺々しくて、家に帰って来なかったり、学校さぼったり。さすがに犯罪に走ることはなかったけど、稽古放り出してアロマの店に入り浸ったり、ハーブ園に通いつめたり、調香師なんかと付き合ったりして、身内からも随分批判が出てさぁ。オレならともかく、ほら、あいつ宗家の人間だし」

確か、香水や精油の知識は、香道にはまったく関係がないと聞いた。神門一門の人間からすれば、宗家の後継ぎにはそんなことよりも芸の道に精進してほしいというのが本音だっただろう。それを、千尋はことごとく裏切り続けたということだ。

「物心ついた頃からずーっと、それこそ外で遊びたい年頃に、平日も休みの日も稽古をつけられたら、そりゃ反抗したくもなるって。オレが言うのもなんだけどさ」

隆平は同情するように息をつく。結月は芋ようかんを切り分けながら、なんとなく腑に落ちずに首を傾げた。

「う～んでもなんか、それは違うような気がするなぁ……」

「違う？」

問い返す隆平に頷いて、結月は言葉を探して視線を動かした。

「お稽古が嫌になったっていうより……、千尋くんはもっと、いろんな香りの世界を知りたかったんじゃないかな？」

結月は、あの小屋で一人香りに囲まれている千尋の姿を思い描く。様々な香料を持ち込み、あそこで悠々と過ごしている彼は、自分のスタンスで香りを楽しんでいるのだろう。海棠の前で素晴らしい手前を披露したところをみても、香道そのものに嫌気がさしたというわけでもなさそうだ。

「精油やハーブのこと、その他の香料のこととか、きっと知りたかっただけなんだよ」

おそらく彼は、誰よりも真剣に香りに向き合っているはずだ。だからこそ、香道だけでない香りの世界に、自分たちを取り巻くもっと広い世界に、興味を抱いてしまったのかもしれない。

「……なんか、結月ちゃんの方が、オレより千尋のことわかってんじゃね？」

湯呑を持ったまま、隆平がまじまじと結月を見やる。

「そ、そんなことないよ！　なんとなく、そう思っただけで……」

結月は慌てて否定する。本当のところは、本人に訊いてみないとわからない。

「まぁ、結月ちゃんが言うことも一理あると思うよ。ただ、香道以外のことについて勉強するのって、たぶん最初は父親へのあてつけだったんだと思う。家元って、結構ガチガチに厳しい人で、伝統がどうのとか古いしきたりがどうのとか、超うるせぇの。香道が最も高貴たる総合芸術であるっていう考えの人だから、他の香りのジャンルなんて認めようともしないし。で、千尋とはしょっちゅう喧嘩……」

そこまで言いかけて、隆平は、はたと口元を押さえた。

「やべぇ、オレしゃべりすぎ」

「今更我に返らないでよ」

芋ようかんを頬張りながら、結月はうろんな目を向ける。ちょうど面白くなりそうな展開だったというのに。

「……まぁ、そんな感じでなんだかんだあったたってことだよ」

適当にごまかして、隆平は残りのお茶を啜る。

「結月ちゃん、わかってると思うけど、今話したこと千尋には言いっこなしだからな？」

「どうかなー、うっかりしゃべっちゃうかもー」

「甘いな、もしうっかりしゃべったとして、あの冷徹極まりない不良御曹司から、無言の殺人眼光浴びるの、オレだけで済むと思ってんの？」

結月は隆平と目を合わせ、しばらく押し黙った後、私ハ何モ聞キマセンデシタと神妙に口にした。まだ命は惜しい。

「結月ちゃんおまたせー」

二人の間に妙に緊張感のある沈黙が漂う中、店の中からお持ち帰り用の包みを手にしたゆかりが三度《みたび》やってくる。

「どうしたの？　何か悩みごとの相談中？」

「ううん、なんでもない！　なんでもないの！」

慌てて否定して結月は包みを受け取り、代わりに合計の飲食代を、隆平と出し合って支払った。

「また来てねー！」

空になった皿を下げながら、ゆかりが店の中に戻っていく。その姿を見送っていた結月は、ふと思いついて隆平を振り返る。

「そうだ、せっかくだから、これ持って帰ってあげようよ」

ポケットに財布を仕舞っていた隆平が、怪訝そうに顔をあげる。

「誰に？」

「不良御曹司」

いらぬ過去の話を聞いてしまった侘びというわけではないが、団子のひとつやふたつお土産に持って帰っても罰は当たるまい。

「いいけど、あいつ食うかなぁ」

隆平がしかめ面で立ち上がり、体をほぐすように伸びをして歩き始める。制服姿だというのに、その存在感のある際立った容姿に、行きかう人々が目を留めるのがわかった。千尋と二人で並ばせたら、ちょっとした見世物になるかもしれない。

「大学戻るんだろー？　早く行こうぜ」

ついてこない結月を振り返って、隆平が通りの真ん中でお構いなしに叫んでいる。一層の注目を浴びそうになって、結月は慌てて走り出した。


「おかえりー」

隆平と『ふじや』を後にして、再び大学の小屋へと戻ってくると、扉を開けた途端、普段であればあり得ない声が飛んでくる。この扉を開けておかえりと言われたことなど、今の今まで皆無だ。一瞬、あまりのストレスで千尋がおかしくなったのかと危ぶんだ結月は、部屋の中に見覚えのある白衣姿の男を見つけた。

「あ、澤木教授！」

作業台でなにやらふてくされたように本を読んでいる千尋の隣で、相変わらず薬品ジミのある白衣を着た澤木は、勝手に淹れたであろうお茶を啜っている。においからすると紅茶だろうか。小屋の中の香料の香りと混ざって、不思議な芳香が結月の鼻に届いた。

「やぁ、君はこの間の」

結月の顔に目を留めて、澤木が愛想よく微笑む。

「またお茶飲みに来たんですか？」

「うん。あ、でも今日はちゃんと茶葉を持参したんだよ。学生からいい紅茶をもらってね。確かアッサムの……、ほら、みかんがお辞儀してる謙虚な名前の」

「オレンジペコー、ですね？」

「ああ、それそれ」

うろ覚えも甚だしいが、これはいいところに居合わせた。オレンジペコーは茶葉の等級を表す用語で、使われている葉が大きいことを表している。千尋の機嫌はどうか知らないが、自分も一杯相伴《しょうばん》にあずかろうとした結月は、すんでのところで自分の後ろにいた隆平の存在を思い出した。いくら付属校とはいえ、確か大学への無断侵入は禁止されているのではなかったか。

「あれ？　ところで君の後ろにいるイケメン……」

当然ながら澤木もその存在に気づき、首を捻る。私服ならまだしも、制服のせいで高校生であることは一目瞭然だ。

「いや、あの、彼は……」

学生ならともかく、変わり者の澤木とはいえ、教授に見つかるのは少々まずい。しかしもう、逃がすにも隠れさせるにも遅すぎる。結月は救いを求めるように千尋に目をやった。だが、彼は口添えどころか目も合わせない。なんという非情な男だろう。薄々わかってはいたが。

「初めまして」

千尋の従弟だと自分が紹介していいものかと、一人挙動不審になってうろたえていた結月の耳に、思わず聞き惚れてしまいそうなほど朗らかな声が届いた。

「有名な芳香医療研究室の澤木教授とお目にかかれるなんて、光栄です」

いつの間にか着崩していた制服をきっちりと整え、逃げ出すどころか堂々と自分から前へと進み出て、隆平は少しはにかんだような、絶妙な笑顔を澤木へと向けた。

「申し遅れました、僕は遠矢《とおや》隆平といいます。従兄の千尋が、いつもお世話になっております。今日は、少し大学を見学させていただいてます」

隆平は、長身の体を折り曲げて深々と頭を下げる。

「ああ、君が千尋くんの従弟なの？ 噂は聞いてるよ、神門の秘蔵っ子でしょ？」

隆平の謙虚な挨拶に、澤木は納得したように頷いた。

「いやだな、秘蔵っ子だなんて。大人たちが勝手に言ってるだけですよ。香道の腕は、まだまだ千尋に敵《かな》いません。家元にも怒られてばかりで」

このやたら丁寧な口調のピュアな少年は誰だろう。

結月は、困ったように笑って見せる隆平を愕然と眺めた。これは本当に、先ほど初対面の店員をナンパしていた男と同じ人間だろうか。呆然としている結月に千尋がちらりと視線を投げてくる。こいつはこういう奴だ、と言葉より的確に伝えてくる目だ。

「去年教授がカドヤマ出版から出された『近代医療と芳香と僕』、拝見させていただきました。目から鱗《うろこ》のようなことばかりで、とても勉強になりました」

「あ、あれ読んでくれたの？ やだなぁ、僕の文才がばれちゃうじゃない。実は第二弾の出版の話もきててね。あ、こっちに来て座りなよ。君たちもお茶どう？」

隆平が、結月に見えるように後ろで組んだ手でブイサインを作る。なんという男だ。ものの数秒で澤木を陥落させてしまった。一部始終を眺めていた千尋が深々とため息をつく。彼が弁解に協力しなかったところで、隆平はどんなピンチでも一人で切り抜けられるのではないか。彼が神門の大人たちに担がれるのもわかる気がする。

「あれ？　ところでこの包みって、豆小路にあるふじやのじゃない？　もしかしてみたらし団子？」

紅茶を淹れるために、一旦結月が作業台に置いた包みに目ざとく気付き、澤木が尋ねた。

「あ、はい。お好きなんですか？」

「大好物だよ！　まさかこんなところで出会えるなんて！　お腹空かせといてよかったなぁ」

「さっきまでここで、松田屋《まつだや》の最中《もなか》食べてたの誰でしたっけ？」

人が増えたことに苛立ちを隠さず、千尋が吐き捨てる。

「ええっ、松田屋って、あの松田屋ですか⁉」

結月は思わず問い返した。見れば、水場の脇にあるゴミ箱に、それらしき包み紙がいくつか入っている。松田屋といえば、宮内庁《くないちょう》御用達《ごようたし》の老舗の和菓子屋で、中でも有名な最中は、午前中だけで売り切れてしまうという。結月も未だ食べたことはない。

「もらいものでね、今日までが賞味期限だったからさぁ。でも僕は最中のぱさぱさした感じがあんまり好きじゃないんだよねぇ」

「えぇ～、それなら置いといてくださいよ」

沸騰したポットを取り上げながら、結月はため息をつく。代わりにいくらでも引き受けたというのに。

「ねぇ、これ食べてもいい？」

そう尋ねつつ、澤木はすでに包みを開ける態勢に入っている。

「いいですけど、千尋くんと半分こしてくださいね」

すべて独り占めしてしまいそうな澤木に、結月は忠告しておく。結月の隣では、隆平が慣れた手つきでカップを並べてくれていた。案外家では手伝いなどしているのかもしれない。

「オレはいらない」

澤木が包みを開けるのを一瞥して、千尋は再び手元の本へと目を落とした。

「言うと思った」

呆れたように、隆平がこっそりとぼやく。

「なんで？　せっかくゆかりさんにお持ち帰り用にしてもらったのに」

紅茶を注ぎ終えた結月は、小首を傾げたような姿勢で本を読む千尋を振り返る。若干こちらの罪滅ぼしの都合もあったお土産ではあるのだが。

「好きじゃないんだ、こういうの。ていうか、ゆかりさんて誰だよ」

「たかなしゆかりさん。『ふじや』の店員さん」

「東水寺から分けた藤の花が、綺麗に咲いてましたよ。店員さんも、それに劣らずお綺麗な方でした」

結月の言葉に続けて、良い子のままの隆平がにっこりと笑う。それを聞いて、千尋が面倒臭そうに二人を一瞥した。そしてふと、何か思案するように視線を動かすが、結局それ以上何も口にはしなかった。

「千尋くんが食べないんなら仕方ないな。僕が責任をもっていただくことにしよう」

新たに結月が淹れ直した紅茶とみたらし団子を前に、澤木が神妙に手を合わせ、嬉々として団子にかぶりついた。

「ところで、さっき千尋くんからチラッと聞いたけど、東水寺の住職から面白い依頼を持ちかけられたそうだね？」

みたらし団子をぺろりと平らげた澤木が、しばらくしてそうおもむろに切り出した。

「香木を贈りたいだなんて思い切りがいいよねぇ。余ってるならうちに寄贈してくれたらいいのに。ちょっとその住職に言っといてくれない？」

　腕をつついてくる澤木の手を鬱陶しそうに振り払い、千尋は肩で息をつく。

「余ってるわけじゃなくて、大正時代に手に入れた貴重なものを贈ろうとしてるんです。だからオレだって迷ってるんですよ。だいたい、いくら世話になった檀家さんの娘だからって、あの香木を贈るとか、ちょっと信じられない」

　紅茶を冷ますように息を吹きかけていた隆平も、確かに、と同意した。

「香木の価値は、年々上がってきてるって言いますし」

「そうなの？」

　その辺の事情に疎い結月が尋ねると、隆平が渋い顔で頷いた。

「外国から輸入されている香木はほとんどが線香用で、聞香に使えるものはほんの一握りなんです。それに加え、最近は外国の富豪が買い占めたりして、値段が上がってるらしくて。香舗《こうほ》さんも結構苦労してるって聞きます」

　しおらしく説明して見せる隆平に、なるほど、と結月は頷く。あの香木に五百万の値がついてもおかしくないというカラクリは、こういう理由もあるのか。

　隆平の言葉に続けるように、千尋が口を開く。

「東水寺所有の香木となれば、欲しがる人はごまんといる。なのに、質のいい伽羅まで含むあの香木を、なんでわざわざ香道をよく知りもしない人間に贈ろうとするのか、それが引っかかってる」

千尋は、小さく息をついて続ける。

「海棠のおっさんは、若い頃に奥さんを亡くして、男手ひとつで娘と息子を育てたんだ。そんな中で、誰より熱心に香の道を歩いてる門人でもある。そんな人があの香木を手放そうとするなんて、何かよっぽどの事情があるのかと思うだろう？」

「そっかぁ……」

ぼやいて、結月は腕を組む。確かに、高額な香木を贈るのであれば、単なる知り合いというより、よっぽど親しい人や大事な人だという方が納得がいく。その檀家に、何かとんでもなく大きな借りでもあるのだろうか。

「まぁでもそこはさぁ、地元に密着してる東水寺にとって檀家は大事だからねぇ。そりゃ無下《むげ》にもできないよ。まぁ僕は東水寺のことよく知らないけど」

それっぽいことを言っておいて、澤木はしれっと紅茶を啜る。結月にも東水寺の事情はよくわからないが、世間体《せけんてい》や付き合いなど、なにかとしがらみが多いのだろう。

「それで、そろそろ決まりそうなの？」

「いや……」

改めて澤木に尋ねられ、千尋はため息まじりに言葉を濁した。

「正直、あの三つの中から一つを選べと言われて、千尋が困るのも無理はないと思います。自分の好みも入ってきてしまいますし……」

隆平が従兄をかばうような発言をする。それほど難しいと言うことなのだろう。

「ねぇ、ところでその香木の香りってどんな感じだったの？　皆聞いたんでしょ？」

興味があるのか、澤木が身を乗り出してくる。

「僕も何度か付き合いで香席に出たことがあるけど、組香っていうの？　あの何種類かの香りを当てるやつ。あれ苦手なんだよねぇ」

澤木は、紅茶の入ったカップを持ったまま、思い出すようにして天井を仰ぐ。

「僕は日ごろから香りに接してるし、ある程度嗅ぎ分ける自信はあったんだけど、香木っていうのは、熱を加えてから時間の経過によって刻々と香りが変わるんだよ。それを経験してないと、香りの区別なんてまずわからないし。一朝一夕《いっちょういっせき》に会得《えとく》できる芸事じゃないってことを痛感させられたなぁ」

なんだか澤木がまともなことをしゃべっている、と思うと同時に、結月はその奥深い世界を再び垣間見た気がして舌を巻いた。そういえば隆平が、香道の最初の許状をもらうには何年もかかると言っていたが、それこそ、経験と知識を積み重ねなければならない芸事だということがよくわかる一端のような気がした。

「ねぇそれで、どんな香りだったの？　三種類あったんでしょ？　教えてよ」

子どものようにしつこく尋ねてくる澤木に根負けするように、千尋はひとつ息をついて説明する。

「一番目に聞いたのは真那蛮で、銘は流星。下手な伽羅よりもそれらしい、爽やかな酸味の続く、とても上品な香りでした。花嫁となる女性のわずかな寂しさと、清々しい覚悟が見えるような」

千尋の説明に、隆平が同意するように頷く。結月は半端に口を開けたままそれに聞き入った。自分には、どの辺が酸味でどの辺が上品だったのかよくわからない。

「二番目は伽羅で、銘は東雲。空気そのものが色づくような、芳醇《ほうじゅん》で、どこか辛の鋭さを垣間見せるものでした。銘の通り、結婚する喜びに満ちた、晴れやかな朝焼けを思わせます。そして寸門多羅である翠鳥は、最初は酸味が強く来ますが、次第にまろやかになって、少し単調にも感じましたが、それこそが、これから花嫁が享受すべき幸せのようにも感じました」

結月にとって香りは、いつでも自分の中で完結するばかりで、こんなふうに他人にもわかるような言葉で香りを表現したことがなかった。これが、常日頃《つねひごろ》から香りと向き合っている千尋との差だろうか。澤木が言うように、香道とは嗅覚がいくらか優れているというだけでは、まったく歯が立たない世界なのかもしれない。

「へぇぇ～、いいなぁ。東水寺の香木なら、僕も聞いてみたかったよ」

澤木が羨ましがって、子どものように口を尖らせる。

「それにしても、その香りをもらえる人はラッキーだね。神門の人間が選べないほど唸る香り、欲しいと思ってもなかなか手に入らないからねぇ」

その言葉に、結月はふと顔をあげた。そうだ、香木の価値にばかり目がいっていたが、香木をもらうということは、すなわちその香りをもらうということだ。海棠はご祝儀代わりと言っていたが、香り自体を贈るという意味も当然あったのだろうか。

「ふさわしいのが決まることを祈ってるよ」

香りの感想を聞いて満足したのか、澤木はどっこいしょと立ち上がる。

「帰るんですか？」

時刻は午後五時をまわっている。尋ねた結月に、澤木は腰を叩きながら頷く。

「うん。といっても研究室にね。准教授の室井くんが、今日こそは学生のレポートを見てくださいとかなんとか言ってたような気がするから、そろそろ戻ってみるよ」

それは一刻も早く戻った方がいいのではないだろうか。准教授と学生に結月が同情しそうになっている中、千尋が冷静に声をかける。

「戻るのはかまいませんけど、教授、その白衣の中の物を置いていってください」

その言葉に、ぎくりと澤木が体をこわばらせた。見れば、確かに白衣の脇腹のあたりが不自然に膨らんでおり、その部分を上から左手でさりげなく支えている。

「……なんでわかったの？」

「それだけ不自然ならわかりますよ。今度は岡山城《おかやまじょう》ですか？　姫路城がまだ戻ってきてないんですけど？」

千尋は憮然としたまま後方の棚を指さす。結月が初めてここを訪れた時に発覚して以降、姫路城があったところはまだぽっかりとスペースが空いていた。

「だって、白鷺城《はくろじょう》があると思ったら、烏城《うじょう》も欲しくなるじゃない！」

「知りませんよ。それに姫路城だって、あげた覚えがないですね」

「へぇ、姫路城と岡山城ってそんな別名があるんですねぇ」

思わず口を挟んでしまった結月に、千尋から鋭い眼光が飛んでくる。

「姫路城の白く美しい漆喰《しっくい》の壁が、白鷺《しらさぎ》が舞う姿と重ねられて白鷺城と呼ばれ、それと対比するように、黒漆塗の下見板《したみいた》が使われた岡山城をカラスに見立てて烏城と呼ぶのなんて常識だろう。そんなことも知らないで、よく日本人をやっていられるな？」

「ご、ごめんなさい……」

珍しく熱っぽく語った千尋に結月が圧倒されている間に、澤木が岡山城を抱えたまま脱兎のごとく小屋を出ていく。

「ちょっと待て！」

追いかけようとして半端な姿勢で立ち上がった千尋は、年齢からは考えられないほどの澤木の俊足に、長いため息を吐いて再び椅子へと腰を下ろした。そして珍しく、脱力するようにして広げた本の上へ突っ伏す。

「すげーな、あれが教授かよ」

ようやくいつもの口調に戻って、隆平は澤木が出て行った扉の方を見やる。

「そ、そのうち返してくれるよ。……たぶん」

結月は一応慰めの言葉をかけておく。城のどこにそんなに魅力を感じているのか知らないが、美緒の一件も安土城でつられたあたり、彼の中でかなり重要なポジションを占めているのだろう。

「……ただでさえ疲れてるっていうのに」

ぼやいて、千尋がゆっくりと体を起こした。口調や態度から一見冷たそうには見えるが、頼まれたことは最後までやり遂げるタイプらしい。

「つーかさ、そんなに悩むんなら、別にもうどれでもいいんじゃね？　海棠のおっさんも言ってたじゃん、どれもがふさわしければ、どれもふさわしくはないって。つーことはどれでもいいんだよ。千尋がこれだ！　って言えば、納得するんだからさぁ」

制服のネクタイを緩めながら、隆平が行儀悪く頬杖をつく。それを見ながら、結月は首を傾げた。

「でも、それなら千尋くんに頼む意味がないじゃん。海棠さんが自分で選べばいいでしょ？」

依頼されたものを適当に選ぶのはどうかと思うが、隆平が言うこともわからなくはない。なぜ海棠は、千尋に選択を依頼したのだろう。若い感性が聞きたいと言っていたが、本当にそれだけだろうか。

「他人に背中を押されたかったんじゃねぇの？　一応高価なもんだし」

「そうなのかなぁ」

首を傾げる結月の傍で、千尋が呆れたように息をついた。

「わざわざ銘まで自分でつけてるのに、どれでもいいってことはないだろう。本当にどれでもいいなら、銘もオレに頼むはずだ。その方がよっぽど箔《はく》がつくし、価値もあがる」

一介の門人である海棠より、神門宗家の人間であり、次期家元候補の千尋が銘をつけた香木の方が価値が出るというのは、結月でも何となくわかる気がした。同じ素材を使っていても、グッチやエルメスといったブランド名が付くだけで、値段の桁数が変わってくることと同じことだろう。

「ねぇ、銘って何か意味があるの？」

ふと疑問に思って、結月は口にした。

「意味？」

意味を呑み込みかねた隆平が問い返す。

「うん。なんであの三つは、流星、東雲、翠鳥っていう名前だったのかなと思って」

白漆喰の姫路城、黒漆喰の岡山城、それぞれが白鷺と烏に例えられたように、何か香木や香りを表すような名前なのだろうか。

「銘は、その香木の持ち主が勝手につけるものだ。その香りにふさわしい名前を付けるのが一般的だが……」

ふと考え込むように腕を組んだ千尋に、隆平が授業中のように挙手をする。

「つーかさ、ソニドリって何？」

心中を代弁されたような質問に、結月も頷きながら千尋に目をやった。流星と東雲は聞いたことがあるが、翠鳥というのは聞きなじみのない言葉だ。隆平も知らないということは、あまり香道でも使われない言葉なのだろうか。

「翠鳥っていうのは、カワセミのことだ」

「カワセミ？」

その名前には聞き覚えがある。確かCMなどで見たことがある、美しい青色の羽をもつ小鳥だったはずだ。確か一時期数が減り、世間で騒がれたような記憶がある。

「でもなんでカワセミなの？　おめでたい鳥とか？」

わざわざ銘に使用するとは、何かの隠語なのだろうか。

「鳥そのものっつーより、清流に住む鳥だから、そこから連想するものの例えかもな。……清い、とか……流れ……時間や、季節の流れ、とか？　わかんねえけど」

頬杖をついたまま、隆平が思案するように視線を巡らせた。

「流星や東雲はわかりやすいのに、なんか翠鳥だけ変だね。別に香木が青かったわけでもないし。あ、もしかして形？　あの香木って鳥っぽかった？」

結月の素人らしい発言に、千尋が呆れたようにため息をつく。

「なんにせよ、おっさんの依頼はあの三つの中で花嫁にふさわしい香木を選ぶことだ。

何か考えがあって銘をつけたのかもしれないが、あらかじめ証歌《しょうか》のある組香の要素名ならともかく、銘にそれ以上の意味を持たせるのは考えにくい。今なんて香木不足で、香席のたびに同じ香木を違う銘で持っていったりすることもあるからな」

その言葉の中に聞き慣れない言葉があって、結月はふと首を傾げた。

「証歌って？」

香道について、結月にはまだ知らないことが多すぎる。

「証歌は、組香で使われる和歌のことだ。その歌に沿った要素名を香木に当てはめて、その意味や景色を楽しみながら香を聞く」

涼やかな双眼で結月を捉えた千尋が端的に説明する。その続きを隆平が引き受けた。

「例えば、菊合香《きくあわせこう》っていう組香なら、証歌は菅原朝臣《すがはらのあそん》が詠んだ、『秋風の吹上《ふきあげ》にたてる白菊《しらぎく》は　花かあらぬか浪《なみ》のよするか』が証歌になって、この中の秋風と白菊が要素名になるってわけ。これをあらかじめ用意した二種類の香木に名づけて、試香のあとそれぞれ炉を回し、何番目が秋風で何番目が白菊だっていうのを当てんの」

その説明に、結月は、へぇと呆けたように口を開ける。まさかこんな風に和歌が絡んでくるなど、思いもしなかった。

「景色や、時の流れ、陰陽なんかを取り入れると、要素名ももっと複雑になったりするが、それが基本形だ」

千尋が補足するようにつけたし、結月はますます感心した。

「ただ香りを聞くだけなのに、そんなに手間をかけて考えて、用意するんだね」

絵画や陶器などの芸術品と違って、香りは時間がたてば消えてしまうものだ。空気が色づくわけでもなく、手でつかめるわけでもなく、嗅覚に触れると同時に、淡く薄れて霧散してしまう。昔の人は、そこに『もののあはれ』を見たのだろうか。儚《はかな》いからこそ、そこに世界や想いを重ね合わせて。美緒が啓太への告白に香りという手段を使ったように、それは愛の言葉だったり、故郷を偲ぶ想いだったり、清々しい明日への希望だったり。

「目に見えるものや、手に触れるものが世界のすべてでなら、香道なんてとっくに廃れてなくなってる」

そう口にする千尋を、結月は見やる。

「でも、遥《はる》かな時を経てまだ香の文化が無くならないってことは、少なくともそれを受け継ごうとする人間が、一見無駄に見える作業や行為の中に、大切な何かを見つけているからだ」

目に見えるものだけが、この世のすべてではない。

それは祖母から贈られた、結月が一番大事にしている言葉だ。そして千尋もまた、香りや香道を通して、それとよく似た実感があるのかもしれない。

目には見えず、時間がたてば消えてしまう香りは、人々の想いによって、初めて輪郭を持つのだろう。

「まぁなんにせよ、千尋の好きに選べよ。オレは東雲推しだけど、伽羅だからってだけだし」

カップの紅茶を飲み干し、隆平は窓の外に目をやる。五月中旬、午後六時前になってもまだ外は明るい。これからますます陽は延《の》び、夏を連れてくる。

「ちなみに結月ちゃんは、第一印象でどれが良かったの？」

隆平に問われ、結月はうーんと唸って腕を組んだ。確かに三つともそれぞれ趣が違う香りで、聞いているうちにいろいろな情景が浮かんだりしたのだが、いざどれがいいと聞かれると答えに困る。結月にしてみれば、どれが選ばれても納得してしまう要素があるのだ。その中から一つに絞るなど。

「そうだなぁ……ええと……」

文字通り頭を抱えるようにして悩んだあげく、ついに結月は自分の中に見つけた答えを正直に口にする。

「…………お腹空いた」

結月の腹の虫が盛大に鳴いて、小屋の中に響いた。

「すいませーん」

テイクアウト用の小窓から、結月は奥の店舗に向かって叫ぶ。

「はいよー！　おお、おねえちゃん久しぶりだねぇ」

すぐに五十代半ばの店主が顔を出して、上の八重歯《やえば》の金歯を見せるように、見知った者への笑顔を向けた。

「一パック……おねがいします！」

大学からの帰り、空腹を訴える結月が拝み倒して、千尋と隆平を連れて、駅近くにあるこのたこ焼き屋に寄り道していた。

注文の際、二人の分も頼もうかと振り返ったが、隆平はどこかからかかってきた電話に出てしまい、少し離れたところからいらないとジェスチャーで伝え、千尋は涼やかな双眼を不満そうな色に染めて、無言で首を振った。

「こういうところで買うものって、味とか衛生面とか大丈夫なのか？」

たこ焼きが焼きあがるのを待つ間、店の外のベンチに腰掛け、千尋がぼそりとつぶやいた。元々鉄板焼き屋の店であるここは、店内でお好み焼きなどを食べることもできる。店の外装は、塗装がはげ落ちている部分もあり、決して美しいとは言い難く、店内も油の染みついたにおいがしたりするのだが、味は保証できるところだ。

「こういうところだから美味しいんじゃん！　老舗の味だよ？　私、小さい頃からよく食べに来てるの」

すでに店主には顔を憶えられ、頼まなくても勝手に焼いてくれることもある。結月にとっては、ふと食べたくなる懐かしい味なのだ。

「千尋くんは、普段たこ焼きとか食べないの？」

店の敷地の端で、しゃがみ込んで電話をしている隆平を見つつ、結月は尋ねた。そう言えばこの男は、普段どんな物を口にしているのだろう。思えば、彼が飲食している姿をあまり見たことがない気がする。

千尋は腕を組んで、ちらりと結月を見やった。

「食べない」

「お祭りとかでも？」

「あんな不衛生な屋台で作ってるものなんか、よけいに食べられるか」

その答えに、結月は唖然としつつ、再度尋ねる。

「……ハンバーガーとかは？」

「正体不明のミンチ肉はごめんだ」

「コンビニのお弁当は？」

「化学調味料と保存料の権化だろ」

間髪入れず返ってくる答えに、結月は半ば呆れたように息を吐いた。潔癖症というか、偏食というか、案外面倒臭い食の好みのようだ。駄菓子や団子を受け付けなかったのも頷ける。

「今って、実家出ちゃってるんでしょ？　ごはんとかどうしてるの？」

まさか一人で高級寿司でもつまんでいるのだろうか。神門家の人間となれば、それが本当にできてしまいそうで怖い。

「別にどうにでもなる。叔母《おば》の家で食べたり、近所にほかほか弁当もある」

「ほか弁⁉」

「あそこのチキン南蛮弁当は神だ」

平然と答える千尋に、結月は頭痛を覚えてこめかみのあたりに手をやった。弁当屋のチキン南蛮弁当が食べられるということは、もしかしてただの食わず嫌いなのではないだろうか。

「それ、絶対栄養偏るよ？　野菜とか食べてる？」

「カ、カロリーオーバーのお前に言われたくないな」

「カロリーは取りすぎる日もあるけど、栄養バランスは考えてるもん！　お兄ちゃんがレストランのシェフなの。だから案外うるさいのよ、そういうとこ」

結月の話には興味がなさそうに、ふーんとつぶやいて、千尋はベンチの背もたれに体を預けて薄闇の空を仰ぐ。街の明かりのせいで、本来見えるべき星の姿はない。

「お前の食べ物への執着も、兄貴からの影響か？」

身も蓋もない言い方をする千尋に、結月は呆れるように息をつく。何度も思うが、もう少し言い方を考えられないものだろうか。

「執着って言うとなんか重い感じがして嫌だけど、私がいろいろ食べ歩くようになったのは、確かにお兄ちゃんの影響かな。中学生の時からいろんなお店に連れて行ってもらったから」

結月の言葉を聞きながら、千尋は空を仰いだまま目を閉じる。

「兄妹か……。お前の家は騒々しそうだな。なんとなく」

「まぁ、そうかもね。皆でテレビ見ながら、あーだこーだしゃべってたりするし」

結月の家は両親ともに健在で、兄も実家から職場に通っている。両親は仕事で家を空けることも多いが、休みが合えば一緒に外食に出かけたり、年末年始に旅行に行くこともあり、家族仲は良い方だ。それは二年前に祖母が亡くなってからも変わらない。思春期に見られがちな反抗期や、父親を毛嫌いするといったような時期も、自分にはなかったように記憶している。

「オレには兄弟がいないし、普通の家庭じゃなかったから、そういうのがわからないんだ」

それは、初めて千尋の口から語られた、彼自身の話だったかもしれない。

結月は、隣にいる千尋の横顔を改めて眺めた。白い額と、通った鼻筋。頤《おとがい》から喉にかけての滑らかなライン。傍にいるとかすかに漂ってくる、森の香り。なんだかその姿が急に儚く感じて、結月は慌てて言葉を探した。

「で、でも、隆平くんは弟みたいなもんじゃん」

目を開けた千尋が面倒臭そうに、電話をしている隆平を一瞥する。

「あんなイタリア人みたいな弟はごめんだ」

何やら楽しそうにしゃべっている隆平が、こちらの視線に気づいて手を振った。それに振り返しておいて、結月は苦笑する。口ではそう言うが、同じ境遇の人間として、千尋は隆平のことを理解者として位置付けているに違いない。

「おねーちゃん、焼けたよー」

やがて店主が小窓から声をかけ、結月は料金を払って熱々のたこ焼きを手に入れた。発泡スチロールのパックを介してなお、手の平に熱が伝わってくる。

「私ね、たこ焼きのにおいを嗅ぐと、絶対に小さい頃におばあちゃんと行ったお祭りを思い出すの」

パックを開けると、濃厚なソースとマヨネーズ、それに鰹節と青のりの絡み合ったにおいが、結月の胃をさらに刺激する。刺さっていたつまようじを抜き取りながら、結月は半ば嬉々として語る。

「でも、賑やかな屋台が立ち並ぶあの景色じゃなくて、思い出すのは、いつも花火の映った川」

「川？」

怪訝そうに千尋が問い返した。

「瀬々川の花火大会に行った時にね、この店が出してた屋台でたこ焼きをねだって買ってもらったの。それから花火を見に河原へ移動したんだけど、周りは大人ばっかりで、当然子どもの私は花火どころか大人たちの脚しか見えないわけ」

幼い結月は懸命に背伸びをして空を見上げたが、夜空に咲いているはずの大輪の花は、ほとんど見ることができなかった。

「でもその時、もう一つの花火に気付いたの」

怪訝な顔をする千尋に、結月は続ける。

「空に打ちあがる花火が、ちょうど川面に反射しててね」

当時を思い返すように、結月は目を細めた。

「ゆらゆら揺れる水面に花火のいろんな色が散って、赤や黄色や、緑や紫の光が滲《にじ》むみたいにして消えていって……案外綺麗で見とれちゃったな。人混みで見えない狭い空より、こっちの方がいいじゃんって思ったの覚えてる」

結月はたこ焼きのパックを抱えたまま川岸にしゃがみ込んで、それをずっと眺めていた。大人たちの隙間から狭い空を見上げるより、その川面は、結月にとって自分だけの大きな空だったのだ。

「だから夏が近づくと、なんとなく食べたくなるんだよね。特別なものを思い出すような気分になるの。他にも美味しい物はたくさんあるのに」

火傷《やけど》しないよう気を付けながら、結月はたこ焼きを口の中へと放り込む。外側はカリッと焼けているのに、中身はとろりとしているそれは、いつまでたっても変わらない懐かしい味だった。

「へぇー、オレは断然、屋台では焼きそば派。家で食ってもそんなにうまくねぇのに、なんで外で食うとあんなにうまいんだろうな？」

いつの間にか電話を終えて戻ってきた隆平が、結月と千尋の間へ強引に腰を下ろす。

「もう電話いいの？」

「ああ、大した用事じゃねぇよ。遊びに行こうぜっていう、ただの誘い。その後すごいタイミングでおふくろからかかってきて、ちょっと焦ったけど」

「ああ、それで長かったんだ」

かなりの間話していたようだったが、そういう理由であれば納得だ。

「家からは、何か用事だったのか？」

隆平の母親ということは、千尋にとってはおばにあたる人だ。尋ねる千尋に、隆平は結月のたこ焼きをひとつつまみながら、いや、と首を振る。

「明日の稽古の時間が変わるけど大丈夫かっていう確認と、今日おふくろが海棠さんに会ったらしくて、千尋に香木選びを頼んだっていうのを聞いたんだと。で、その進《しん》捗《ちょく》訊かれた。今千尋といるって言ったら、せいぜい頑張りなさい、だって」

その言葉に、千尋は再び脱力するように空を仰いだ。

「うちのおふくろって千尋の父親の妹だから、昔から香道をやってたし、海棠さんとも幼馴染なんだよ。だから今でも仲良くて、晩御飯のおかずから、娘が海棠さんと大喧嘩して出て行ったとかいうゴシップまで、いろいろ情報が入ってくんの」

そんな説明をしつつ、隆平はもうひとつたこ焼きに手を出す。なんだかここ数日で、一気に神門家とそれを取り巻く相関図について詳しくなった気がしていた。

「おふくろも、どんな香りだったのって気にしてたよ。東水寺の香木だし、香人としては興味があるところだろうな」

そう改めて言われると、単に隆平に連れられるまま行って、聞香に参加した自分が、なんだか申し訳なく思えてくる。

知識もなければ、千尋のようにうまく香りの説明もできない。だが、初めて聞いたあの香木の不思議な香りは、今でもよく覚えている。

「香木の香りなんて初めて聞いたけど……、なんかすごく、綺麗なにおいだったなぁ」

独特の表現をして、結月は空を仰ぐ。

「流星は、夕暮れの、陽が沈むのとは反対側の空、っていう感じだった。宇宙の果てまで見渡せそうな、そんな香り」

あの日、初めて聞いた香木の香りを思い出しながら、結月は続けた。

「東雲は、夜明けを意味する言葉だけど、私にはもっとさんさんと降り注ぐ日差しみたいに感じたの。昼下がりに美味しいお茶を飲みながら、広い庭で子犬が遊んでるのを眺めて過ごすような、そんな穏やかな時間。それから翠鳥は、竹林の中に迷い込んだみたいだった。静かで、でも風が吹くたびに葉が触れ合って音を出して、長い幹がしなやかに揺れるの。木漏れ日が落ちた地面に、また新しい生命を見つけて、その空間だけきらきら色づくみたいに……」

それはあまりに拙い表現かもしれない。香道の基本など、なにもわかっていない自分が、ただ瞼の裏に映った風景を口にしただけだ。だが結月にとっては、それこそ新しい世界を垣間見た気分だった。今まで味覚の付属品くらいにしか思っていなかった香りと、初めて真剣に向き合って、描いた景色だったのだ。

「なんか結月ちゃんの表現って、新鮮」

ベンチの背もたれに肘をかけ、隆平がまじまじと結月を眺める。

「千尋が澤木さんに言った表現は綺麗だったけど、結月ちゃんのはなんていうか、鮮烈。直感でしゃべってる感じ」

「それって褒めてるの？」

たこ焼きを口の中に放り込みながら、結月は渋面で隆平を見返した。素人の勝手な意見だというのは、自分が一番よくわかっている。

「……流星は、陽が沈んだ後の空、東雲は、陽の降り注ぐ穏やかな午後、翠鳥は、迷い込んだ竹林……か」

何か思うところがあるのか、結月が語った香りの印象を、千尋がもう一度口にした。

「あ、そういえば」

口の中のたこ焼きを慌てて飲み込んで、結月は千尋を振り返る。

「私が最初に東水寺で流星の香りを聞いた時、陽が沈んだ直後にこんな空を見た気がするとしか言わなかったのに、千尋くんが即座に言ってくれたでしょ？　群青の空かって」

まさにそれは、結月の脳内で視た空の色だった。

「私は今まで、香りの表現なんて自分の中で完結して終わりだったから、他人に分かりやすいように伝える技術がないの。それを、千尋くんがあっさり色にたとえてくれて、すごくすっきりしたっていうか、ありがたかったっていうか」

やはり日ごろから、その香りを誰かに伝えるということを、やっているかいないかの差だろう。

「あんなの別に、大したことじゃない」

なんだそんなことか、とでも言いたげな表情で、千尋はもう一度空を仰ぐ。

「でもそう考えたら、私の中で東雲は……オレンジ？　翠鳥は、黄緑？　なんかちょっとイメージ違うかな？」

「色で例えるのってあんまり聞いたことねぇなぁ。面白そうではあるけど」

結月と隆平のそんな会話に、千尋が呆れたように声をかける。

「別に色に例えるのが正解なわけじゃない。お前が感じたイメージはそのままでいい。あの時群青って言ったのは、お前が言うイメージから、オレがそう連想したから言ったんだ。香りに持つイメージなんて人によって違う。だから面白いんだ。まして銘にあった色なんて……」

そこまで言って、千尋はぴたりと動きを止めた。

「千尋くん？」

まるで電池が切れたかのような静止ぶりに、結月は何事かと呼びかける。その声を制すように手を広げ、千尋は思考に沈むようにゆっくりと視線を動かした。

「……そうか、……色か」

何かにたどり着いた千尋の双眼は、宝物を見つけた子どものような彩をしていた。

五

翌々日の日曜日、結月は隆平経由で、千尋によって午後から東水寺へと呼び出された。結論が出たので、見届けたければ来いと言う。だがそれ以外、どの香木を選んだのかというようなことは、一切明かしてはくれなかった。

「ついに結論が出たって聞いて、楽しみにしてたんだ。言ってくれりゃあ、こっちから出向いたってのに」

客間で皆を迎えた海棠は、それぞれにお茶をすすめ、脚を崩して楽にするようにと告げる。床の間には、庭園から手折《たお》ってきたのか、藤の花が一枝活《い》けられていた。嗅ぎ覚えのあるその甘い芳香が、結月の鼻先をくすぐる。

「それで、どれになったんだ？」

早速本題に入る海棠に、お茶を飲んでいた隆平がふてくされたように口を開く。

「オレたちもまだ教えてもらってないんだぜ。いくら訊いても、ここに着くまでは言えないの一点張りで」

結月はお茶を啜りながら上目づかいに千尋を見やる。あの日たこ焼き屋で何か考え込むようにしていたが、一体彼はどんな結論に至ったのだろう。

「……残念ながら、あの三つの香木の中に、檀家の娘にふさわしい物はなかった」

一拍置いて告げた千尋の言葉に、その場の全員が目を向ける。

「なぜなら、あの三種の香木はどれも、檀家の娘のために用意されたものじゃなかったからだ」

短い沈黙が、その場を支配する。淡々と続けた千尋に、結月は眉をひそめた。

「どういうこと……？」

これでは、海棠の目的を根本から否定することになってしまう。

「オレもすぐには気付けなかった。でも、銘について考えるうち、流星は過ぎ去った日々、東雲は門出の朝、なんていう解釈じゃなく、もっと単純にとらえればいいんだってことに気が付いた。それなら翠鳥にも納得がいく」

「単純に？」

問い返す隆平に、千尋は頷く。

「単純に、色を考えればよかったんだよ」

結月は戸惑うように瞬きをする。確かにあの日、香りのイメージを色で表すことについて話したが、それが何かヒントになったのだろうか。

「流星は、そのまま星の輝きである銀。東雲は、雲間から昇る朝日の黄金。そして翠鳥はカワセミを指し、カワセミは翡翠とも書く。翡翠《ひすい》は宝石の一種であり、昔はギョクや玉《たま》と呼ばれていた」

千尋の言葉を、海棠は端座《たんざ》したまま微動だにせず聞いていた。

「銀、金、玉。この三つを要素名とすれば、証歌はおのずとわかる。有名すぎるほど有名な歌だ」

そこで言葉を切って、千尋はその歌を朗々と詠みあげた。

銀《しろがね》も　金《くがね》も玉《たま》も何せむに　勝れる宝　子にしかめやも

「これでようやく謎が解けた。どうしても翠鳥だけ引っかかってたけど、玉を指すように仕込んだのなら納得がいく。それにこの家にもふさわしい。そして何より、おっさんが香木を贈ろうとした、檀家の娘なんかに及ばないほどの大事な人が誰なのか、はっきりとわかった」

結月は無意識のうちに胸を押さえた。千尋が口にした短歌は、結月にも聞き覚えがある。国語の授業で習った、山上憶良《やまのうえのおくら》のものだったはずだ。

高級な銀も金も、美しい玉も何になるというのか。

どんな宝でさえ、我が子におよぶものはない。

「裏を取るのに少し時間がかかったけど、やっぱりオレの予想通りだった」

千尋は、海棠に向き直って告げる。

「嫁に行くのは他でもない、おっさんの実の娘だったんだな」

息を詰めるような沈黙の中、海棠が長い息を吐きながら目を閉じた。

「……その通りだ」

息とともに吐き出された言葉に、結月の胸がかすかに軋《きし》む。

「じゃあなんで、檀家の娘だなんて……」

最初から実の娘のためだと言えば良かったのに、なぜ嘘をつく必要があったのだろう。結月は、千尋がずっとなぜあの香木を檀家の娘に贈るのかと、疑問に思っていたことを思い出した。彼はあの時から、この依頼に何かカラクリがあることに気付いていたのだろうか。

「この前ここへ来た時娘がいないって言ってたし、叔母からの情報で、娘がおっさんと大喧嘩して出て行ったって聞いてピンときたんだ。喧嘩の原因は、おっさんが結婚に反対したかららしいな？」

千尋は淡々と、もつれた糸を解きほぐすように説明していく。

「男手ひとつで育てた娘だ。おっさんの気持ちもわからなくはない。でも頭を冷やすうちに、これも宿命かと腹をくくって、祝いの品として香木を贈ることを決めた。そしてオレに香木を選ばせることで、躊躇する自分が後戻りできないようにしようとしたんだろ」

千尋が解き明かしていく真実に、結月たちはただ黙って耳を傾ける。

そこにあるのは、娘を思う、一人の父の複雑な親心だ。

「おそらく親父には、娘とのことをオレより詳細に話してるはずだ。だからこそ、頼めなかった」

千尋の言葉に、海棠は自嘲気味に笑った。

「老いぼれの、くだらないプライドだよ」

確か千尋の父親と海棠は幼馴染だったはずだ。親しいからこそ、打ち明けられなかったのだろう。娘が離れていく寂しさも、切なさも。

「だがなぁ千尋、これだけは信じてくれ。確かに儂はお前に嘘をついた。だが、決して試したわけじゃない。できることなら、老耄《ろうもう》のみっともない姿なんざ、さらしたくはなかったよ」

言葉の最後を、つぶやくような声色で海棠は口にした。

海棠の妻は、早くに亡くなったと聞いた。その後男手ひとつで育てた娘の結婚を許そうと思うまで、きっといろいろな葛藤があっただろう。彼がどんな思いで香木を選び、どんな思いで千尋に相談したか。

どんな宝よりも勝る、我が子を巣立たせる親の想い。

それは結月の中で、いつでも自分を案じてくれていた、亡くなった祖母と重なる。

「それにおっさんは、まだひとつオレに嘘をついてる」

千尋の涼やかな目が、海棠を捉える。

「おっさんが贈りたかったのは、本当に香木か？　五百万の値がついてもおかしくない、そんな香木だったのか？」

瞠目した海棠が、何も言えずに千尋を見返した。

「……まぁ確かに、単に金に困らないようにってことなら、現金でよかったよな」

成り行きを見守っていた隆平が、ぼそりと口を挟む。

「娘さんは香道をやってるわけじゃない。香木をもらっても、売ったりするのに割と手間がかかる。それでも香木を贈ろうと決めたのは、本当に贈りたいものが別にあったからだろう？」

「本当に、贈りたいもの……？」

結月はつぶやくように繰り返した。

千尋は、海棠の目をしっかりと見つめながら口にする。

「本当に贈りたかったのは、香りそのものだったんじゃないのか？　おっさんが先祖から引き継ぎ、代々受け継がれてきたこの寺の思い出を、おっさんの人生の一部を、香りに託して」

それは父から娘へ、歴史を受け渡すように。

単なる高価な香木としてではなく、樹脂が放つ幽玄な香りとしてではなく、父が歩んできた人生そのもののような、すべてが凝縮された香りとして。

結月は無意識のうちに息を呑んだ。香木を贈られるということは、当然香りを贈られるものという意識はあったが、それがまさか嫁ぐ実の娘のために選ばれ、こんな想いが託されていたなど。

「お前には……敵わんなぁ……」

やがて、ゆるゆると息を吐きながら。海棠がつぶやいた。

「確かにその通りだ。儂はこの香木に、娘が生を受けたこの家のすべてを込めて贈ろうと思った。どこに嫁ごうと、生まれ育ったこの家を忘れてくれるなと。金に困れば、売ってしまってもいいと思っていたのも事実だ」

海棠はゆっくりとした口調で語り、端座した自分の膝のあたりに目を落とす。

「……寂しかったのかもしれんな。あの香木を、自分の分身のように思っていたのかもしれん」

やりきれない思いで、結月は無理に微笑もうとする海棠を見つめた。結婚など、自分にはまだほど遠い人生のイベントだが、いつか自分の父親も、こんな風に泣きそうな顔をするのだろうか。

「……おっさんが選んだ香木は、どれも甲乙つけがたい。オレが選ぶことで後押しになるなら、いくらでも選別していい。だが……」

そこで言葉を切って、千尋は何の躊躇もなく告げた。

「断言してもいいが、娘さんはその香木を受け取らないだろう」

その言葉に、海棠の双眼が曇った。

結月の胸の中で何かが重く沈む。と、同時に、締め付けられるような想いが湧き上がった。結婚を反対されて飛び出していったのなら、確かに今の親子関係がいいとは言えない。今のままでは、父親からの贈り物を素直に受け取るとは考えにくい。

しかし。

「そんなことない！」

思わず身を乗り出して、結月はそう叫ばずにはいられなかった。

その場にいた全員が、驚いて結月に目をやる。

「受け取らないなんて、そんなことない！　私は娘さんのこと知らないけど、ちゃんと話をすればきっとわかってくれます！　お父さんが心を込めた贈り物を、ちゃんと受け取ってくれます！」

結月は、海棠たち親子の事情を何一つ知らない。そこにある軋轢《あつれき》も、歴史も、想像することしかできない。だが、どうしても言わねばならない気がしていた。先祖が遺した香木を贈ろうとしながら、その銘に我が子より勝る宝はない、という意味を込める海棠の想いが、このまま娘に伝わらないままで終わるのは悲しすぎる。

「だって……だって、世界でたった一人の娘じゃないですか」

結月の中で、祖母の笑顔がよぎった。いつでも自分の味方をしてくれた、たった一人の理解者だった。

「海棠さんの気持ち、絶対に娘さんにも伝わります！」

「秋山、ちょっと落ち着け」

結月の迫力に気圧されるようにしていた千尋が、短く息をついて、なだめるように目をやる。

「確かにオレは受け取らないだろうと言ったが、それは香木に限定した話だ」

毒気を抜かれたように、口を開けたまま瞬きした結月は、意味が呑み込めずに隆平を振り返る。

「……つーことは、香木以外なら、可能性がある、と？」

テーブルに頰杖をついて、隆平が興味深そうに千尋を見やった。

「それが贈れるものかどうかは別にして、彼女にはもっとふさわしい香りがある」

そう言って立ち上がる千尋に、海棠が怪訝な目を向けた。

千尋は障子を開け、寺の敷地を一望できる窓を開けるために施錠を外し、窓枠に手をかける。

「もし彼女が本当におっさんを見限って、親子関係に修復不可能なほどの亀裂が入っていたとしたら、わざわざあの店で働き続けないだろう。もっと給料のいい仕事なんていくらでもある」

事情を知る口ぶりで、千尋は窓を開け放った。初夏の温んだ風に乗って、室内に流れ込む藤の香り。まるで、花弁の敷き詰められた柔らかなベッドへ、予期せず放り込まれたようだった。ちょうどそこから見渡せる庭園は、薄紫に煙るように色づいているかに見える。心地の好い風に、結月は思わずその目を閉じた。

「彼女に一番ふさわしいのは、高価な香木の香りじゃなく、ここに咲き誇る藤の香りじゃないのか？」

「……藤の……？」

海棠が驚いたように目を瞠って繰り返した。

窓からの風に前髪を揺らしながら、千尋が隆平を振り返る。

「隆平、『ふじや』に植えられてる藤は、どこから贈られた物だ？」

唐突に尋ねられ、一瞬虚を突かれたように瞬きした隆平が、戸惑いつつ答える。

「え……先々代の、東水寺住職からもらったって聞いたけど？　『藤の園』に一番多くある品種を分けたって」

「そうだ。品種は本紅藤《ほんべにふじ》という、甘い芳香が特徴の遅咲きの藤だ。したがって、東水寺の藤の香りと言えば、本紅藤の香りを指すことが一般的だ」

千尋の説明を聞きながら、結月は未だ全貌の見えない話に首を捻る。一体ふじやの藤と、海棠の娘と、どういった関係があるのか。

『鷹《たか》がいないから小鳥が遊ぶ』なんていう七面倒《しちめんどう》な名字は、小鳥と一緒に風呂敷に染め抜かれてるのを確かに見てたし、小鳥が置かれたポストも何度も見てるのに、いざ言葉で聞くと、すぐに頭の中でつながらなかった」

千尋の口から少しずつ紡がれていく真実に、結月は耳を傾ける。

「海棠っていうのは、僧名なんだよな？　本名は、小鳥遊浩一《たかなしこういち》。娘の名前は、たかなしゆかり」

それを聞いて、結月は思わず口元を手で覆った。

「娘の名前は、藤の色から『紫《ゆかり》』とつけたんだろう？」

千尋の言葉に、海棠は肯定するようにゆっくりと息を吐いた。

「……じゃあ、あのふじやのゆかりさんが、海棠さんの……」

結月は呆然としたまま口にする。いろいろな点が線となり、一気につながった真実に、まだ頭がしっかりと追い付かない。その混乱した頭の中で、ふじやを訪れた時、ゆかりがどこか懐かしげに藤の花を見上げていたことを結月はふと思い出した。彼女はあの花の先に、実家の景色を重ねていたのかもしれない。

「……オレは、おっさんより娘さんの方の年齢に近いから、勝手なことを言うと思うかもしれないけど」

そう言い置いて、千尋は窓の外に目をやりながら続けた。

「娘さんが香木をもらったところで、喜ぶとは思えない。彼女にとっていつでも実家を思い出す香りは、この藤の香りに他ならないんだ」

数十年、季節とともにこの場所で香ってきた藤の花。

海棠の誕生も、妻の死も、そして娘の成長も見守ってきた薄紫の風。

「でも、これを彼女に持たせることはできない。だから、おっさんができることはただひとつ」

「ひとつ……？」

海棠の代わりに、結月が問い返した。

千尋は窓の傍を離れ、再び海棠に向き合って端座する。

「彼女が懐かしんでここへ帰って来た時に、いつか旦那や、幼い子の手を引いてここを訪れた時に、この藤の香りと同じように、穏やかに迎え入れることだ」

背筋を伸ばし、真っ直ぐに見据える双眼には、一片《いっぺん》の曇りもなく。

「彼女とっては、どんな高価な香木の香りも、この藤の香りには敵わない」

その言葉に、結月は胸を突かれる。高級なものや、希少なものがいいとは限らない。

澤木が宮内庁御用達の最中より、観光地のみたらし団子を好むように、結月が未だあのたこ焼きを欲するように、その人にはその人の、思い出の味や香りがある。それはきっと、どんなに歳をとっても変わらないものだ。

「すなわち、ここの藤の香り以上に、彼女にふさわしいものはない」

その香りの中には、確かに親から子への愛情が包括されている。数えきれない思い出と、健やかにと願う想いと、幸せにと祈る心と、少しの寂しさを混ぜて。

その花の名前を持つ、たった一人の娘へ。

「……会いに行ってやれよ。まだ間に合う」

自らも父との確執で家を出ている千尋は、その言葉をどんな思いで口にしたのか。

千尋の言葉を受け、海棠はわずかに眉間に皺を寄せた。こみ上げてくる何かを堪えるように口を真一文字に結び、潤む目を伏せ、何度か納得するように頷く。そしておもむろに息を吐いて、千尋を見つめた。

「……香《こう》、満《み》ちたようでございますな」

それは香席で、香元が口にする最後のあいさつ。

海棠は畳に手をつき、千尋に向かって深々と頭を下げた。

「何よりの、ありがたいお答えでございました」

藤の香りは、なお皐月《さつき》の空に立ち上る。

六

週明けの月曜日、四限の授業を終えた結月が少し遅れてあの小屋へ向かうと、いつものように作業台で月刊日本の城を読んでいる千尋と、相変わらず平然と入り込んでいる隆平の姿があった。

「え、じゃあ、紫さんの結婚相手って、お寺に出入りしてる植木職人なの？」

奥の水場で湯を沸かす準備をしていた結月は、思わず振り返って尋ねる。ここに来ると、とりあえずお茶を淹れるという係になんとなく収まっていた。もっとも、勝手に自分が淹れているだけなのだが。

「そう。かなり年も離れてるし、自営業なんて苦労するって反対したことが始まりだったんだって」

「それって芙実子《ふみこ》さんの情報か？」

作業台の上の器具を気の向くままに触る隆平を一瞥しつつ、千尋が尋ねた。

「うん。つーか、最初からうちのおふくろに聞いときゃよかったよな」

隆平のため息を聞きながら、結月はなんとなく腑に落ちたような感覚を味わう。

「香木を贈るってことは、結婚を認めるってことになる。だから、どれもがふさわしく、どれもふさわしくはないなんて言ったのかなぁ。複雑な親心だね」

あの言葉にまさかそのような想いが隠されているなど、思いもしなかった。

「一言謝るとか、ちゃんと話すとかすればすぐに収まる話だったのに、不器用だよなぁ。まぁ海棠さんらしいけど」

頰杖をつく隆平に、結月も同意する。

「たとえ親子でも、人の気持ちなんてちゃんと言葉にしないとわからないもんね」

人の気持ちが目に見えてしまったら、それこそ収拾がつかなくなりそうな気もする。目に見えないからこそいいのか、口にするからこそ価値があるのか。

「言葉にしないとわからないなら、こちらも言わせてもらうが」

おもむろにそう言い置いて、千尋が結月に目を向ける。

「ここの冷蔵庫に、納豆やら佃煮《つくだに》やらを放り込んでるのはお前だな？」

千尋の冷徹な眼光に射抜かれて、結月は思わず息を詰めた。いつ見つかるかと恐れてはいたが、まさかこのタイミングとは。

「あ……あれはその、……ごはんのおかずに……」

「いつからここの冷蔵庫はお前の私物になったんだ？　さっさと撤去しろ」

ぴしゃりと一蹴されてしまい、結月は反論すらできずに渋面を作る。確かに最初は飲み物などを少し置かせてもらうだけのつもりが、徐々に種類と量が増えてきたとは思っていた。納豆と佃煮の他に、キムチと漬物も入っている。やはりにおいがきつい物を入れたのが間違いだったのだろうか。

「別にいいじゃんそんくらい。スペース余ってんだろ？」

隆平からの援護射撃に、結月はぱっと顔を輝かせた。

「そうだよね！　別にぎゅうぎゅうになってるわけじゃないし、大丈夫だよね⁉」

そう同意してみたものの、千尋からは相変わらず冷ややかな視線が返ってくる。

「あの冷蔵庫は、お前の食糧保管庫じゃないんだ。他を当たれ。それから隆平、お前には澤木教授から呼び出しが来てる」

「え、オレ⁉」

作業台の上にべったりと上半身を預けていた隆平が、思わず体を起こした。

「読んだんだろう？『近代医療と芳香と僕』。あれの内容について、ぜひとも神門の秘蔵っ子と議論を戦わせたいそうだ」

「ちょっと待てよ！　あれはネットでたまたまタイトル見かけただけでっ」

「猫かぶりも、かぶりすぎると自滅するっていう、いい教訓だな」

その涼やかな目に、千尋は珍しく笑みを含ませる。ただし、穏やかな微笑みというよりは、むしろ残酷な笑みだったが。

「目に見えるものがこの世のすべてじゃないとしても、他人の目に映る自分の行為や、発言に責任を持つのは当然だろう？」

ぐぅの音も出ないとはこのことか。結月は気まずく隆平と目を合わせる。何か反論してやりたいところだが、その材料すら見つからない。

「……ちょっとオレ、本屋行ってくる……」

売ってるかな、とぼやきながら、敗北者の目で隆平が席を立つ。結月も冷蔵庫を覗きこんで、撤去を命じられたごはんのお供をかき集めた。捨てるのは忍びないので、今日持って帰るほかあるまい。黙って捨てられなかっただけ、まだマシということか。

「うわぁ暑っ！　もうこれ夏だな」

小屋の扉を開けた隆平が、日差しを遮るように手をかざして叫ぶ。一日快晴だった初夏の日差しは、まだ衰えることなく小屋の木肌の壁を照らした。その中を、隆平が小走りで出ていく。

「それからお前は、早くコーヒーを淹れろ」

ぼんやり隆平の背中を見送っていた結月は、その千尋の声にふと我に返った。

「……え、……ああっ！」

電熱器の上で沸騰を知らせる湯気を上げているポットを指され、結月は慌てて駆け寄った。吹きこぼそうものなら、隅から隅まで掃除しろと言われかねない。無事にポットを取り上げ、ドリッパーにフィルターをセットし、コーヒーの粉を用意したところで、結月は、あれ？と首を捻る。

「千尋くん、今、コーヒー淹れろって言った？」

今までは小屋に来るだけで鬱陶しそうにされ、ここでお茶を淹れるのはあくまでも結月の勝手だった。自分だけ飲むのも何なので、千尋や隆平の分も淹れていただけなのだ。別に千尋から頼まれていたわけではない。むしろ当初はやめろと言われていたし、そろそろ本格的に怒られるかもしれないとは思っていたが。

「窓から見えた限り、もうすぐうるさい客が来る」

紙面に目を落としていた千尋がそう言い終わらないうちに、小屋の扉が勢いよく開かれた。

「来ちゃった」

語尾にハートマークをつけそうな勢いで、いつもの薄汚れた白衣を羽織った澤木が入ってくる。そして途中で捕まったのか、なぜか出て行ったはずの隆平が連行されていた。

「ちょうどいいところで隆平くん見つけたから、連れてきちゃった。研究室でゆっくり話してもいいんだけど、やっぱりここの方が落ち着くっていうかねぇ。あ、コーヒー四つね！」

逃げられない隆平が半開きの目のまま無理矢理席に座らされ、その隣を澤木が陣取り、向かいでは千尋がやれやれとため息をつきながら雑誌を読んでいる。

その光景を半ば呆然と眺め、やがて結月はこみ上げてくる笑みに肩を震わせながら、とりあえずリクエスト通りのコーヒーを淹れることにした。

白粉花

三炉　君を想う

一

「……なんかもう、よくわかんない……」

金曜の午後五時過ぎ、普段より比較的混み合っているファッションビルのトイレで、結月は鏡に映る自分をげんなりと眺めたまま、ため息をついた。

ここ最近、香りに関わることが増えたことで、自分の周りにある様々なにおいに鼻が向くようになった結月は、ゼミ仲間や徐々に増え始めた友人たちが身に着けている香りを、ふと指摘することが多くなった。女の子はつくづく良い香りのするものが好きなのだなと、改めて思う。

「結月ちゃんも香水つければいいのに」

「そうだよ。においって案外印象に残るし、それだけでおしゃれっていうか」

「そうそう、大人っぽい雰囲気になるよ」

似合うやつ選んであげようか？　と言い出した友人の申し出を丁重に断ったものの、結月も気にならないわけではない。なにしろ普段、常に良い香りに包まれている某家出中御曹司と過ごすことも多いのだ。彼からはいつも森のような良い香りがするが、果たして自分はどうなのだろうと、気になりだすと止まらなかった。

「イヴサンローラン……クロエ……カルバンクライン……ブルガリ……」

バイト前に香水売り場へ寄ってみたのだが、思いのほか若い女性客で溢れており、比較的安価な商品が並ぶ棚の前では女子高生の姿も多く目についた。しかし鼻が良すぎる結月にしてみると、溢れかえる不協和音のような香りの渦に、軽い吐き気と頭痛を覚えただけで終わってしまった。

「どれもピンとこなかったなぁ。みんなどんな基準で選んでるんだろう……」

カップルで買いに来ていた客もいたが、そういう人たちは、やはり相手の好みの香りを身につけたりするのだろうか。

店員に試香紙につけたサンプルをいくつかもらい、どれもそれぞれいい香りだとは思ったが、身につけたいと思えるほどのものとは出会えなかった。やはりここは専門家である千尋に意見を訊いてみたいところだが、なんとなく気恥ずかしくて実行に移せないでいる。お前が香水など百万年早いと言われそうだ。

結月は気が抜けるようにひとつ息をつくと、腕時計で時刻を確認した。今日は六時からバイトが入っている。ここからは十分ほどで到着できるが、そろそろ出発した方がいいだろう。香水選びはまた次回に持ち越しだ。

鏡を見ながら申し訳程度にメイクを直して、トイレを出て行こうとした結月は、その出入口で一人の少女とすれ違った。大きなトートバッグを肩から提《さ》げ、白の長袖のブラウスを腕まくりし、グレーチェックの短いスカートと紺色のハイソックス。どこかで見たことがあると思ったその制服は、見慣れた仙風館高校のものだ。それを認識すると同時に、結月の鼻を不思議なにおいがかすめた。花ともフルーツとも判別しがたいほのかな香りと、それ以上に強く感じたのは、喉に張り付くような、どちらかというと不快なねっとりとしたにおい。女子高生から漂ってくるには少し不釣り合いな気がして、結月は思わず足を止めて振り返った。何かの移り香だろうか。しかし彼女は気付くこともなく、トイレの奥へと消えて行った。

結月のバイト先は、飲食店が立ち並ぶ歓楽街の一角にあり、金曜の夜ということもあって、時間的にもこれから一番賑わう頃だ。南北を貫く道に沿って流れるのは、江戸時代初期に物流のため瀬々川から水を引き込んで作られた、木屋川《きやがわ》と呼ばれる運河で、当時はこの木屋川沿い一帯に、船で運ばれてきた木材を扱う材木問屋などが立ち並んでいたという。そして、そこを訪れる商人や旅人のために宿や料理屋が集まるようになり、現在はそれが歓楽街へと姿を変えていた。

結月が高校生の頃からバイトしている店は、『ちょっと高級な定食屋』というコンセプトを掲げており、客層も二十代から年配の方までと幅広いものの、大騒ぎできるような雰囲気の店ではない。座席には寿司屋のような分厚い天板が使われ、決して大衆食堂のような趣ではなく、一階のカウンター席などは照明が落とされ、年配の夫婦やカップルが、産地にこだわった食材を使用した食事と、うまい酒を楽しんでいることが多かった。特に海鮮を使用した炙《あぶ》り海鮮定食が有名で、結月はこの料理に惹かれて働き始めたという経緯がある。

「結月ー、あとでお品書きボード出しといてー」

六時の開店に向けて店内を整え、店の裏に段ボールなどの不要物を捨てに行った結月のところに、バイトの先輩が煙草の箱と灰皿を片手に顔を出した。

「今日のオススメは鱧《はも》だって」

勤務前の一服を楽しもうとやってきたらしい彼は、外のゴミ箱の横へと座り込む。

「鱧かぁ。そんな時期なんですねぇ」

結月はしみじみとつぶやいた。鱧の旬は夏と秋だ。この文字をお品書きに見かけるようになると、いよいよその季節が来るのだという気になる。

「梅雨《つゆ》明けたぐらいの方が、脂乗ってうまいらしいけどな」

そう言って、彼は上部に赤い色のついた煙草の箱を開ける。Marlboroというロゴは、煙草に疎い結月でも見たことがあった。店の中に喫煙場所がないため、ここが唯一暗黙の喫煙所なのだ。

言われた通りお品書きボードを書き直し、結月は店の表へ回って設置する。ついでに看板を照らす照明もつけて、少し離れた場所から店の正面全体を眺めた。

「うん、バッチリ」

すでに会社帰りのサラリーマンや大学生たちのグループが、店を吟味しながら通りを歩いている。隣にある串カツ屋には、すでに客が入っているらしく、換気扇を介して油のにおいが鼻をついた。特注の牛脂を使っているという隣店の油のにおいは、コクがあるのに嫌な臭みがなく、純粋に結月の食欲を誘う。

「秋山さん、ミーティングするよ」

顎をあげて口を尖らせ、店の前でにおいを堪能していた結月に、店内から店長が声をかける。

「あ、はーい！」

慌てて店の中に戻ろうとした結月は、目の前を横切って行った若い女性を、ふと目で追いかけた。デニムのクロップドパンツに、黒のキャミソール。踵《かかと》の高いサンダルを鳴らして歩く姿は、この辺りでも別に珍しい光景ではない。だが、一瞬目に留まった顔や、背格好になんとなく見覚えがあったのだ。

そしてそれ以上に、結月のアンテナに引っかかった香り。

「……あ、あの子だ」

店の中に戻りかけたところで、結月は思い当たって振り返る。

「秋山さん？」

外を気にする結月を不思議がって、店長が呼びかける。

すでに人混みに紛れて見えなくなったその女性からは、ファッションビルで見かけた女子高生と同じ香りが漂っていた。

二

昨日から七月になり、梅雨真っ盛りの今日は、朝から一段と蒸し暑い曇り空が続いていた。本日も放課後当然のような顔でやってきたかと思えば、隆平が夢心地の顔でエアコンの涼風を享受している。彼がキャンパスを歩けば相当目立つはずで、おそらくそこを通らないルートでここへ来ているはずなのだが、どこかに高校からの抜け道でもあるのだろうか。

「……幸せって、こういうことを言うんだろうな……」

両手を広げて全身で風を浴びながら、隆平が大げさにつぶやいた。結月は手元のノートから顔をあげて呆れた目を向けつつ、先ほどから鼻についている香りを指摘する。

「ねぇ、隆平くんから女の子のにおいがするんだけど」

口を尖らせて、結月はその香りを改めて嗅ぎ取った。それは、隆平が小屋にやってきた時からその存在を主張していた香りだ。鼻の粘膜にまとわりつくような甘さで、結月にしてみると、まさに鼻に引っかかるにおいだった。

「え、わかる？　これでも一回洗ったんだけど」

「あ、そうなの？　なんか甘い、ベリー系のフルーツみたいなにおい」

なんだか男子高校生にはかわいすぎる香りだ。隆平はようやくエアコンの前から移動して、結月の隣へ丸椅子を引きずってきて腰を下ろした。

「オレはもう感じないくらいだけど、さすが結月ちゃん。確かに貸してくれた子が、アイスベリーの香りだって言ってた」

「アイスベリー？」

改めて自分の手の甲をにおいながら言う隆平に、結月は問い返す。

「それってアイスなの？　ベリーなの？」

「ラズベリーだって。ボトルに絵が描いてあった」

隆平が思い出すように視線を動かしつつ、左手の甲を結月に差し出す。確かにそこから、その香りは放たれていた。

「どんなにおいなのか興味があって、ちょっと手につけさせてもらったんだ。今うちの高校の女子の中で流行《はや》ってんの。体育の後とかにつける制汗ローションで、ラッシュブリーズっていうの知らない？」

「ああ、CMで見たことあるかも」

その商品名に、結月は頷く。弾ける果実とかなんとかというキャッチコピーで、その商品が宣伝されているのを見かけたことがあった。

「それって何種類かにおいがあって、それぞれ運気をアップするにおいがあるとか女子は言っててさ。……クールシトラスが友情運、グリーンアップルが健康運、ディープマリンが勉強運……」

「アイスベリーは？」

「恋愛運」

しれっと答える隆平を、結月は呆れた目で見やる。それをわかって借りたのか、それとも貸した女子の方が隆平に気があったのか、判断は難しいところだ。

結月が高校生の頃も、そういった香りの良い制汗剤は人気があった。皆と同じ制服を着ている分、女の子は香りというそれぞれのおしゃれを身につけようとするのかもしれない。香水をつける大人に憧れるように。

「でもこれ、ラズベリーのにおいかな？　なんかいっぱい混じっててよくわかんない。あとこのにおい、すごい喉が渇く」

結月は顔をしかめながら、手元の麦茶を喉へ流し込む。この小屋で鼻にする心地よいにおいとは、随分違うように感じた。

「おそらく、合成香料だからだろう」

作業台の定位置で爽やかなペパーミントの精油を焚きつつ、先日澤木が強引に置いていった『現代医療と芳香と僕』をパラパラと流し読んでいた千尋が、本から目を離さないまま口にする。

「合成香料？」

よく聞く言葉ではあるが、その実態はよく知らない。問い返す結月に、千尋はページをめくりながら説明する。

「動植物から抽出、圧搾、蒸留などの手段で取り出される天然香料に対し、合成香料は石油化学工業などから入手した基礎的化学製品から、化学反応を利用して取り出した香り物質のことだ」

まるで手元の本にそう書いてあるかのように、千尋はさらさらと続けた。

「女子高生が日常使いできる価格のものに、天然香料を使っているとは考えにくい。メーカーが独自のレシピで香料を組み合わせて、それにベリーやシトラスという名前を付けて作ってるんだ。純粋に果実の香りを再現してるわけじゃない」

相変わらず汗をかきそうにない白い額と、滑らかな首のライン。今日は細身の紺色のロングTシャツを一枚身に着けているのだが、それを介して、程よく筋肉のついた体のラインが目立っていた。襟元から覗く鎖骨の形すら、見惚れてしまいそうになる。

「そっか……、だからよくわかんなかったんだ」

結月の鼻であれば、ラズベリーそのもののにおいを嗅ぎ当てることはできる。だが、コスメなどに使われる香料は、花やフルーツの合成された香りが何種類も混ざり合っていることが多く、いくらメーカーにラズベリーのにおいだと言われても、結月には『ラズベリーに似ている何か』という判断しかできない、ということだ。

「合成でも天然でもいいじゃんそんなの。香水つけてる奴だっているし。重要なのは、女の子がいいにおいをさせようとがんばってるってことだろ」

作業台にべったりと体を伏せて、隆平が悟ったようなことを言う。それを聞いて、結月は不意に香水を買いそびれたことを思い出した。やはり男子は、女の子のにおいというものを気にしたりするものなのか。

「あー、いいよなぁここは、エアコン使い放題でも何にも言われねぇし。うちの高校なんて、テスト期間に入らねぇと教室のエアコン入れてくんないんだぜ？　金曜が待ち遠しいやら待ち遠しくないやら」

エアコンで冷えた作業台の上が心地いいらしく、隆平がそのままの姿勢でぼやいた。その言葉に、結月はふと気づく。

「あ、そっか、高校も期末テストだ」

そして作業台で涼をとる隆平に目をやって、ん？　と首を傾げる。

「……え、ということは……隆平くん、こんなとこに遊びに来てる場合なの？」

金曜からテストが始まるとわかっていながら、この余裕はなんだろう。かくいう結月も、今月中旬から定期試験が始まる。ノートやレポートの提出を求められる授業もあるため、学生がこぞって奔走し始める時期だ。周りに急かされるようにして、結月も出席しそびれた授業のノート集めを開始したところだった。一限目の授業に寝坊して遅刻したり、ついランチに夢中になって三限目に出そびれたりした報いが、今一斉に襲いかかってきている。

「大丈夫だって、なんとかなるなる」

ぴらぴらと手を振って、隆平は勝手に冷蔵庫から冷えた麦茶を取り出した。

「昨日で面白かったドラマも終わったし、これから本腰入れるって」

「あ、もしかしてそれって、日曜家族ドラマの『野菜デカ』!?」

ドラマ、という単語に反応して、結月は顔をあげる。

「そう！　あれ結構面白かったよな？　八百屋に嫁に来た女が、実は腕利きの刑事だっていう話」

「面白かった～！　私、お母さんと一緒に全話録画して、もう一回見直してるもん。うちのご近所も皆超はまってて、月曜の朝はその話題で持ちきりだよ。特に木下《きのした》さんちのおばさんの熱狂ぶりがすごくて、DVDになったら絶対買うって宣言してるの。最近顔合わせたら、その話しかしてないかも」

「千尋は見てねぇの？」

流れで問いかけた隆平に、千尋からは、オレが見ているとでも思うのか？　と、口にしなくても充分伝わるような視線が返ってくる。

「……よかったら、録画したやつDVDに焼くけど？」

「結構だ」

ばっさりと三文字で斬り捨てられ、結月は隆平と目を合わすと、再び手元のノートへと目を落とした。

「それにしても、今からノートの準備とは、お前は随分用意周到だな」

読みかけの本を作業台の上へ投げ出すように置いて、千尋はその涼やかな目を結月の手元へと向ける。

「私だって学習するもん。高校の時はテスト前日に青ざめてたけど、その二の舞にはならないよ」

「そういうことは、ノートを借りない奴が言える台詞《せりふ》だ」

余裕を見せつけたつもりがばっさりと正論で斬られ、結月は反論できずに唸った。

確かに今自分が写しているノートは、次の授業の時に返す約束で借りた啓太のものだ。自分としては、大学での初めてのテストと言うこともあり、早くから動き始めた自覚はあったのだが、そういう細かいところを突いてほしくはない。

「へぇ、大学生でもノートとか写すんだ」

隆平が、結月の手元を覗き込む。

「うちの高校って結局この大学の付属校だから、よっぽど成績が悪くない限りエスカレータ式だし、みんなテストにあんまり危機感持ってないんだよなぁ。余裕でバイト入れてる奴とかいるし」

隆平は作業台に頬杖をつく。衣替えした白の半袖シャツからはしなやかな腕が覗き、冬服より開いた襟元からは、ターコイズのネックレスが見える。長袖の時には気づかなかったが、手首には目立たない色の革のブレスレットをつけていた。

「ここの高校、バイト禁止じゃなかったか？」

ふと目をあげて、千尋が怪訝な顔をする。

「うん、禁止。でも隠れてやってる奴なんかいっぱいいるぜ」

自分で注いだ麦茶をちびちびと飲みながら、隆平はさも当然のように言った。

「この前なんか、道でチラシ配ってたカフェの店員がクラスメイトで、マジびびったし。黙っといてくれって頼まれて、代わりにコーヒーの無料券もらった」

「それって、先生とかとうっかり鉢合わせしないのかなぁ」

結月の通っていた高校は、幸いアルバイトが許されていたため、当時から食べ歩きのための小銭を稼ぐことができていた。高校生といえど、友達と遊んだり、欲しい物を買ったりするためのお金が欲しいと思うのは、当然の欲求だ。校則を破るのは褒められたことではないが、労働して稼ごうとする姿勢は立派だと言えなくもない。少なくとも、窃盗などの犯罪に走るよりは。

「あーあ、オレもバイトしてぇな」

頬杖をついたままぼやく隆平に、結月は首を傾げる。

「何か欲しい物でもあるの？」

結月もあまり詳しくは知らないが、隆平は週に何度か、放課後真面目に香道のお稽古をこなしているようだ。父親は神門の門人であると同時に、有名な大企業の役員をしており、見たところお金には不自由しない生活を送っているようだが。

「いや、そういうんじゃなくて、もっと大事な物見つけられるかもしれねぇし」

いつになく真剣な顔で、隆平は口にする。

「かわいい女の子がいそうなファミレスとかでバイトしたい」

そうだ忘れていた。

こいつは初対面でも平気で女の子に声をかける男だ。

「動機が不純すぎる」

しかめ面をしている結月に代わって、千尋が深々とため息を吐いた。

「いいじゃん！　高校生のバイトなんかそんなもんだろ。真剣に生活費稼いでるわけじゃねぇんだから」

「お前は絶対バイトするな。被害が拡大する」

「被害ってなんだよ！」

「あ、そういえば」

従兄弟同士の言い争いの中で、結月はふと思い出したことがあって口を挟んだ。

「先週の金曜日、バイト先に行く前に寄ったマルビルで、仙風館高校の子見かけたよ」

「うちの？」

隆平が怪訝な顔で問い返す。

「別にあの場所で見かけてもおかしくはないんだけど……」

あの時のことを思い出すように、結月は視線を動かす。

「マルビルで会った時は制服姿だったのに、その後バイト先の前で見かけた時は私服になってたの。すぐには同一人物だってわかんなかったんだけど、つけてる香りが一緒だったから」

顔ははっきりとは覚えていないが、薄化粧をした綺麗な子だったと思う。あれから彼女はどこへ出かけて行ったのだろう。

「あーそれ、家に帰らずに遊びにいくとこだったか、もしくはバイトだな。バイト先にはフリーターですとか言って、ごまかしてるパターンかも」

隆平が確信を得たような顔で続ける。

「でも勇気あるよな。あの歓楽街の辺りは教師の見回りが厳しいから、みんな避けてるのに」

誰だろう、と思案しながら、隆平が天井を仰いだ。

「あんまり、無茶しないといいんだけどね」

見たところ、それほど荒れている感じの生徒ではなく、少し大人びた、けれどどこにでもいそうな少女だった。

二人の話を聞き流しながら、千尋がオイルウォーマーの具合に目をやる。小屋の中に、爽やかなミントの香りが漂っていた。

・

「ただいまー」

午後六時過ぎ、もう帰るという千尋に追い出されるようにして小屋を出た結月は、ぶらぶらと本屋に寄ったりしながら、私鉄を乗り継いで家に帰りついた。また香水を探しに行こうかとも思ったが、なんとなく気が乗らなくて諦めてしまった。やはり誰かと一緒に選んでもらった方がいいのだろうか。しかし、あの不思議と調和した良い香りが漂う小屋に入り浸っている以上、あれよりも良い香りにはそうそう巡り合えないような気もしていた。

結月が中学生の時に父親が建てた一戸建ての家は、毎年父が細々と修理や修復をしているおかげで、まだそれほど目立った傷みも出ていない。玄関先で、最近気に入っている豹《ひょう》柄《がら》のスニーカーを脱ぎながら、台所から漂ってくるにおいで夕飯のメニューを考えていると、その台所から母親が姿を見せた。

「待ってたわよ、結月」

「え、何？」

若干身構えつつ、結月は尋ねる。何も悪いことをした覚えはないのだが、こんな出迎え方をされると妙に勘ぐってしまう。

母親はどこか困惑するような様子で、最近シミを気にしている頬のあたりに手を添えて続けた。

「さっき木下さんとこの奥さんから聞いて、びっくりしたんだけど……」

「木下って……愛実《まなみ》んち？」

木下愛実とは、徒歩数分の近所に住む高校二年生の女の子だ。もともと二つしか歳が変わらないこともあり、同じような時期にこの地域へ引っ越してきたことも重なって、お互いの家を行き来するなどして何かと仲良くしている。

「愛実んちのおばさんがどうしたの？　あ、『野菜デカ』の話？」

あのドラマにはまっている愛実の母は、毎週日曜十時に、きっちりとリビングのテレビの前に陣取り、ドラマが終わるまでは電話もメールも出ないという徹底ぶりらしい。

「そんな話ならよかったんだけどねぇ……」

「え、じゃあ何……？」

ため息をつく母に、何やらただならぬ雰囲気を感じて、結月は尋ねる。この空気から察するに、福引が当たったとか、卵を割ったら黄身が二つ出てきたとか、そんな感じの話ではない気がする。

「それがね……」

家の中だというのに、母はなぜか声をひそめて告げた。

「愛実ちゃん、学校停学になったらしいのよ」

一瞬その言葉の意味が呑み込めずに、結月は一拍置くようにして問い返した。

「――停学⁉」

　愛実は清河《きよかわ》女学院に通っている高校二年生だ。名前の通りの女子校で、そこの可愛らしいワンピースの制服に憧れていたこともあり、去年入試に合格した時の喜び様を、結月は誰よりも知っている。少々天然なところはあるが、おとなしくて真面目な少女で、親が心配するようなこととは無縁の子だったはずだ。その彼女がなぜ、停学などという事態になっているのだろう。

「結月ちゃん、来てくれたの……」

　自宅の玄関先からそのまま愛実の家を訪ねた結月を、愛実の母はすぐに招き入れてくれた。予想外の事態に、あからさまに動揺しているようだった。

「あの、一体どういうことなんですか？」

　リビングに通された結月は、愛実の姿を探しつつ言葉を濁すようにして尋ねた。ひと続きになったキッチンにもダイニングにも愛実の姿はなく、父親もまだ帰宅していないらしい。

「私もわけがわからないのよ……。今日学校から呼び出された時は、とても現実とは思えなかったわ。だってまさかあの子が……」

　いつもより少しやつれたように見える愛実の母は、落ち着かない様子でそわそわと手を動かした。そして、ダイニングテーブルに置いてあった、片手の上に収まるほどの長方形のケースのようなものを持ってくる。

「今日、手荷物検査があったらしくてね？　ほら、あの学校ってそういうところ厳しいから、割と頻繁にやってるみたいなんだけど……、その時あの子のカバンから、これが見つかったらしいの」

愛実の母は、未だに信じられないといった様子で、それを結月に差し出した。

「これ……」

結月が受け取ったそれは、煙草を持ち歩く際に使うシガレットケースだった。ちょうど煙草がひと箱収まる金属のケースが、ピンク色のスワロフスキーでデコレーションされており、その光り具合がやけに目に痛い。そして同時に、結月の鼻にはその中身のにおいが届いていた。一瞬躊躇しつつも開けてみると、案の定中には四本ほど減った煙草と、その隙間にライターが収まっている。

「もう本当にびっくりして……まだお父さんには伝えてないの。私の中でも整理がつかなくて……」

思い詰めた顔で、愛実の母は深々と息を吐く。

「……愛実は、なんて言ってるんですか？」

結月が知る限り、愛実は煙草のたの字も想像できないような少女だ。フリルやリボンのついたかわいい物や、良い香りのするクリームなどを集めていて、本を読んだり、音楽を聴いたりして過ごすのが何より好きだったはずのあの子が、なぜこんなものを持つようになったのだろう。

「それが……何を聞いても、それは確かに自分のものだって言うばっかりで……」

途方に暮れるように、愛実の母は娘の自室がある二階を見上げる。

「やっぱり誰か、悪い友達でもできたのかしら。清河女学院だからって、安心してたけど……」

その可能性を思って、結月も唸るようにして首を捻る。清河女学院は偏差値が高く、世間ではお嬢様学校として認識されている学校だ。登校する生徒を見ても、皆規定通りの制服をきっちりと身に着け、指定通りのカバンを提げており、目立って素行が悪いような生徒は見たことがない。高校生になれば交友範囲も広がり、他校の生徒とも付き合ったりするものだが、そもそもそういった部類の生徒と一緒にいる愛実など、想像もできなかった。

「でも今までだって、夕方にはすんなり帰ってきてたし、夜出歩いてるとか、そんなこともなかったし……。さすがにピアノのお稽古がある日は、遅くなる時もあったけど……。なんでこんなことをしたのか、私にもわからないのよ……。母親失格ね……」

「そんなこと……」

肩を落とす愛実の母に、結月はどう声をかけるべきか迷って息をついた。手の中のシガレットケースが、やけに重く感じる。

「……あの、私、直接愛実と話してもいいですか？」

なんにせよ、本人から話を聞かなければ真相はわからない。

「ご両親に言いにくい事でも、私になら話すかもしれません」

七歳離れた兄と二人兄妹の結月にとって、愛実は妹のような存在だ。実際愛実も、結月を姉のように慕ってくれている。元来優しく、少し気の弱いところもあるため、もしも悪い輩に引きずられているのであれば、煙草で済んでいるうちに諭さなければならない。

「愛実？」

二階にある愛実の自室の扉をノックして呼びかけると、数秒あって、ピンクの細ボーダーの部屋着を着た愛実が顔を出した。泣いているかと思えば、そうでもない。少し疲れているようには見えるが、普段となんら変わらない様子だった。

「……お母さんがしゃべったのね？」

結月の姿を見つけるなり、どこか困ったように息をついた愛実は、それでもおとなしく結月を自室に招き入れた。

部屋の中に踏み込むと、彼女が棚の上に置いている甘いルームフレグランスのにおいが鼻に触れた。だがそれだけでなく、ラベンダーやローズなど、いろいろな香りが部屋の中で混ざり合っている。買い集めたポプリや、アロマキャンドルなどがその正体だ。結月は注意深く香りを吸い込んだが、その中に煙草のにおいは混じっていない。もっとも一、二本吸ったところで、窓を開けていたりすればそこまでにおいが付くことはなく、時間がたてば消えてしまうのだが。

棚やベッドは、相変わらず彼女の好きなピンクや淡い色の小物で占められ、壁には学校の制服がかかっている。特に以前と変わったところはないように思えた。

「……それで、停学何日間？」

何から話すべきか迷った結月は、結局直球を投げることにする。そしていつもと同じようにして、花柄のキルティングカバーがかかったベッドへと腰を下ろした。

「……一週間だって」

「一週間!?　所持だけで？」

「うちの学校厳しいもん、そういうとこ」

愛実はベッドの正面にある勉強机の椅子に腰かけ、短く息をついて結月を見やる。

「どうせお母さんに、何か聞いてきてって言われたんでしょ？」

「ううん。私が話したいって言ったの」

それは紛れもなく結月の本心だ。

「さっき下で、没収された煙草見せてもらった。あれ本当に愛実の？」

結月は、愛実を真っ直ぐに見つめて尋ねた。

「……そうだよ」

少しばつが悪そうにしながら、愛実は頷く。

「あれは確かに私の。……だから、自業自得なの」

すでにどこか吹っ切れているのか、愛実は覚悟を決めた目を結月に向けてくる。

「なんで急に煙草だったの？　そんなの興味なさそうだったじゃん。ファミレス行った時も、喫煙席は臭いから嫌だって言ってたくらいなのに」

結月の問いに、愛実は何気なく視線を動かすと、椅子の背もたれに体を預けた。

「なんだろう……ストレス、かなぁ」

「ストレス？」

問い返すと、愛実は肩をすくめるようにして頷いた。

「ほら、うちの高校ってわりと偏差値高いでしょ？　私元々頭悪いし、授業についていくのが大変で」

天井を仰ぎながら、愛実は続ける。

「お母さんは、愛実ならできるわよって応援してくれるけど、それもだんだんプレッシャーになってきて……。この前の中間テストの成績も良くなかったし、これでまたすぐに期末テストだって思ったら、なんかイライラして……」

そんな中、一週間ほど前に立ち寄ったコンビニで、ふとレジ奥に陳列された煙草が目に留まったのだと言う。

「煙草って年齢制限があるから、明らかに未成年だってわかると売ってくれないところもあるんだけど、そこのコンビニは緩いっていう噂を聞いてたから、私服を着て行って試しにやってみたの。そしたらあっさり買えちゃって」

結月は内心で舌打ちする。責任転嫁かもしれないが、そこのコンビニの店員がもう少ししっかりしていれば、防げたかもしれないというのに。例え私服でもあきらかに未成年だとわかる愛実に煙草を売るなど、店側に苦情を言ってもいいくらいだ。

「何本か吸ってみたけど、別に大したことなかった。……それでも持ち歩いてるだけで、なんか悪いことしてるみたいで、……大人になったみたいで気持ちがよかったの」

愛実が案外あっさり白状したことに鼻白みつつ、結月は長く息を吐いて、そのままベッドに倒れ込んだ。言い分を信用すれば、特に悪い仲間ができたとかそういうことではなさそうだが。

「それならそうと、なんでお母さんに言わなかったの？」

寝転がったまま、結月は愛実を見やる。

「だって言いにくいもん。プレッシャーだなんて」

拗ねたように言う愛実に、結月はしかめ面で唸る。確かに、その気持ちはわからなくもないが。

「ねえ、本当にそれだけだよね？　お父さんやお母さんに言えないこととかには、巻き込まれてない？」

体を起こして念押しする結月に、愛実は髪の毛を弄びながら、うんと頷く。

「絶対？」

「うん」

「私の目を見て言える？」

その言葉に、愛実は若干視線を揺るがせたが、結局きちんと視線を合わせて頷いた。

「じゃあ晩御飯にも誓える？」

「なにそれ」

思わず笑った愛実が、そのまま結月の隣へと勢いをつけて寝転がった。ベッドのスプリングで跳ねる体に、お互い悲鳴とも歓声ともつかない声をあげる。そうやってはしゃぐ愛実の顔は、結月がよく知る十六歳の少女の笑顔だった。

「……そんなに悩んでるんだったら、一言言ってくれたらよかったのに」

横になったまま至近距離で顔を合わせ、結月は愛実の頭をぽんぽんと叩く。

「だって……結月ちゃん大学入ったばっかりで大変だし」

気遣うような目で言った愛実の言葉に、結月は胸が軋むような思いがした。確かに大学に入ってからいろいろと慌ただしく、ゆっくり愛実と話をする時間もなかった。

「……気付いてあげられなくてごめんね」

心からの言葉を、結月は口にする。もう少し自分が彼女の話を聞いていれば、様子を見ていれば、こんなことにはならなかったかもしれない。

結月の言葉に、愛実はわずかに瞳を潤ませながら、ううんと首を振る。そして何か言いかけて結局口をつぐみ、代わりに改めて結月の目を見つめる。

「結月ちゃんといると、幼稚園からずっと一緒だった友達のこと思い出すの。私が引っ越して別の学校になってからも、たまに遊んだりしてたんだよ」

「そうなんだ？」

初めて聞く話に、結月は耳を傾ける。

「男の子にも負けないくらい元気で明るくて、喧嘩も強くて、いつも一緒にいたの。泥団子作ったり、いつも遊んでた公園で、花を摘んで色水作ったり。おそろいの紙せっけんを買ったりもしたんだよ」

「紙せっけんかぁ、懐かしい」

結月は思わず笑った。結月も小学生の頃、紙せっけんを持ち歩いていたことがある。特に化粧品店で買える三百円ほどの紙せっけんは貴重で、友達同士で分け合っていたものだ。良い香りがするものというのは、いつの時代でも女の子の心をくすぐるのかもしれない。

「高校受験の時には、がんばろうねって意味で、せっけんの香りがする練り香水を送ったの。……使ってくれてるといいなぁ」

愛実はつぶやくように口にする。

その顔を見ながら、結月はふと思い立って提案した。

「ねぇ、停学明けたら、スイーツ食べに行こうか？　野菜を使った珍しいケーキ作ってるとこ見つけたの」

思ったよりずっと元気そうには見えるものの、何とか力になりたかった。

「野菜を使ったケーキ？　何かそれ、ドラマの影響じゃないの？　そういえばお母さん、夢中で見てたなぁ」

「愛実は観てないの？　面白かったのに」

「私は……その時間勉強してるもん」

どこか思い出すように言って、愛実は笑う。

「でも結月ちゃんが見つけたお店なら行ってみたいな。絶対間違いないし」

二人は再び、顔を見合わせて笑った。

「じゃあ、私そろそろ帰るね。思ったより元気そうで安心した」

他愛のないおしゃべりに区切りがついた頃、結月はそう言って立ち上がる。

「言いにくいかもしれないけど、煙草のこと、ちゃんとお母さんに話すんだよ？」

愛実は迷うように瞳を動かして、うんと頷いた。

「じゃあね。またメールする」

「…………結月ちゃん！」

部屋を出てこうとした結月を、不意に愛実が呼び止めた。

「何？」

振り返った先に、なんだか思いつめるような双眼を見つけて、結月は首を傾げた。

愛実は何かを言いかけようとして、結局椅子の背もたれにかけていた部屋着の薄いグレーのパーカーを手に取る。

「なんでもない。外まで見送る」

にっこり笑ってそれだけを言うと、愛実は結月の隣をすり抜けて階段へ向かう。

その瞬間、風をはらんだパーカーから、結月の嗅覚へかすかに触れた香り。

常人が決して感じることがないほどのごく薄い香りだが、それは明らかな意志を持って結月の感覚に入り込む。

脳裏を彩ったのは、どこか懐かしい夏の夜の景色。

肌にまとわりつく湿気と、虫の声。

目が冴えてしまった深夜、静まり返った家の中で、月明かりの入る窓辺に目を奪われる。

昼間のように明るいその一角だけが、祝福を受けるように輝いて。

まるで外へと、誘うように。

「結月ちゃん？」

階段を下りかけた愛実が、ぼんやりと静止している結月に声をかける。

「……………あ、……………うん、大丈夫」

我に返るように視線を動かした結月は、もう一度慎重に口を尖らせて香りを確かめた。だが、もうそこに先ほどの風景を描く香りはほとんど残っていない。

「なんの香りだったんだろう……」

あまりにも微量で、あまりにも一瞬で、結月でさえ咄嗟の判断ができなかった。

甘い涼風のような、夏の夜に吹いていた香り。

三

授業終わりに結月が買って来た、果実が丸ごと入ったゼリーを食べながら、隆平が顔をあげた。

「え、停学？」

「煙草所持で停学一週間ってキツくね？　喫煙現場押さえられたんならともかく」

火曜日の四限終わりだった。今日は朝から小雨《こさめ》が降り続き、日差しが遮られているせいか昨日ほどの蒸し暑さはない。そして相変わらず、帰宅前にこの小屋へ立ち寄っておやつを食べるという日課を作ってしまった隆平が、制服姿のまま入り込んでいることにも違和感が無くなってきている。

「だって清河女学院だもん。あそこ厳しいって有名でしょ？」

結月は冷蔵庫から取り出したレモネードをグラスに注ぐ。季節が夏へと移るにしたがって、冷蔵庫の中に飲み物が増えていくのだが、納豆や佃煮と違って千尋が何も言わないところを見ると、まんざらでもないということだろうか。

「え、ちょっと待って、結月ちゃんのその知り合いの子って、清河女学院の子!?」

「隆平、揺らすな」

思わず作業台に手をついて腰を浮かした隆平に、小田原城《おだわらじょう》を組み立てていた千尋が鬱陶しげな目を向けた。結月が差し出した白桃ゼリーも断り、先ほどから熱心にパーツを確認している。

「そうだけど……何？」

何か高校生の間でよからぬ噂でも流れているのだろうか。だがそんな結月の心配をよそに、隆平は拳を握りしめて叫んだ。

「結月ちゃんナイス！　オレ、清河女学院だけは知り合い少なくて困ってたんだよなあーっ」

嫌な予感がする。

うろんな目で結月が隆平を眺める中、千尋も何か察したような視線を送っていた。

「その子紹介してよ」

「……なんで？」

「なんでって、合コンしたりとか」

「絶対だめ!!」

的中した予感に、結月は叫ぶ。もちろん隆平が悪い人間ではないことは充分わかっているが、可愛い愛実をイタリア人もどきに渡すとなれば話は別だ。

「しかも停学中だって言ってるでしょ！　誰にも言えない悩みを抱えて苦しんでる中で、煙草に手を出しちゃったっていう心理状態の子に、合コン!?　隆平くんのバカ！　ボンジョルノ!!」

千尋がうるさそうに顔をしかめる中、結月は手近にあった雑巾を投げる。それを身軽に躱《かわ》して、隆平は不満そうに声をあげた。

「停学なんてたいしたことねぇじゃん。退学なわけじゃないし。本人も認めて反省してんだろ？」

「たいしたことないことない！　愛実はすっごく真面目な子なんだよ!?　停学だろうがなんだろうが一大事には変わりないの！」

「お前ら、喧嘩するなら外でやれ」

千尋が冷ややかに言いつつ、目の前に落ちた雑巾を放り投げた。結月と隆平は慌てて口をつぐみ、しばし責任をなすり付け合う視線が飛び交う。一応この小屋の使用権は千尋にある。彼に逆らうのは得策ではない。

結月は自分を落ち着かせるように短く息をついて、レモネードの入った三つのグラスを作業台へと運んだ。

「……でも本当は、停学になったことより、私はあの子の心の方が心配なの。煙草に手を出すなんて、本当に考えられないような子だったんだよ？」

丸椅子に腰を下ろすと、結月はそのまま作業台に突っ伏した。運んできたレモネードのグラスをひとつ、隆平がさらっていく。

「なんでこんなことになっちゃったんだろうって、ちょっと自己嫌悪なんだから……」

気付いてあげられなかったという罪悪感が、未だに結月の胸を占めている。お姉さん気取りでいたが、肝心なところで力になってやれなかった。

鬱々としている結月をさらに鬱陶しそうに見やっていた千尋が、ひとつ息を吐いて面倒臭そうに口を開いた。

「その煙草は、なんていう銘柄の煙草だったんだ？」

唐突な質問に、結月は若干呆けたように顔をあげる。

「ええと……、ケースに入ってたからちゃんと見れてないんだけど……」

実際あの時は、それどころではなかった。煙草の銘柄など二の次で、愛実のカバンから煙草が出てきたという現実を呑み込むので精一杯だったのだ。

「姿が思い出せないなら、においで思い出せ。煙草は、種類によってにおいが違う」

事もなげに言い放つ千尋の双眼が、結月を捉える。

「お前なら覚えてるだろう。どんなにおいだったんだ？」

その言葉に、興味深そうに隆平も目を向けてくる。

「……におい……？」

つぶやいて、結月は昨日の記憶をたどった。シガレットケースを開けた瞬間、鼻先に割り込んできた独特の煙草葉のにおい。どことなく苦く、鼻をつく独特の臭み。

「……あ！　あれだ！」

思い出したにおいが記憶と合致して、結月は顔をあげる。

「バイトの先輩が吸ってたのとおんなじ！　パッケージの上の方が赤いやつ！」

確かあのロゴは、わりと街中でも見かける種類のものだったはずだ。

「なんだっけ、頭にMがつくコロっとした名前の……マカロニとかボーロとかそういう感じの……」

結月は必死に記憶をたどる。食べ物の名前しか出てこないのはご愛嬌だ。

「マルボロ」

頭を捻っていた結月の代わりに、千尋がその名前を口にした。

「そう！　それ！　マルボロ！」

「マルボロか……聞いたことあるな」

隆平がレモネードを飲みながらつぶやく。

「マルボロ、正確にはマールボロと発音するが、それはアメリカの煙草で、日本でもメジャーな煙草の中のひとつだ。好んで喫煙するファンも多い」

そこまで言って、千尋は、ただ……、と言い置いて、結月を見やった。

「秋山、その女子高生は、それが初めての煙草だったんだな？」

尋ねられ、結月は昨日の会話を思い出すように視線を動かした。

「うん。一週間くらい前にコンビニで自分で買ったって」

「家族や友人で、その煙草を吸ってる人間は？」

「たぶんいない。ご両親は煙草吸わないし、そういう友達がいるって話も聞かないし、付き合ってる人も……いないと思う」

そういうことがあれば報告してくれるとは思うのだが、ここ最近愛実からそんな話は聞いたことがない。もしかすると、結月の知らない所で、煙草を吸う彼氏でもできたのだろうか。

「……でも、なんで？」

その煙草の種類に、何か気になることがあるのか。

千尋は椅子の背もたれに体を預け、数秒思案して口を開いた。

「赤のマルボロは、においがきつい部類の煙草だ。メンソール系ならともかく、喫煙初心者の女子高生が選ぶには少しハードルが高い」

さらりと告げられた説明に、結月は納得しつつも首を傾げる。確か千尋とは同い年のはずだ。ということは、彼も未成年であり、喫煙は禁じられているはずなのだが、なぜこんなに煙草事情に詳しいのだろう。

「それにコンビニにはマルボロの他にも、メビウスやセブンスターなどの日本の煙草もあれば、女性受けするパッケージのピアニッシモなどもある」

その説明に、隆平が反応した。

「あ、ピアニッシモ知ってる。あれかわいいよな、桃のにおいするし」

「なんで隆平くんがそんなこと知ってんの？」

結月が冷静に突っ込むと、隆平からはさらに平然と答えが返ってきた。

「この前合コンした女が吸ってた。クリーンセンター勤務の二十九歳」

この男は本当に、ある意味期待を裏切らない。

これだけ遊びまわっていることを、神門の大人たちは把握しているのだろうか。

「まさか、千尋くんが煙草の種類に詳しいのも……」

恐る恐る目をやると、跳ね返されそうな強い眼光で見返された。

「オレをこのチャラ男と一緒にするな。煙草のにおいは、以前興味があって調べたことがある。その時に種類もだいたい覚えた」

結月の疑惑を一蹴して、千尋は腕を組んだ。

「それにしても、ちょっと不自然だと思わないか？」

「え？」

意味が呑み込めない結月に、千尋はさらに続ける。

「その煙草は本当に、彼女のものだったのか？」

結月は愕然として千尋を見返した。

「どういうこと……？」

あの煙草は自分のものだと、確かに本人から申告を受けている。手に入れてしまった事情も経路も、すべて聞いたはずだ。

「……まぁ言われてみればそうだよなぁ。一週間前に出来心で買ったのに、デコレーションしたシガレットケースまで用意してるなんて、準備良すぎっていうか」

レモネードを飲みながら、隆平が頬杖をついて天井を仰いだ。

その言葉を受けて、結月は思い出すように視線を動かした。

「……そういえばあのシガレットケース、たぶん自分でデコレーションしたんだと思うの。手作りっぽかったし。確かに準備良すぎって言われると、そんな気も……」

出来心で購入した煙草に、わざわざケースまで用意するだろうか。それこそその辺のポーチにでも入れてしまえば済む話だ。

「それに喫煙の現場を見られたわけじゃない。あくまでも煙草の所持が見つかっただけだ。今あるのはその状況証拠だけで、彼女が喫煙しているという事実は、本人の申告以外誰も確認していないんだ」

千尋が冷静に整理する事実に、結月は真剣に聞き入る。集中すればするほど、千尋から漂ってくる森の香りが濃くなるような気がした。

「仮にその煙草が彼女のものでないとしたら、誰かにそれを持たされていたり、持たざるをえない状況だったたり、考えられる可能性はいくつかある」

「そんな……」

冷静な双眼が告げる言葉に、結月は思わず息を呑んだ。まさか、そのような事態の可能性があるなど。

「……なんかさぁ、ヤバいことに巻き込まれてるんじゃね？」

さすがに心配の色を見せる隆平に、結月は困惑したまま手元に視線を落とす。

「でも、そんな様子じゃなかったんだけどな……。部屋に行った時も元気だったし、よく笑ってたし、あんまり落ち込んでるっていう感じもなくて……」

「ちなみに、その愛実の部屋から煙草のにおいはしたのか？」

千尋に問われ、結月は改めてあの日のことを思い返す。部屋に漂っていたのは、ラベンダーやローズの甘い花の香り。ポプリやルームフレグランスが主張する、女の子らしい部屋のにおい。

「……ううん、煙草のにおいはしなかった」

そう答え、結月はふと帰り際に漂った涼やかな甘い香りを思い出した。

「……でもそういえば、あの香りなんだったんだろう。あの子のパーカーから香ってた、花みたいな、夏の夜みたいな香り」

「夏の夜？」

怪訝に訊き返す隆平の向こうで、千尋がふと思案するように視線を逸らしたが、結局そのことには触れず、再び組み立て途中の小田原城に目をやった。

「まぁ、ただの可能性の話だ。どうせ本人に訊いたって、その様子だと口を割らないだろう」

その言い方に、急に突き放された気がして、結月は思わず身を乗り出す。

「ここまで言っといて可能性の話で終わらせないでよ！　ねぇ、愛実はどんな悪い奴に絡まれてるの!?　そういうの推理するの得意でしょ!?」

「オレには関係ない」

言うだけ言って急に興味が削がれたように、千尋はまた城を組み立て始める。その素っ気ない様子に、結月は思わず立ち上がった。

「なんなのそれ！　一人の女子高生が悪の道に堕ちるかどうかの瀬戸際《せとぎわ》なんだよ!?ちょっとくらい一緒に考えてくれてもいいじゃん！」

「なんでオレが？」

「さっきまで饒舌にしゃべってたくせにー！」

「気が向いただけだ」

「じゃあもう一回向けてよ！」

「結月ちゃん、千尋に慈悲とか情とか求めても無駄だから」

千尋に噛みつく勢いで唸っている結月に、隆平がなだめるように言う。わかってはいるが、さっきまで目の前で見せられていた美味しいおやつを突然隠されてしまったような、この落差がもどかしい。

「そんなに気になるんなら、自分で調べてみればいい」

熱くなる結月をよそに、相変わらずの涼しい顔で千尋は告げる。

「大事な妹分なんだろう？」


「なんか、嵌《は》められた気がする……」

その日、千尋にのせられるまま、隆平とともに清河女学院を訪れた結月は、校門から少し離れた場所に張り込んで、愛実と同学年の生徒を捕まえ話を聞いていた。しかしそんな努力とは裏腹に、今のところこれといって有力な情報は得られていない。

「千尋くん、私たちがうるさいから追い出したかっただけなんじゃないかな？」

コンビニで買ったスポーツドリンクで水分補給しながら、結月はぼやいた。きっと今頃、千尋はあのクーラーの利いた部屋で、一人悠々と小田原城を完成させているのだろう。かたやこちらは、蒸し暑い中地道に愛実の同級生から話を聞くという、苦行にも似た状況だ。

「まぁどっちでもいいんじゃね？　結局手がかりを得るためなんだと思えばさ」

結月ちゃんに協力するよ！　と、いかにも親切な感じで強引について来た隆平は、愛実と同じ学年を表す紺色のボウタイをつけた二人組を見つけて、また軽やかな足取りで近づいていく。初対面の女の子に声をかけて、ものの数秒で談笑まで持って行ってしまう彼の才能にはただただ感心するばかりだが、先ほどから連絡先の交換ばかりしているのは気のせいだろうか。

「あの、すいません」

不意に声をかけられ、結月は慌てて振り返る。女子高生に声をかける中、まさかこっちが声をかけられる側になるなど思ってもみなかった。

「さっき友達から、ここで木下さんのこと訊いてる人がいるって聞いて……。失礼ですけど、どういった関係の方ですか……？」

学校指定のカバンを提げ、紺色のボウタイをつけた女子生徒が三人、不審そうに結月を見つめていた。

「ち、違う、違うの！　私は全然怪しい人とかじゃなくてっ！　愛実とは家が近所で、あの子が小学生の時からの友達なの！」

ここで教師を呼ばれたりすれば面倒臭いことになる。結月は自分に落ちつけと言い聞かせながら言葉を選ぶ。加勢を頼みたい肝心の隆平は、まだ女子高生と楽しそうに話し込んでいた。

「愛実が煙草で停学なんて信じられなくて、今ちょっと調べてるの。それで、……あなたたちは？」

結月の問いかけに、三人は少し迷うように顔を見合わせた。

「……クラスメイトです」

中央に立つ眼鏡の女子生徒が、先ほどから率先して口を開いている。学級委員か何かだろうか。まだ若干不審感はあるものの、先ほどよりも少しその目が柔和になったような気がした。

「……そっか。仲良くしてくれてるんだね、ありがとう」

彼女が持つカバンに付けたキーホルダーに、四人で仲良く写っているプリクラを見つけて、結月は微笑んだ。

「あの、愛実ちゃん、どうしてるか知ってますか？　ラブティに書き込んでも、なかなか返事がなくて……」

右側に立っていたボブカットの女子生徒が、遠慮がちに尋ねる。確かラブティとは、チャットや無料音声通話のできるアプリケーションだったはずだ。しかし結月自身がそのあたりに疎いため、まだ手を出したことはない。

「昨日の夜会ったけど、元気にしてるよ。本人も反省してるし、また仲良くしてあげてね」

愛実のことを案じてくれるクラスメイトの想いが、単純に嬉しかった。結月がそう伝えると、三人はようやく安心したように笑顔を見せる。

「あ、ねぇ、ところでその愛実なんだけど、ここ最近変わった様子なかった？」

先ほどから何人かに同じ質問をしたのだが、愛実自身があまり目立つタイプの生徒ではないこともあり、どうも要領を得ない答えばかりが返ってきている。

「特に変わった様子は……なかったと思いますけど……」

眼鏡の女子生徒が、両脇の二人に確認するように目をやる。

「私たちもびっくりしたんです。まさか愛実ちゃんが煙草なんて。それに、持ち物検査があるのは知ってたはずなのに……」

ボブカットの女子生徒の言葉に、結月は目を瞠った。

「え、あの日持ち物検査があるってこと、みんな知ってたの？」

「はい。先生たちは秘密にしてるんですけど、だいたいそういうのって先輩から連絡が回ってきて……。あの日も、朝のうちに情報がまわってきたから、みんな漫画とか、見つかったらいけないものを倉庫に隠したりしてたんです。愛実ちゃんも知ってたはずなんですけど……」

眼鏡の生徒がそう言い、三人は目を合わせると、ね？　と同意しあう。

「ということは、愛実はわざと隠さなかったってこと……？」

一体そこにどんな意図があったのだろう。持ち物検査の実施を知りながら、見つかればただでは済まない物を、カバンの中に入れっぱなしにしておくなど。それとも単に、忘れてしまっていたのだろうか。

「あの、それから……」

左端にいた一番背の低い女子生徒が、おずおずと口を開いた。

「二週間くらい前の木曜日、木屋川の近くで愛実ちゃんを見かけました。夜の、七時過ぎだったと思います。私は百貨店で、お母さんに頼まれたものを買って帰る途中だったんですけど……」

「木屋川の近くで……？」

結月は慎重に問い返す。あの歓楽街の辺りに、愛実が立ち寄りそうな場所などあっただろうか。

「はい。レッスンバッグを持ってたから、ピアノ教室の帰りだと思います。でも、ピアノ教室は学校の近くだから、あの辺じゃないはずなんですけど……。それで次の日愛実ちゃんに確認したら、それ私じゃないよって言われちゃって……」

愛実が持っているピアノのレッスンバッグは、結月も見たことがある。黒地に鍵盤の模様が付いていて、わりと遠くからでも目立つ物だ。

「でも、確かに愛実ちゃんだったと思うんです……。バッグも見たことがあったし」

女子生徒は小さい声ながらも、はっきりと口にする。毎日教室で見かけているクラスメイトだ。街で見かけてもそうそう間違うことはない。だからこそこの女子生徒も、確かに愛実だったという確信があるのだろう。

「結月ちゃん、どうしたの？」

三人と話している結月に気付いて、隆平が隣に並んだ。その途端、三人の女子高生が呆けたようにして隆平に目を奪われる。

「今ね、愛実のクラスメイトっていう子たちから話を聞いてて」

「あ、そうなんだ」

振り向いた隆平の甘い視線に捕えられ、三人の女子生徒は頬を赤らめて硬直した。

「あ、あの、わ、私たち、これで、し、失礼します！」

「えっ、待って！　もうちょっと詳しく話っ……！」

そう叫んだ結月の声はすでに届かず、三人は緊張から逃げ出すようにして、きゃあきゃあと騒ぎながら脱兎のように駆け出していく。そしてあっという間に角を曲がって見えなくなってしまった。

「……オレ、何かした？」

残された隆平が、半ば呆然と三人の走り去った方向を見やる。

「……してない、けど……」

結月は苦い顔で隆平を振り返る。清河女学院に通う生徒の中には、中学から女子校だったという者も珍しくなく、男子にあまり免疫のない生徒もいるのだということを忘れていた。そこへ、アイドルも裸足《はだし》で逃げ出すような容姿の隆平を連れて来たことが間違いだったか。

「もう隆平くん今度からさぁ」

深々と息を吐きながら、結月は口にする。

「女の子と話す時は、違う顔で来てくれる？」

「違う顔!?」

問い返しながら、腑に落ちないような様子で、隆平は自分の頬のあたりを触った。

「持ち物検査があるってわかってて、煙草をカバンに入れっぱなしにしておくって、どういう心境だろうな？　逆に見つけて欲しかったたってことか？」

時刻は午後五時をまわり、六時からバイトが入っている結月に合わせて歓楽街へ移動し、店のある木屋川沿いの道を歩きながら、隆平が首を捻る。

「やっぱそうなのかな？　煙草を見つけてもらうっていうのが、あの子なりのＳＯＳサインだったたってこと？」

「今んとこそれ以外考えられなくね？　煙草に手を出してしまった馬鹿な自分を止めてほしかったのか、それとも誰かに強要されてる自分に気付いてほしかったのか、それともっと他の理由なのかは、わかんねぇけど」

そうだよねぇ、と半ば唸るようにして、結月は頷く。

夕方の歓楽街に人は多く、様々な飲食店に灯りがともり始めていた。

「それに、その木屋川近くで目撃されてるっていうのも怪しいよな。まだ七時過ぎだったんだろ？　別に高校生がうろついてておかしな時間じゃねぇし、本当に本人でも、そうだよって言えばいい話じゃん。レッスンバッグまで確認してるのに、別人ってことはないと思うぜ？」

「……知られたらまずい何かが、あったってことかな？」

一体愛実は、その日あの場所で何をしていたのだろう。調べれば調べるほど、謎が深まっていくように感じる。

「まぁ、親が知ってる一面が、子どものすべてじゃねぇからなぁ」

なんだかしみじみと言って、隆平はポケットの中で震えていた携帯を取り出した。どうやらメールだったらしく、慣れた手つきで返信の文面を作る。

「で、隆平くんの方の収穫は？」

尋ねると、携帯から目をあげた隆平が、さらりと答える。

「オレ？　オレは、五人から電話番号聞けた」

「……そんな収穫なんか聞いてないし、頼んでないんだけど……」

「つーかさ、やっぱ清河女学院レベル高いわ。かわいい子いっぱいいた。まぁみんな、結月ちゃんには敵わないけどね」

爽やかな笑顔を向けてくる隆平に、結月は深々とため息をついた。この男に情報収集など望んだのがそもそもの間違いだったのか。

「サロンカフェ・グレースです！　只今《ただいま》オープン一周年記念で、コーヒーの無料券をお配りしております！」

結月たちの進行方向で、白いシャツと黒のパンツという制服に身を包んだ何人かの女性たちが、道行く人々にチラシを配っている。その中の一人に目を留め、隆平は結月を手招きしつつ、髪を編み込んでアップにした一人の女性に、迷いなく歩み寄った。

「松本紗英《まつもとさえ》」

隆平にフルネームで呼ばれ、一瞬凍りついたように動きを止めた女性が、恐る恐る振り返る。そしてその先に隆平の姿を見つけ、安堵《あんど》するようにして息をついた。ファンデーションやマスカラなどをしっかり塗って化粧をしているが、近くで見ると、その顔はまだあどけなさが残っている。

「びっくりさせないでよ……。先生かと思うじゃん」

その反応に、隆平が得意げに笑った。どうやら以前言っていた、カフェでバイトをしている同級生のようだ。まさかこの流れでナンパかと思っていた結月も、ようやく胸をなでおろす。そして同時に、彼女から漂う香りに思わず顎をあげた。以前隆平が借りたというラッシュブリーズではなく、それよりももっとバニラ系の甘さがある。

「今日は何？　無料券なら何枚かあげたでしょ？」

他のバイトたちを気にしつつ、紗英は小声でそう言って、ふと隆平の隣にいる結月に目を留めた。

「え……もしかして彼女さん？」

「違うよ。ただの知り合い」

なんだか言われそうな予感はしていた。

間髪入れず否定した結月に、隆平が渋い顔をする。

「そんなきっぱり否定されると傷つくんですけど」

「事実じゃないことを肯定できないでしょ？」

にっこり笑ってダメ押しをしてやると、隆平はいじけるように舌打ちをする。そのやり取りを見て、紗英は少し毒気を抜かれたように息をついた。

「市内のほとんどの高校に女のネットワークを持ってる遠矢隆平が、ついに落ち着いたかと思ったら、そうじゃなかったんだ？」

「オレは人生を謳歌《おうか》してるだけですー」

「あーはいはい、人生お楽しみになっているようで、よろしゅうございますねー」

同級生にここまで言われるとは、隆平の遊び人ぶりは高校内でさぞかし知れ渡っているのだろう。結月は苦い目で隆平を見やる。神門の将来を期待されながら、末恐ろしい男だ。

「……あの、初対面でこんなこと訊くの失礼かもしれないけど」

そう言い置いて、結月は先ほどから気になっていることを口にする。

「何か香水つけてる？　さっきからすごくいいにおいがするの」

紗英が動くたびに鼻に触れる香りに、結月は首を傾げる。においが気になってしまうのは、もう宿命なのだろうか。

「あ、わかります？」

隆平にしかめ面を向けていた紗英が、ぱっと顔を輝かせて結月を振り返った。

「香水つけてるんです。学校とプライベートの区切りっていうか、なんか香水って大人っぽいじゃないですか？　もちろんバイトには支障がない程度ですけど」

どこか照れるように、紗英は笑う。

「アナスイのスイドリームス。ずっと欲しくて、バイト代で買っちゃいました」

香水というのは、ブランド物のバッグほど高いわけでもなく、女の子にとって一番手っ取り早い大人への階段なのかもしれない。そんなことを思って、結月はその思考がまた自分の元へ返ってくるのを感じた。そうだ、その大人への階段を上ろうとしてみたものの、結局上りきれなかった大学生がここにいる。多くの香水の中から、皆どうやって自分の香りを見つけているのだろう。香りなど、服や靴を選ぶように、もっと気軽に選べるものだと思っていた。それとも自分のこだわりが強すぎるのだろうか。

「いいなぁ、私も香水探してるんだけど……」

言いかけて、結月ははっと口をつぐんだ。

「え、結月ちゃん香水探してんの？」

案の定、隆平が首を突っ込んでくる。余計なことを聞かれてしまった。千尋に面白おかしく報告される前に、きちんと口止めをしておかなければ。

「さ、探してるっていうか、いいにおいがあれば？　買おうかなみたいな？　そんな本気なわけじゃないけど、千尋くんに知られたら絶対馬鹿にされるから黙ってて！」

「お、おう」

結月の迫力に気圧されるように、隆平は頷く。千尋のあのブリザードの眼光は彼もよくわかっている。むやみにばらしたりはしないと信じたい。

「それで、何か用だったの？　私そろそろ店に戻るけど？」

腕時計で時間を気にしながら、紗英が尋ねる。隆平は気を取り直すようにして彼女を振り返った。

「紗英さぁ、よくこの辺でチラシ配ってんだろ？　ここ最近、清河女学院の子って見かけなかった？」

おもむろに切り出した隆平に、結月は少し驚いて目をやる。何となくこの道を選んで歩いていただけかと思ったが、もしかして同級生にこれを訊くためにここへ向かっていたのだろうか。

「清女？　あんなお嬢様学校の子、こんなとこで滅多に見ないわよ。あんたまさか、またネットワーク増やそうとしてんの？」

「ネットワークならもう増やしたから、心配無用」

間髪入れない隆平の返答に、紗英が呆れたように渋面を作る。

「あ、あのね、捜してる清河女学院の子って、私の友達なの。この辺で見かけたっていう話があったから、その裏付けっていうか……」

慌てて割って入った結月に、紗英は納得したように頷いた。

「でも言われてみれば、……先月何回か見かけたかも」

思い出すようにして腕を組む紗英に、結月と隆平は思わず目を合わせる。

「確か七時くらいだったかなぁ。その時間、この辺を制服で堂々と歩いてる子って少ないから、目に留まったんだと思うけど……。そうそう、ピアノの鍵盤の模様のバッグ持ってて……」

その言葉に、結月は思わず身を乗り出した。

「その子！　その子だと思う！」

紗英からもこの証言が出るということは、やはりあの同級生の話は本当で、愛実は確かにここへ来ていたということだ。

「どこに行ったとか、どの店に入ったとかわかんない？」

「そこまでは……。私もバイト中だったし」

ごめんなさい、と口にする紗英に、結月は慌てて、気にしないでと伝えた。愛実が確かにここへ来ていたらしいという情報がもらえただけでも、充分ありがたい。

「お、何か綺麗なおねーさんたちがいっぱい出てきたけど、あれ何？」

結月と紗英が話し込んでいる間に、周囲に目をやっていた隆平が若干嬉々とした声色で口にする。彼が指し示す方向に目をやると、道路を一本挟んだ向かいに、スナックやバーなどが入った、黒っぽいビルがあった。その前で、脚を太もものあたりから大胆に露出するコスチュームを着た女性たちが、今からビラ配りを始めるらしく店から段ボールなどを運び出している。

「ああ、あそこ地下にガールズバーがあるの。高校生は雇わないってなってるけど、友達の話によると、現役高校生が何人か潜り込んでるみたい。制服も際どいし、お酒飲んだり煙草吸ったりもしてるらしくて、ヤバいって噂だよ」

声をひそめる紗英の言葉を聞きながら、結月は妙な不安が胸を走るのを感じていた。もしかして愛実も、そういうところに出入りしてはいないだろうか。

「そんなところこそ、教師が来たら一巻の終わりじゃん」

「私もさすがに、いくら時給が良くてもあそこまでしようとは思わないなぁ」

そんな会話の後、紗英は店への帰り支度を始める他のバイトに呼ばれ、またね、と手を振ってその場を離れて行った。彼女が立ち去った後に、甘いバニラの香りが残る。

「じゃあ結月ちゃん、悪いけどオレもちょっと行くとこできたから、ここで」

チラシを配り始めるガールズバーの店員たちを、複雑な思いで眺めていた結月に、隆平がそう言ってまた携帯を覗き込む。

「あ、うん。今日はありがとね」

まさかここで紗英の証言を聞けるとは思っていなかった。礼を言って別れようとして、結月はふと興味本位で尋ねてみる。

「ちなみに、行くとこってどこ？」

デートか合コンか。いずれにせよ女絡みであると踏んだ結月に、隆平はさらりと口にした。

「アラサー女子会にゲストで呼ばれた」

「ゲスト⁉」

「ほら、前言ってたピアニッシモの」

「クリーンセンター勤務の二十九歳⁉」

「そうそう」

もしかしてさっきのメールは、そのお誘いだったのだろうか。呆気にとられている結月を置いて、隆平は、じゃあなとあっさりと手を振り、路地の奥へと消えていく。

「……アラサー女子会にゲストで呼ばれる高校生って……」

隆平の人脈は底知れない。一人ぼやいて、結月はバイト先に向かって歩き始めた。

バイト先でいつも通りの働きを終え、夜十時過ぎに店を出た結月は、未だ賑わいのある表通りの混雑を避けて駅へと向かった。歓楽街の中心部から一本逸れた道に入ると、ちょうど店やビルの裏口に面した路地があるのだが、ここを好んで通る人間は少なく、人がいない分歩きやすい。この界隈で働く者だからこそ知っている道でもあり、結月はそこを慣れた足取りで進んだ。

ビルの谷間にゴウゴウと音を立てる換気扇からの排気は、喉に張り付くような古い油のにおいが混じる。バイト先の店でも揚げ物に油を使用するが、新しい油だとそれほどにおいを感じないのだが、古くなるほど鼻につくようになるのはなぜだろうか。

　無造作に積まれた段ボールと、空の酒瓶。水色のポリバケツを介してなお鼻をつく、生ごみの発酵するにおい。決して気持ちのいいにおいで構成されているわけではないそこを、足早に通り抜けようとした結月は、あるビルの裏口にあたる狭い通路で、先ほど見かけたガールズバーの制服を着た女性が二人、煙草を片手に話し込んでいるのに気付いた。

「連勤続きで閉店までは無理って言ってんのに、マジあの店長頭おかしい」

　休憩場所になっているのか、二人の足元には薄汚れた小さな灰皿がある。傷んだ茶髪を掻きあげて、紫煙を吐き出しながら一人がそう口にした。

「人足りないからって、関係ねぇし。普通こういう店って土日祝定休なのに、稼ぎたいからって無休にするからだよ。あんたどうすんの？　今日ラストまで入るの？」

　茶髪の彼女に問われ、黒髪の店員が少し間を置いて頷いた。

「……うん、入るよ」

　そう短く答えた彼女の表情は、結月の角度からはよく見えない。

「そっか、……あんたお金いるっつってたもんね」

二人に近づくにつれ、結月の鼻には茶髪の彼女が付けているらしい香水の香りが鼻に届いた。強烈に粉っぽいムスク。それに苦い煙草のにおいが混じる様は、まさにこの歓楽街にふさわしいような気もする。

「……はやくお金貯めて、あの家出たいの」

黒髪の女が、紫煙を吐き出す合間につぶやくように口にする。まさに枯葉が焼けるような臭みのある煙草のにおいは、マルボロだろうか。

「はやく、大人になりたい……」

二人の傍を通り過ぎた瞬間、そのつぶやきが耳に届くと同時に、結月の鼻が別の香りをとらえた。裏通りの混沌としたにおいのなかで、花ともフルーツともつかないほのかに甘い香り。そして油のような、蠟燭《ろうそく》を吹き消した後のにおいにも似た、気持ちがいいとは言い難い不思議なにおい。

「大人になったら、もっと自由に生きられるのに」

どこか思考に沈むような声色で言うと、彼女は通路の片隅にある灰皿で煙草を揉《も》み消し、同僚と一緒にビルの中へ姿を消した。その場を通り過ぎ、表通りへと出てきたところで、結月はようやく足を止めて後ろを振り返る。

「あの子……」

自身が傷ついたわけではないのに、なぜか眉間に力が入る。

鼻をかすめた香りは間違いなく、あの日出会った女子高生のものだった。

「……何か事情があるんだろうけど……」

つぶやいて、結月はひとつため息をつき、歩き出す。こういう時、赤の他人である自分はどうすればいいのかわからない。学校に言うことも、彼女に忠告することも、違う気がする。

「大人ってなんだろう……」

彼女にどんな事情があるのかはわからない。だが、大人になれば自由に生きられるという発想は、子どもである今が、彼女にとってとても生き辛いということだろう。

紫煙のにおいの中で、彼女から香るかすかな花のような香りは、まるで純粋な心が救いを求めているようにも思えた。

気分が晴れないまま、のそのそと駅に向かって歩いていた結月は、ため息とともに角を曲がった瞬間、その気だるさを吹き飛ばすような涼風に足を止める。

「え」

実際に冷たい風を受けたわけではない。だが、そう感じさせる何かが、結月の足を止めさせた。そして瞬きをすると同時に吸い込んだ空気の中に、かすかに混じる涼やかな香り。タイ料理の香辛料、通り過ぎる誰かの紫煙、定食屋の油、道路からの排気ガス。そんなものに混じって、確かにその存在を主張する、さらりと甘い香り。

「これ……愛実の家で感じた香りだ」

パーカーを羽織った愛実が横切った瞬間、夏の夜を連想させた、あのかすかな香り。それと同じものが、今この歓楽街の真ん中で結月の鼻をくすぐっていた。

「何の香りだろう。花？　香水とかじゃない気がする……」

結月は口を尖らせたまま顎をあげて、より丁寧に香りを嗅ぎ取る。歓楽街の雑多な空気の中に一本の絹糸が通るような、そんな繊細な感覚だった。アイスベリーのようにしつこくなく、紗英の香水のようにかわいらしいわけでもなく、茶髪の店員から香っていたムスクのように官能的でもない。ただどこか、懐かしい想いに囚われる。

歩道の上でぐるぐると歩き回った結月は、数メートル先にあるラーメン屋の角でようやくそれを見つけた。

「これだ！」

お世辞にも美しいとは言えない外観のラーメン屋の脇で、アスファルトのほんのわずかなヒビの隙間に根をおろし、結月の膝下くらいの高さまでひょろりと伸びた茎に、鮮やかな緑色の葉が茂っている。そしてそこに、夜に映える青みがかったピンク色の花が、いくつか姿を見せていた。

「……オシロイバナ」

花の前にしゃがみ込んで、結月はその薄い花弁に触れる。まだ咲き始めて間もない、若い株のようだ。

「こんなとこに咲いてたんだ……」

オシロイバナは、決して珍しい花ではない。学校や幼稚園に生えていることもあれば、あぜ道などにもその姿をよく見かける。子どもの頃は誰しも、多かれ少なかれこの花に触れただろう。だからこそ自分も、この香りにどこか懐かしさを覚えたのだ。

「でもなんで、この香りを愛実の服から感じたんだろう」

単純に考えれば、愛実がオシロイバナが咲いているところに行ったからということなのだろうが、オシロイバナが咲いているところなど、何か所でもある。

結月はため息をついた。何か手がかりになるかと思ったが、これが世界に一輪しかない花の香りならばともかく、よく見かけるオシロイバナでは、絞り込むのにも無理がある上、愛実が煙草を持っていることと関係しているかどうかもわからない。

「……帰ろ」

もう一度小さく息をつき、結月は再び歩き出した。

四

「鈴原杏奈《すずはらあんな》。隣のクラスの奴なんだけど」

四限終わりの今日は、朝から雨が降りそうで降らない微妙な天気が続いていて、小屋の中ではエアコンが除湿を命じられて稼働している。室内のガラス戸付の棚に保管されている香料は湿気を嫌うものが多いらしく、その辺は千尋も慎重になっているようだった。

「結月ちゃんが見かけた、そのガールズバーで働いてるのって、どうもそいつじゃないかっていう噂なんだよね。あくまで噂だけど」

その人脈で得てきた情報なのか、隆平が渋い顔で作業台に頬杖をつく。

「両親が離婚して母親と二人で暮らしてるらしいんだけど、金銭面でいろいろ大変で、バイトに出てるっていう話。オレも親しくねぇから、学校で見かけたことあるくらいの感じなんだけど、正直そんなとこでバイトしてるようには見えねぇんだよな。特に派手ってわけでもないし」

その話を、結月は複雑な思いで聞いた。昨日バイト終わりに耳に入ってきたことと、どうやら一致しそうだ。

「……そっか。あの子がつけてる香りが印象的だったから、私もよく覚えてたの。昨日すれ違った時に、前見かけた仙風館高校の子と同じ香りがしたから、同一人物だって気付いたんだけど……」

しかし、聞いてしまった話の内容のこともあって、どうにも後味が悪い。

「あんまり目立つタイプじゃねぇし、友達もそんなにいないみてぇだし、たぶん学校とかにも相談してねぇんだろうな。……まぁ、言いにくいしな、家庭の事情なんて」

隆平の言葉を聞きながら、結月は冷蔵庫から取り出したアイスコーヒーをグラスに注いだ。確かにそんな事情なら、あまり外に話したがらないというのもわかる。

「印象的な香りって、何だったんだ？」

雑誌を読んでいた千尋が、ふと顔をあげる。やはり香りのこととなると気になるのだろうか。

「ええとね、なんか花というかフルーツというか、そういう甘い香りも確かにするんだけど、それと一緒に、なんというか……あんまり気持ちよくないにおいが……」

あの時の感覚を思い出して、結月は目を閉じる。喉の粘膜に張り付くような、独特の臭気。それがわかりやすい記憶と一致して、結月は目を開ける。

「そうそう、飲食店に入った時に感じる油みたいなにおい？」

その表現に、隆平が顔をしかめる。

「なんだよそれ。そんなにおいのする女子高生に会ったことねぇんだけど」

「だって本当にそんなにおいだったんだもん」

結月は半ばムキになって言い返す。においの感覚には自信があるのだ。

「……油、か」

ふと口にして、千尋は思案するように小首を傾げる。

「油は、空気に触れているうちに酸化する。普通キャリアオイルには酸化しにくい物を選ぶが、それだって永遠に劣化しないわけじゃない。年数がたっていたり、使用環境によっては、秋山が感じるレベルでにおいの変化が起こることは充分考えられる」

千尋は雑誌に目を戻して、ページをめくる。

「ボディクリームやハンドクリーム、その他保湿などのために油分を含んだもので、なおかつやや劣化した物を彼女が身につけていたとしたら、秋山がそう感じたのも頷ける。つけている本人は、劣化していることには気づいていないだろうがな」

「そう、なんだ……」

自分で言っておいて何だが、そんな種明かしがあると思わず、結月は呆けたように感心した。

「ただ、この蒸し暑い季節に、そういうクリーム類をつけているかは疑問だが」

そう付け足して、千尋は再び結月に目をやる。

「ところで、あの煙草の件はどうなったんだ？」

なんならもっと調査に出て、ここには戻って来なくてもいいのだが、とでも言いたげな目で捉えられ、結月は複雑な思いで短く唸った。やはり昨日のあれは、うまいこと言いくるめて、自分と隆平をこの小屋から追い出す作戦だったのか。

「……実は、まだよくわからなくて。愛実の同級生から、持ち物検査があることを知ってて、愛実はわざと隠さなかったようだってことと、木屋川近くで同級生に目撃されたのに、自分じゃないって否定したことくらいしかわからなかったの」

結月は、人数分のアイスコーヒーを作業台へと運ぶ。

「ちなみにオレの同級生も、歓楽街で愛実ちゃんらしき生徒を見かけてた」

アイスコーヒーを受け取った隆平が、早速口をつける。

「あ、あとね、オシロイバナ」

椅子に腰かけながら、結月は昨夜の香りを思い出した。

「愛実のパーカーから感じたにおいの正体、オシロイバナだったの。昨日、バイトから帰る時に見かけて確認したから、間違いないと思う」

「オシロイバナ……」

千尋が思案するようにつぶやいた。

「じゃあ愛実ちゃんは、オシロイバナの咲く場所に行ってたってこと？　それって範囲広過ぎねぇ？　うちの近くの土手にも咲いてるけど？」

隆平が作業台に頬杖をつく。その言葉に同意するように、結月は息をついた。

「そうなんだよねぇ。私もいい手がかりになるかなと思ったけど、それがわかったところで結局どうにもならないっていうか」

「そうでもない」

結月の言葉を遮るように、千尋が口を開く。

「秋山が聞いた香りが確かなら、彼女がオシロイバナの咲く場所に行っていたことは間違いない。だがそれは昼間じゃなく、夕方か夜になってからだ」

「夜……？」

それは一体どういうことだろう。なぜ夜だと断言できるのか。

「でも、何のためにわざわざ夜に出歩くんだよ？」

首を捻る隆平に、千尋は双眼を向けた。

「夜にしか出会えない何かのために、外に出ていたと考えるのが妥当だろう」

　夜にしか出会えない何か。

　その言葉に、結月は軽く鳥肌が走るのを感じる。

「それって……何？」

　一体愛実は、何のために夜外に出たというのだろう。

　尋ねる結月に、千尋は軽く息をついた。

「人に訊く前に、自分でも少し考えてみたらどうだ？」

　呆れるように目をやって、千尋は続ける。

「例えば、歓楽街にいたことを否定したのは、単純に考えてそこにいたことを知られたくなかったからだ。だが、何のためにそこまでして隠す必要があると思う？」

　逆に千尋から問われ、結月は、ええと、と考え込んだ。

「ピ、ピアノをサボったのがばれるとか、もしくはピアノの帰りに寄り道してるのがばれるとか？」

「そんなことは同級生に隠さなきゃいけないことか？　別に親に目撃されてるわけじゃないんだ」

「……あ、そっか……」

　確かに千尋の言うとおりだ。一緒に撮ったプリクラをカバンに付けていてくれたり、停学になった愛実を心配してくれるような友人だ。例え口裏を合わせてくれと愛実に頼まれたとしても、快く引き受けるだろう。

「ただ、口裏合わせを頼めば、絶対に本当の理由を訊かれる。愛実が怖かったのはそれだ。だからいっそ、いなかったことにしたんだ」

　そこまでして、愛実が隠そうとしたことは何だろうか。結月は手元へと目を落とす。自分にも親にも友人にも打ち明けず、彼女は何をその胸に抱えているのか。

「夜にオシロイバナのある場所へ出歩いたことと、歓楽街に行った理由は、何か関係があんの？」

　頬杖をついたまま、隆平が尋ねる。あの歓楽街に、香りが移るほどオシロイバナが生い茂っている場所はないはずだ。

「おそらくな」

　そう千尋が答えた瞬間、作業台の上に置いていた結月の携帯が着信を知らせた。

　一瞬息を呑むほど驚いた結月は、液晶の表示を確認して、ふと顔を曇らせる。

「……もしもし？」

　通話ボタンを押して電話に出ると、聴き慣れた声が受話口から響いた。

「あ、結月ちゃん、今おうち？」

電話をかけてきたのは、愛実の母親だった。携帯番号やアドレスは教えてあるので、かけてくること自体に何も不思議はないのだが。

「あ、いえ、まだ大学ですけど……どうしたんですか？」

千尋と隆平には愛実の母親だと身振りで知らせつつ、なんだか嫌な予感がして、結月は尋ねる。

「ああ、そう、そうよね……、まだ四時だものね……」

何か動揺しているらしい母親は、ごまかすように乾いた笑い声を漏らした。

「実は、さっき愛実と喧嘩して……。あの子、怒って出て行っちゃったのよ」

「喧嘩？」

「でもまたすぐに帰ってくるかもしれないし……。なんだかごめんね、私もちょっと動揺してたわ」

夕方四時。まだ高校生が外にいようがまったく問題のない時間帯だ。それなのにここまで心配してかけてくるとは、何かよっぽどのことがあったのだろうか。

「喧嘩って、何があったんですか？」

尋ねた結月に、母親は少し逡巡しながら口を開いた。

「実はね……、あのシガレットケースあったでしょう？　あれ、あの子が返してほしいっていうから、中身の煙草は捨てるっていう条件で、愛実に返してたのよ。でも、私やっぱりあのケースを見てるのが嫌でね……。ほら、どうしても今回のこと思い出すじゃない？」

この母親の過保護ぶりは、当事者である愛実も苦笑するほど認めている。愛情があるがゆえなのだが、そろそろもう少し距離をとってもいいのでは？　と、結月ですら思う時がある。

「それで、今日はちょうど燃えないゴミの日だったし、あの子が寝てる間にゴミに出しちゃったのよ」

「ゴミに？」

問い返す結月の言葉に反応して、千尋が顔を上げる。

「ええ、……私もなんだかカッとなったっていうか、本当に衝動的な感じで……。あれがあるだけで、愛実が汚されてるような気分になっちゃって……」

だがそれを聞かされた愛実は、今までに見たことがないほど激怒したのだという。

「確かに黙って捨てた私が悪いわ。でもあそこまで怒らなくてもいいと思わない？」

結月は電話の向こうに聞こえぬよう息をついて、こちらに来たら連絡しますと伝えて通話を切った。

「なんか過干渉な母親だな。子どもの物とはいえ、勝手に捨てるってありえねぇ」

結月から話の一部を補てんして聞いた隆平が、顔をしかめて口にする。

「親の金で飯食って、親の金で学校に行って、揚句煙草所持で停学食らってるとはいえさぁ。そしたらプライバシーとか侵害されても文句言うなってこと？」

「その議論はあとにしろ」

珍しく熱っぽく語る隆平を諌め、千尋は作業台の上で手を組んだ。

「重要なのは、なぜシガレットケースを捨てられたことに、彼女が激怒したのかということだ」

窓の外でまた、雨が降り出した。暗い空から降り注ぐ雨粒が、窓ガラスに透明な模様を描いていく。

「すぐ……戻ってくるよね？」

その空に一抹の不安を感じて、結月は心細く問いかける。

「さあな」

そう口にした千尋の双眼は、すでにその答えを知っているようにも、知らないようにも見える彩をしていた。

木下家の門限は、午後七時と決められている。ピアノのお稽古などでやむを得ず遅くなる日を除いて、愛実はそれを遵守していた。だが、母親と喧嘩をして家を飛び出していったその日、午後九時をまわっても、愛実が家に戻ってくることはなかった。

本人の携帯にかけても電源が切られており、目ぼしい友達の家にかけても来ていないと言う。警察に知らせるかどうか大人たちで話し合いがもたれる中、結月は一人、愛実を探しに外へ出た。カラオケやゲームセンター、ファミレスなど、高校生が立ち寄りそうな場所をすべてまわって、ネオンと食べ物のにおいで溢れた歓楽街にも足を運んだ。だがどこにも、愛実の姿は見当たらなかった。

「どこ行ったの、愛実……」

結月は自分の携帯から愛実へ何度目かの電話をかけたが、相変わらず電源は切られたままだ。

一旦自宅の最寄り駅に戻ってきた結月は、自宅とは逆の方向へと歩き出した。この辺りは、二つの小学校の校区がちょうど分かれる場所に位置し、通りの向こうとこちらで町名が変わってしまい、結月も引っ越してきた当初はよく戸惑っていた。確か愛実は、隣の校区から引っ越してきたのだと聞いている。もしかすると、以前通っていた学校や、昔の思い出の場所などに行っているかもしれない。

昔ながらの住宅街が続く道を抜け、信号のない小さな交差点を渡り、外灯のほとんどない路地から大きな道に出ようとして、結月は見慣れない景色に思わず足を止める。駅とは反対方向になるこの辺りには用がないため、住人以外はあまり入り込むことがないのだ。

「……あれ？」

どっちの方角へ行ってみるかと迷っていた結月は、まるでその香りに引っ張られるようにして振り返った。鼻先をかすめていく涼やかな香りは、もう間違えようもなく。

「オシロイバナ……！」

そう口にすると同時に、結月はその香りに誘われるようにして走り出した。

住宅街の中の道を抜け、小さな商店の横を曲がると、一軒家の隣の角に空間が開けているのを見つけた。そこはブランコと滑り台、それにジャングルジムがあるだけの小さな公園で、クスノキや桜の枝がよく茂っている。オシロイバナの香りは、確かにこの公園から香っていた。

こんなところに公園があるなど知らなかった。おそらく地元でもごく近所の人にしか利用されていない所だろう。だがここならば、愛実の家からでも自転車を使えば十分ほどで到着できる。

「愛実……？」

呼びかけながら公園の中に一歩踏み入ってみたが、そこに期待した姿はなかった。

だがその無人の公園の中で、風向きの加減なのか、途端に強い芳香が結月を包む。

温んだ湿気の中で、一陣の柔らかな涼風が吹き抜ける感覚。

肌に触れる瞬間は優しいのに、そのままさらりといなくなってしまう。

まとわりつくことのない芳香は、夏の夜にひそやかに生まれ。

秘め事のように、夜露に香る。

「こんなに、たくさん……！」

その光景に、結月は思わず言葉を失った。

公園の一番奥にあるベンチ、その後ろにある植え込み部分のほとんどが、オシロイバナの株で覆い尽くされていた。そして何百という数の花が、葉の姿を隠してしまうほど開いている。ゆっくりとそこへ歩み寄って、結月は外灯に照らされるピンク色の花にそっと触れる。小さい頃は、蜜を吸ったり、萎んだ花を潰して色水を作ったり、種の中の粉を取り出して無邪気に遊んだものだ。

「愛実も、ここで遊んだのかな……」

転校前、仲が良かったという友達と、他愛もない遊びをしたのだろうか。

オシロイバナの前に半ば呆然と立ち尽くしていた結月は、ふと目の前のベンチに目を落とす。コンクリートで丸太を模して造られており、背もたれのないそのベンチに、オシロイバナの株は乗り出すように迫っている。おそらくそこに座れば、背中に花が密着するようになってしまうだろう。

「ここにいたんだ……」

そこに座る愛実の姿は、容易に想像できた。彼女のパーカーについたオシロイバナの香りも、これで納得できる。

「でもどうしてわざわざ……」

母親に見つからないように夜家を抜け出して、愛実はここで何をしていたのだろう。

結月はベンチの上に残る雨水を拭いて、愛実の姿を想像しながら腰をおろした。

「ここで、誰かと会ってたのかな……？」

方角的には、結月が歩いてきた道の方を向かって座るようになり、ちょうど駅の方からの道と、もう一つの道がぶつかる位置にあるので、クスノキとフェンス越しに、その通りがよく見渡せる。そして今まさに、会社帰りらしいサラリーマンがそこを通り過ぎた。前の道を通る人間を観察するには、絶好のスポットだろう。

「……もしかして」

ふと思い当たった答えに、結月はゆっくりと背筋を伸ばした。

「……誰かを待ってた？」

この公園の前を通る、誰かを。

いつの間にか、また雨が降り出していた。濡れたアスファルトが、外灯の明かりに黒光りする。そのうちに雨は驟雨《しゅうう》のような勢いで地面を叩き、道路のオウトツを露わにするように、窪んだあたりに雨水が溜《た》まっていく。

公園を出た結月は再び駅へと戻り、電車に乗り込んで大学へと向かった。傘を持っていなかったが、駅を出てからは買う間も惜しんでおかまいなしに走った。頬を雨粒が叩く中、水溜りを踏み越え、濡れたマンホールに足を取られ、それでもスピードは緩めない。そこに彼がいないことも、行き違いになるかもしれないことも充分予想できたが、それでも今は、彼以外に心強い味方などいない気がしていた。

「……閉まってる」

大学の正門前にたどり着いた結月は、いつも空いている通用門がきっちりと閉ざされているのを、肩で息をしながら確認する。結月には大学がいつまで開いているのかわからないが、こんな状態ならもう帰ってしまっただろうか。

取り出した携帯で結月はもどかしく彼の番号を探すが、そもそも彼の携帯番号やアドレスなどを教えてもらっていない。その事実に気付いて、結月は思わずその場にしゃがみ込んだ。こんなことなら、多少嫌がられても強引に訊いておけばよかった。いつでもあの小屋に行けば会えるものと、油断していた。

「……でも、まだ手はある！」

気を取り直すようにしてひとつ息をつき、結月は履歴から隆平の番号を探し出す。従弟ならば、彼との連絡手段くらい持っているだろう。

「もしもし隆平くん⁉」

コール音が途切れると同時に、結月は急《せ》いて呼びかける。

「あい？」

何か食べている途中だったのか、不明瞭な言葉で返答する隆平に、結月は有無を言わせず頼み込んだ。

「お願い、千尋くんの携帯番号……」

そう言いかけた声は、歩道の向こうから歩いてくる男に気付いて不格好に途切れる。ちょうど今帰りだったのか、その見惚れそうな容姿には似合わない、安っぽい白のビニル傘に長身の身体を収め、ずぶ濡れの結月に気付いた千尋は、小首を傾げるようにして口にする。

「傘くらい買ったらどうだ」

耳から離した電話の向こうで、結月ちゃん？　と呼びかける隆平の声が聞こえた。

「愛実が、愛実が帰ってこないの！」

傘を叩く雨音の中で、結月はもどかしく口を開く。すでに全身が濡れそぼり、髪の毛も頬や額に張り付いてしまっている。背中を流れ落ちていくのが、汗なのか雨なのかもわからない。

「心当たりは全部探した！　カラオケも、ファミレスも、友達の家も！」

千尋は、いつもの涼やかな双眼で結月を見つめている。

「……オシロイバナがたくさん咲いてる公園を見つけたの。……でも、そこにもいなかった……」

雨音に負けぬよう、荒い息の合間に言葉を滑り込ませるようにして。

「携帯も、何度もかけてるけど出なくて……」

結月は唇を嚙んだ。今の自分には、シガレットケースを処分したと聞いた彼女が、なぜそこまで憤慨し、出て行ってしまったのかすらわからない。

「私、全然あの子のことわかってなかった……」

何かもっと、自分たちが予測しえない悪い事態に巻き込まれているのだろうか。親にも、友達にも、自分にも言えずに、一人苦しんでいるのだろうか。

「全然、力になんてなれなかった……」

うつむいて、結月は頰を伝った水滴を拭う。

そしてふと、自分の全身を叩いていた雨の感覚が消えたのを感じて顔をあげた。

「他人のすべてを、理解しようなんてことは不可能だ」

傘を傾け、その中に結月を収めた千尋は、いつも通りの涼やかな眼差しで告げた。

「その人が何を求めているか、判断することも難しい」

感情が読めないポーカーフェイスは、時折彼を極上の作り物のように見せる。

「だが、それと真実を知ることとは、また別の話だろう」

穏やかな森の香りが、結月を包んでいた。

地面に落ちる木漏れ日の先に、芽吹く若葉。風に揺れる葉音。

それは、彼が常日頃扱っている香料の混ざり合ったにおいか、それとも何か特別な調合がされたものか。

木々の生い茂る森の奥へ、連れ去られるような緑の風。

確かに彼が、そこに存在する証。

「隆平、聞こえたか？」

結月の手から携帯を取り上げて、千尋は電話の向こうの従弟へと呼びかける。

「お前に頼みがある。今から言う条件の人間を捜し出して連れてこい」

同じ傘の下で、森の香りに包まれながら結月は千尋を見上げた。

「彼女は必ず戻ってくる」

どこか確信をもって口にする千尋の双眼には、もう答えが見えているのだろうか。

「オシロイバナの咲く公園に、戻ってくる」

雨は次第に勢いを弱め、やがて鈍色《にびいろ》の空の上へと再び身をひそめた。


午後十時をまわって、住宅街の中はひっそりと静まり返っていた。先ほどまで、時折思い出したように雨雲から滴が落ちていたが、今はもう雲の切れ間に漆黒の天蓋が覗くようになっていた。

結月が先ほど訪れた公園は、数時間前の激しい雨で、地面にはところどころ水溜りができ、オウトツすら削られたようにしっとりと落ち着いていた。

ベンチの奥から、雨に打たれてなお湿気に乗って漂ってくるその香りに、結月はあの風景を再び垣間見るような感覚になる。

「……愛実」

呼びかけると、ベンチの前でその花をぼんやりと眺めるように立ち尽くしていた少女が、わずかに身じろぎした。

「どこ行ってたの？　心配したんだよ」

できるだけ落ち着いた声色を心がけ、結月はゆっくりと愛実に歩み寄る。その後ろでは、千尋が腕を組んだまま成り行きを見守っていた。

「……お母さんから、聞いた？」

前を向いたまま、愛実は尋ねる。涙を堪えるような、独特のかすれた声だった。

「うん、聞いた」

結月は、愛実から数メートル離れたところで足を止める。

「……でも、私もよくわかんないの。どうして、あのシガレットケースがそんなに大事だったの？」

愛実はゆっくりと振り返り、目に溢れるほどの涙をためたまま唇を噛んだ。泣くのを堪えているというわけではなく、結月に話してしまいたいという想いの一方で、かたくなに説明することを拒んでいるようにも見えた。

「……友達は売れない、か」

やがて、沈黙を破ったのは千尋だった。

愛実が弾かれたように、彼へと目をやる。

「誰……？」

「秋山の同級生だ」

端的に答えて、千尋は続ける。

「部外者であるオレが出てくるのは本望じゃないんだが、お前の事態が落ち着かないことには、ただでさえうるさいこいつが、余計に叫んだり暴れたりして迷惑なんだ。だからもうそろそろ本当のことを話してくれないか」

「千尋くん、そんな言い方！」

詳しい事情は分からないが、少なくともこんな時間まで家に戻らず、傷ついている愛実に、もう少し優しい言葉をかけることはできないのか。

だが千尋は、結月の言葉を遮るように続ける。

「お前が誰かをかばっていることはもうわかってる。今日の夕方に家を飛び出して、おそらく向かったのはクリーンセンターだろう？　あのシガレットケースをどうにかして取り戻そうとして」

その言葉に、愕然と目を見開いた愛実の顔色が変わる。

「何かのきっかけで偶然あのシガレットケースを手に入れたお前は、いずれそれを持ち主に返そうと思っていた。そうでなければ、そこまで必死になって取り戻そうとするわけがない。違うか？」

結月は、思わず愛実の顔を見やる。涼やかな双眼に問われ、愛実は明らかに目を泳がせた。だが、最後の意地のようなものを必死に振りかざしてごまかそうとする。

「……なんのことですか？」

千尋から目を逸らしたまま愛実は口にした。それを聞いて、千尋が小さく息をつく。

「まだとぼける気か？　お前はここの公園で、そこのベンチに座って、誰かを待っていたんだろう？　おそらくはその、シガレットケースの持ち主を」

先ほど隆平に電話をかけた後、結月が着替えるために一旦自宅へ戻る際、千尋とこの公園の近くまでやってきたのだが、その時彼からは、このあたりの情報までしか教えてもらっていない。あのシガレットケースが誰のものだったのか、愛実が誰を待っていたのか、それはまだ結月の知らない領域だ。

「でたらめ言うのやめてください。何の証拠があってそんなこと……」

「香りだ」

反論する愛実の言葉を遮るように、千尋は答える。

「お前の服についたオシロイバナのかすかな香りを、秋山が嗅ぎ取ってる」

それを聞き、一瞬言葉を失った愛実は、すぐにごまかすように息を吐いた。

「オシロイバナなんて、どこにでも咲いてるじゃないですか。昼間私が出かけた時についたものかもしれない。そんなのが何の証拠になるんですか？」

確かにその言い分は的を射ている。だが、千尋は動じることなく淡々と告げた。

「部屋着にしているパーカーについてるということは、お前が制服を着てる昼間ではなく、どこかへ遊びに出掛けた時でもなく、近所へのちょっとした外出、または、着替える時間を惜しんだり、別の服を着ていることで怪しまれないために、部屋着のまま外へ出たことを意味している」

温んだ風が吹き抜け、オシロイバナの香りを運ぶ。

「この辺りでは、通常オシロイバナは冬になると枯れてしまう。だがここは日当たりなどの関係で、冬になっても地中で根が生き残り、越冬を繰り返したせいでここまでの大きさの株に育った」

　ベンチの奥のオシロイバナを指して、千尋は続ける。

「おそらく日曜日、母親がハマっていたというドラマの間に家を抜け出したお前は、母親に外出を悟られないようにするため、部屋着のまま公園へ向かったんだ。ドラマを見ている間の一時間という時間と移動距離、それに服に香りが移るほどの大きな株のオシロイバナがある場所を考えれば、ここ以外に条件がそろう場所はない」

　断言する千尋の寸分の隙も見せない語り口に、愛実の顔から余裕が消えた。

「お前は確かに、部屋着のパーカーで夜外に出たんだ」

　追い詰められていく愛実を、結月は軋む胸を抱えながら見守る。

「……なんで私が、わざわざ夜に出かけないといけないんですか？　うちは親が厳しいから、遅い時間に一人で外に出るなんて……」

「お前の待ち人には、夜にしか会えないからだ」

　息さえつかせない返答に、愛実はついに返すべき言葉を失った。

「お前はその待ち人が、自分が待っている間にあの公園の前を通ってくれるわずかな可能性に賭けて、ここのベンチで待っていた。おそらくここはお前たち二人の、思い出の場所なんだろう」

目を見開いたまま立ちすくむ愛実に、結月は穏やかに声をかける。

「愛実……私もさっき千尋くんに聞いて知ったの」

それは自分が聞き逃した香りの声。その香りがオシロイバナの物であると知りながら、そこから先へ考えが及ばなかった。

「オシロイバナは夜開性の花で、……夕方から朝にかけてしか咲かないんだよ」

それは、昼間に傍に寄ったからと言って、服に染みつくほどの香りはつかないことを意味している。つまり愛実は確実に、オシロイバナが咲いている時間に部屋着で外へ出たということだ。

「はっきり言って、オレには関係のない話だ。お前の親や学校に話すつもりもない。そしてそれはおそらく、秋山も同じだろう」

千尋はため息交じりにそう言って、腕を組む。

「あとはお前が、秋山を信用するかどうかだ」

雲の切れ間から星が覗く。今宵の月はすでに西へと沈み、重い色の雲が流れる隙間に、薄っすらと輝く銀の光。

「……結月ちゃん、前に私が、ここに引っ越してくるまですごく仲のいい友達がいたって言ってたの、覚えてる……？」

やがて愛実は、おもむろにそう切り出した。

「引っ越したって言っても、隣の校区に移っただけだったから、メールや電話で連絡を取って、時々会ってたりしてたんだよ。でも中学校に入学した頃から、向こうからの返事がなかなか返ってこなくなって、電話をしてもすぐに切られちゃうし、いつの間にか、私が時々一方的にメールを送るような感じになっちゃって……。何か悪いことしたかなって考えたんだけど、思い当たることもなくて……」

環境が変われば、付き合う人間も変わっていく。いくら隣の校区に移っただけとはいえ、大人と違い、学校生活が生活の大部分を占める子どもたちにとって、学校が変われば一緒に過ごす人間も変わるのが常だ。

「でもね、五月の終わりに、友達に誘われて行ったファッションビルの近くで、偶然その子を見かけたの」

地面に目を落としたまま、愛実は続ける。

「平日だったけど私服で、一瞬誰だかわかんなかった。声をかけたら、ちょっとびっくりした感じで、久しぶりって言ってくれて。……メールしたんだよって言ったら、忙しくて返事返せなかったって言ってた。でもその時は、バイトだからって言ってすぐに木屋川の方に歩いて行っちゃったから、あんまり話せなくて」

その後、どうしてもまた会って話がしたいと思った愛実は、翌日ピアノ教室の帰りに歓楽街へ寄り、とあるビルの前で、脚を露わにする制服に身を包み、チラシを配っている友人を見かけたのだという。

「そのビルって、もしかして……」

思い当たる予感に、結月はかすかに身震いする。

「Jコレクションっていうガールズバーのチラシ配ってた……。そのガールズバーのことは、私の学校でも噂になってたの。現役の女子高生が働いてて、お客さんと一緒にお酒を飲んだりしてるって。だから、心配になって……」

人通りの多い道で声をかけることに勇気が出ず、機会をうかがってしばらくうろうろとその辺りを歩き回っていると、休憩に入ったらしい友人が、ビルの裏の細い路地で煙草を吸っているところを偶然目撃してしまったという。

「私はね、その子がどんな風に変わっても、ずっと友達だと思ってるし、それは今でも変わらない」

その言葉だけは、結月に真っ直ぐに目を向けて口にした。

「……でも、煙草を吸わなくても、そんな店でバイトをしなくても、生きていける道があるんじゃないかと思う。だから、そう言ったの。もうやめなよって」

だが彼女は、うるさいと言わんばかりに愛実をあしらい、煙草をふかし続けた。その時のことを思い出すように、愛実は目を潤ませる。

「……あんたに何がわかるのよって、言われた」

こんなところまで来てなんなの？

偉そうに説教垂れないでくれる？

「私はただ、昔みたいに仲良くしたくて……」

いつもいつも幸せ自慢みたいなメールばっかり送ってきて、迷惑だったのよ。

「小さい頃はいつも、私をかばってくれてたその子が、心配で……」

心配？　笑わせないで。

あんたにそんなこと頼んだ覚えないわよ。

それに私は、望んでここで働いてるの。望んで煙草を吸ってるの。

お客さんにまた来てもらうために、お酒も飲んでるわ。

全部わかってやってるの。

「……でも、そんなのウソだよ」

厚く塗ったファンデーションで隠した吹き出物。どこかくすんだ手足の色。痩せすぎた体は、肩の骨の形がよくわかるほどだった。

簡単には説得に応じない彼女に、どうにかしてわかってもらおうと、愛実はピアノ教室のたびにそこへ通い続けた。彼女が避けるようになれば、開店前の店の裏口から呼び出してもらったり、ピアノ教室をサボって、店の入口で出勤を待つこともあった。

「私なりに、ラブティのフレンドの中で、その子と同じ中学だったたって言う子とかから、いろいろ聞いたりしたんだよ。バイトならいくらでもあるのに、どうしてあそこじゃなきゃいけなかったんだろうって」

そう語る愛実の言葉を、結月は奥歯を噛みしめながら聞いた。

「そしたらね、友達の友達経由でわかったの。……高校に入学した直後に、ご両親が離婚したって。今はお母さんと暮らしてるんだって。お金がなくて、だから働かなきゃいけないんだって」

その事情を知った時に、愛実は自分を責めた。そんな事情も知らずに、ただ世間の決まりや常識に当てはめ、彼女を追い詰めていたのだと。

「そりゃ腹立つよね……。だから私、ちゃんと謝らなきゃと思って」

黙って聞いていた千尋が、小さく息をつく。それは紛れもない愛実の本心で、心から友人を案じての想いだったはずだ。

しかしそれは、受け取り手によってはひどい侮辱にもなり得る。

案の定彼女は、愛実が事実を知ったことに、それを踏まえて謝罪しに来たことに、激怒したという。

人のことコソコソ調べまわって、最低！

私のこと可哀想だって言いたいの!?

「私は、何か力になりたくて……」

毎週毎週来て綺麗ごとばっかり言ってると思ったら、今度は何？

あんたに何ができるの？　言ってみなさいよ！

親の金で暮らしてるあんたに、何の力があるの？

そして彼女は、イラついたように新しい煙草に火をつけた。

それを見た愛実は、思わずそれを奪い取ろうとしてもみ合いになり、二人して地面に倒れ込んだらしい。

いい加減にしてよ！　もう放っておいて！　なんで私にかまうの!?

小さい頃はいつも私の後ろで、びびってただけのくせに！

虫も殺さないような顔したあんたに、今までなんの苦労もなく過ごしてきたあんたに、私の気持ちなんか絶対にわかりっこない！

「……悲しかった。そんな風に思われてたことも、私の気持ちがうまく伝わらなかったことも、……その子が、そんなふうに叫ばなきゃいけなかったことも」

愛実は、頬を滑っていく雫を拭う。

「その子がビルの中に戻って行ったあと、落ちてるシガレットケースに気付いて、でも吸ってほしくない煙草を返すのもどうかと思って、そのまま家に持って帰ったの」

時折吹き抜ける温い風が、オシロイバナの甘く涼やかな香りを運んでくる。

「どうしても、もう一度ちゃんと話をしたくてまた店に行ったんだけど、もうそれ以降は会ってもらえなくなって……。だから日曜日、お母さんがドラマに夢中になってる間にこの公園に来てたの。何度か家に行ったけどいつも留守で、その子の家はここからすぐ近くだし、ここにいればバイトからの帰りを捕まえられるかもしれないと思って。……ここは、二人で小さい頃よく遊んだ思い出の場所だから……」

けれど結局、出会うことはできなかった。

結月は納得するように頷いて、口を開く。

「愛実がどうして煙草を持ってたのかはわかった。でも、それならどうして、学校にまで持って行ったの？　持ち物検査があること、知ってたんでしょ？」

持ち歩くよりも、家に置いていた方がよっぽど安全だったのではないか。結月の問いに、愛実は涙目のまま苦笑する。

「だって家に置いておいたら、絶対お母さんにみつかると思ったもん。うち過保護でしょ？　私がいない間に、私の部屋にも勝手に入ってくるし」

「じゃあ、なんで持ち物検査の時に隠さなかったの？」

結月の問いに、愛実は言葉を探すように首を傾けた。

「……そうだなぁ、なんて言ったらいいんだろう……」

迷うように視線を動かす愛実に代わって、千尋がぽつりと口にした。

「覚悟」

短い言葉に、結月は振り返る。

「覚悟を、見せたかったんだろう」

意味が呑み込めない結月を置いて、愛実は腑に落ちたように頷いた。

「私は、今まで何不自由なく暮らしてきて、その平凡で幸せな生活を、きっと世の中のほとんどの人が送ってるんだと思ってた。……でも、そうじゃない。今隣で笑ってても、家に帰って泣いてる人もいる。自分の責任じゃないのに巻き込まれて、辛い思いをしないといけない人もたくさんいる」

それは、ある日突然両親の離婚という現実の中へ突き落された、友人のように。

「私の気持ちが、どうすればその子に伝わるか考えたの。きっとあの子は、いつか学校の先生や警察に見つかったりするリスクを覚悟の上で、あそこで働いてる。……じゃあ私も同じくらいの覚悟を見せれば、話を、聞いてくれるかなって……」

友人と同じくらいの覚悟。それは愛実の中で、同罪を意味した。

「……それじゃあわざと、見つかるように煙草を持ち込んだってこと……？」

結月の問いに、愛実はどこか穏やかな顔で頷いた。

言葉が見つからずに、結月は唖然と愛実を見つめ返した。確かに、清河女学院で煙草騒動があれば、すぐにその噂は広まるだろう。今はネットのおかげで、他校の情報でも簡単に手に入る。その友人の耳にも届いていておかしくない。そこまで計算して、愛実はそれを決行したのだろうか。誰に相談することもなく、友人を説得するためだけに、自ら停学を望むなど。彼女に寄り添うために、その覚悟を見せるなど。

方法は間違っているかもしれない。

もっと違うやり方もあったかもしれない。

けれどそこに、底知れぬ意地を見た気がして、結月は瞬きする。

愛実とは、こんなにも強い少女だっただろうか。

「おーまーたーせー」

三人の空気の中に割り込むようにして、聞き覚えのある声が耳に届く。振り返ると、

Tシャツにジーンズというラフな格好の隆平が、一人の少女を連れて公園に入ってくるところだった。

「人遣い荒いよなぁ、該当者を探し出せって、オレは探偵かっつーの」

千尋の至近距離まで寄って行って、その顔を執拗に見回しながら隆平が愚痴る。

「お前のネットワークなら可能だと踏んだんだ。むしろ誇りに思え」

従兄弟同士がそんなやり取りをしている中、結月は隆平とともに現れた少女に目を留めた。着替える間もなく連れ出されたのか、ガールズバーの制服の上に、隆平が貸したらしい男物のジャケットを羽織っているのは、間違いなく、あの日ファッションビルで結月が見かけた少女だった。

「オレが隆平に指示したのは、あの歓楽街界隈の、高校生が入り込んでいてはまずい店で働いていて、なおかつ愛実と出身小学校が一緒の同級生を探して連れてこいということだ。だいたい目星はついていたから、簡単だったはずだがな」

簡単じゃねぇよ、とぼやく隆平を無視して、千尋は続ける。

「愛実が普段用のない歓楽街に足を運んだことを考えれば、そこに誰かがいたからと考えるのが自然だ。しかもその誰かは、人には言えないような場所にいる」

淡々と語る千尋を、結月は祈るように見上げた。

「煙草が見つかった後のことは、おそらく周到にシミュレーションしたはずだが、クラスメイトの目撃談は予想外だったんだ。だから、咄嗟にうまい嘘がつけずに『いなかった』ことにした」

言い当てられた愛実が、バツが悪そうに唇を噛む。

そして千尋は、真っ直ぐに愛実を見て尋ねた。

「お前の友達に、間違いないな？」

念を押すような千尋の言葉に、愛実は意を決すようにしてその名前を呼んだ。

「……杏奈」

呼ばれた少女は、愛実と目を合わせようとはせず、無言のまま地面を見つめていた。

「ごめんね、シガレットケース、返そうと思ってたのにお母さんに捨てられちゃって。探しに行ったんだけど、ゴミ、多くて見つけられなくて……。そのうち職員の人が帰るからって追い出されちゃって……」

愛実は、零れ落ちる涙を拭いもせずに続ける。

「それから、それから私、全然杏奈の事情とか知らなくて、勝手なことばっかり……」

「馬鹿じゃないの？」

愛実の言葉を遮って、その声は冷たく響いた。

「馬鹿じゃないの？　自分が停学になって何か変わるとでも思った？　私があの店を辞めて、普通の高校生活を送れるようになるとでも思った？」

結月は複雑な思いでその杏奈の言葉を聞いた。愛実の想いもわかる。だが、杏奈の気持ちも痛いほどわかる。冷たい現実を見ている彼女にとって、愛実のやっていることは茶番にしか過ぎないのだ。

「あんた一人が停学になろうが、私の人生には何の影響もないの！　毎週毎週バイト先に来たって、全部無駄なのよ！」

「違うの杏奈！　私はただ、話を……」

「今日だって何かと思って来てみたらこんなこと!?　いい加減にしてくれる!?」

「待って、ちょっと落ち着いて！」

居たたまれず、結月は思わず間に入った。

「愛実は、あなたと話がしたかっただけなの。ほんの数分前まで、あなたのことは誰にもしゃべってないよ。煙草も自分の物だって言い張って、家族にも、私にも教えてくれなかった。私も、向こうの二人も、このことは誰にも言うつもりない」

結月は口にする言葉を慎重に選んだ。どうすれば伝わるだろうか。どうすれば愛実の想いを、彼女に知らせてあげられるだろうか。

「愛実はただ、あなたに本心を伝えたかっただけなの。だからずっと、オシロイバナのあるここで待ってたんだよ。ここは二人の思い出の場所なんでしょ？」

季節が巡り、歳をとっても、ここにはいつでもあの頃のままの香りがある。幼い二人の笑顔を、この香りは知っているのだ。

「……そんなこと……頼んでません」

幾分声のトーンを落としながらも、杏奈はこれ以上傷つくことを拒む目をする。

「……ひとつだけ教えてくれないか」

結月が言葉を探している間に、千尋が問いかけた。

「シガレットケースの中には、何があったんだ？」

その瞬間、杏奈が息を呑む。

「中に一体何があったのか、知っているのは愛実だけだ。オレたちも教えてもらってない。ただひとつ確かなのは、その中身に気付いたからこそ、愛実はそのシガレットケースを必死で取り戻そうとしたということだ」

千尋の問いに、杏奈はしばらく無言のまま地面を見つめていた。だがやがて、すべてを拒絶する目を千尋に向ける。

「もう捨てられてしまったもののことなんか、どうでもいいでしょ」

それは確かに千尋に向けられた言葉だったはずだが、同時に愛実へも投げつけられたもののような気がした。

「もう私に関わらないでください。迷惑です」

静かに、だが強い口調でそう言って、杏奈はそのまま走って公園を出ていく。

「待って杏奈！」

愛実が呼び止める声も、彼女には届かなかった。

「追いかける？」

隆平が親指で杏奈の走り去った方角を指して、千尋に尋ねる。

「……いや、今連れ戻しても、まともに話はできないだろう。というか、話し合いそのものを拒否してるからな」

千尋が小さく息をついた。

結月はやりきれない想いに、胸のあたりを押さえる。高校二年生の少女が、どうしてあそこまで頑なになるほど、辛い思いを背負わねばならなかったのだろう。一番輝くはずの十代の時間に、なぜ早く大人になりたがって、夜の街へ出なければいけないのだろう。

それを救う大人は、誰一人いなかったのか。

「……ごめんね結月ちゃん。それにお二人も。迷惑かけてすいません……」

涙を懸命に堪えて、愛実が頭を下げた。

「だめだね、私。何やってるんだろう。全然杏奈に伝えられなかった……」

無理に笑おうとして、涙がこぼれる。

「もう諦めます。……杏奈も、関わってほしくないみたいだし」

その言葉に、千尋が目を向けた。

「それでいいのか？」

涼やかな双眼を正面で受け止めて、愛実は頷く。

「はい。……もう、いいんです」

温んだ風に、オシロイバナの香り。

数年前、この香りの中で二人は無邪気に笑っていたのに。

「…………よくない」

決して大きくはないが、珍しく低い声できっぱりと発音した結月の言葉に、隆平が驚いたように振り返る。

「全っ然よくない！」

他の三人が呆気にとられる中、結月は拳を握りしめて腹の底から叫ぶ。

「このまま黙って見過ごせない！」

これではあまりにも二人ともが不幸だ。不干渉のままやり過ごしても、必ずしこりが残るだろう。大人になった時、必ず今日のことを思い出すだろう。それに、杏奈にわかってほしかった。幼い頃、彼女がかばっていた相手が、今その背で彼女を守ろうとしていることを。

「でもさぁ、超迷惑そうだったけど？」

ジーンズのポケットに手を突っ込んで、隆平が渋面を作る。

「これ以上追いかけても、逆効果っていう気もしねぇ？」

「じゃあこのまま放っておくの!?」

「いやまぁ、そうは言ってねぇけど」

「じゃあどうすれば」

隆平の胸倉を摑みかねない位置で叫んだ結月は、不意に声を奪われるようにして言葉を切った。

「……結月ちゃん？」

不思議がった隆平が声をかける。何事かと千尋たちも目を向ける中、結月は半ば呆然として隆平を見上げた。

「……隆平くんから、杏奈ちゃんと同じようなにおいがする」

花ともフルーツとも例え難い、あの甘い香り。しかしあの油っぽさはなく、その心地いい香りだけが結月の鼻をくすぐった。

「え、何？　オレ別に香水とかつけてねぇけど？」

慌てる隆平を前に、結月は口を尖らせてその香りを確かめる。

「これ……せっけんのにおい？」

杏奈から漂っていた香りは、隆平から香るものよりももっとばらつきがあったように思う。ひとつひとつの香りが弱く、調和がとれていない感じがしたのだ。だが今隆平から漂うのは、結月も嗅ぎ慣れたせっけんの香りのはずだ。

「……確かに、ここに来る前に風呂に入って、せっけんの香りのボディソープで隅から隅まで綺麗に磨いてきたけど？」

至近距離でにおいを嗅ぐ結月に若干戸惑いつつ、隆平が答える。

「……ていうことはつまり、私が杏奈ちゃんから感じてたのは、せっけんのにおいってこと？　でも全然せっけんぽくなかったよ？」

首を捻る結月に、千尋が目を向ける。

「せっけんの香りというのは、各メーカーや製品によって異なるが、大本は、花王《かおう》が発売しているホワイトというせっけんの香りが基準だと言われてる。ローズなどの花の香りに、合成香料であるアルデハイドなどを混ぜて作られたものだ」

せっけんの香りとつけられた製品はよく見かけるが、そこにこんな基準があることなど、結月は知る由もない。

「おそらく、杏奈がつけていた香りは劣化していたんだ。香りの調和が崩れ、その濃度も落ちていた。だからこそお前は、せっけんだとわからなかった。そもそもせっけんの香りの印象は、各々によって違っても不思議じゃない。自分の中のにおいの記憶と一致しなければ、お前なら違う何かだと判断するだろう。隆平がつけていたアイスベリーを、ラズベリーだと認識できなかったように」

具体的な例を出されて、結月と隆平は納得するように頷いた。

「じゃあ杏奈ちゃんは、オイルが含まれた、せっけんの香りがする何かをつけてたってことか……」

「結月ちゃん」

愛実に呼びかけられ、結月は慌てて振り返る。ついつい香りのことで夢中になってしまったが、今はそれどころではなかったのだ。

「ご、ごめんね愛実！　杏奈ちゃんのこと、一緒に考え……」

「あげたの」

結月の言葉にかぶせて、愛実が急ぐように口にした。

「私あげたの、受験の時杏奈に」

結月を見上げる愛実の目が、涙で潤む。

だがそれは、決して悲しみではなく。

「受験がんばろうねって、手紙と一緒に、……せっけんの香りの練り香水」

「え……」

結月は愕然と目を見開いた。

「練り香水って、あの固形の？　メンタームみたいな感じのやつ？」

尋ねる隆平に、千尋が頷く。

「そうだ。キャリアオイルと香料を混ぜて作る。受験の時に贈ったのなら、メーカーや使い方にもよるが、香りが弱くなったり、劣化していてもおかしくはない」

千尋は腕を組み、淡々と口にする。

「……それでも使い続けているのは、なぜか？」

捨ててしまうこともできるのに。

他の香りを身につけることもできるのに。

周りの人間が気付かないほど香りが弱くなっても、それを使い続ける理由。

「目に見えることだけが、すべてじゃないからな」

捕えられた双眼に、結月はかすかに身震いする。

そして生まれた答えは、確信へと変わった。

「……本当に愛実のことを鬱陶しく思ってたら、そんなの身につけるはずないよね？」

その言葉を、結月はしっかりと声にする。

だってそれは、親友がくれたものだから。

幸せだったあの頃を、象徴するものだから。

愛実が涙目のまま、口元を手で覆った。

「……素直じゃねぇなぁ」

ジーンズのポケットに手を突っ込んで、隆平が苦い顔で口にする。

「ほんとだね……」

結月はそれに同意するように苦笑した。

会いたい。でもみじめな自分は見せたくない。

話したい。でも変わってしまった自分はどう思われるだろう。

好きなのに妬ましい。友達なのに遠ざけたい。

信じているのに、拒否してしまう。

気持ちと言葉は裏腹で、心が揺さぶられるほどの葛藤を、杏奈は抱えているのかもしれない。

それは、子どもと大人の狭間のように。

「とりあえず急いで行くよ、愛実」

覚悟を決めるように顔をあげると、結月は愛実に歩み寄る。

「で、それ持ってもう一回杏奈ちゃんのとこ行こう」

「……え？」

呆気にとられている愛実に、結月は当然のように答える。

「何が入ってたのか知らないけど、大事なものがあの中にあったんでしょ？」

それはきっと、二人にとっての大切な思い出。環境が変わり、生活が変わっても、杏奈が手放さず傍に置いておいたもの。

「探しに行こう。杏奈ちゃんのシガレットケース」

雨上がりの公園に、あの頃と変わらないオシロイバナがにおい立つ。

香、満ちる

高校入学直後の両親の離婚により、今までの生活から一変してしまった杏奈は、それを周囲に知られることを嫌がるようになった。そのため友達づきあいも極端に減り、元々の明るい性格も身をひそめてしまったという。

杏奈を引き取った母は仕事にも就かずに新しい男の元へ通い、父が財産分与として残してくれた家で、杏奈はすべてのことを自分でやらなければならなくなったのだ。思い出したように家に戻ってくる母が時々お金を置いていくこともあったが、毎月の授業料や食費、光熱費などは、到底賄うことができなかった。

件《くだん》のバイトを始め、明朝まで勤務することもあり、次第に荒《すさ》んでいく杏奈は、クラス内でも遠巻きに見られていたようだ。そのせいで、学校では一人で過ごすことが多かったという。孤独の中、いつしか父が吸っていたマルボロを吸うようになり、そんな彼女と唯一連絡を取り続けていたのが愛実だったのだ。

「杏奈ちゃん的には、すごく複雑だったと思うよ。自分と愛実を比べただろうし、でも一方で、愛実だけは変わらないんだって、ずっと友達だって思ってる部分もあっただろうし」

週末の金曜日、授業終わりにいつものように小屋へとやってきた結月は、愛実から送られてきたメールを眺めながら口にする。相変わらずその携帯には、麻婆豆腐のストラップがぶらさがったままだ。

「でもそれが、マルビルで愛実が他の友達と一緒にいるところを見ちゃったことで、さらに複雑な感情になったんだと思う。別の世界の人っていうか、ああやっぱり、あの子と自分は住んでる世界が違うんだって。だから、素直になれなかったんじゃないかなぁ」

それは、親愛と嫉妬の紙一重のバランスかもしれない。

「女の子の友情って、その辺複雑だから」

しみじみと頷く結月に、千尋は手元の本に目を落としたまま尋ねる。

「それで、その後どうなったんだ？　このオレまでゴミ漁りに付き合ったんだ。それなりの結果が出たんだろうな？」

あの日、愛実を連れて公園を出た結月たちは、そのままクリーンセンターに乗り込んだ。公園に現れるまで、クリーンセンターの職員に頼み込んでシガレットケースを探させてもらっていたという愛実が聞いてきた話によると、この自治体では不燃物ゴミは翌日になってから粉砕され、選別されるのだという。つまり、タイムリミットは翌朝までということだった。

「もしかしたら間に合わないかと思ったけど、見つかるもんだねぇ」

一昨日のことを思い出し、結月はなんだか無性におかしくなって肩を震わせる。夜中から朝にかけて、四人でゴミを漁っていたなどシュールすぎる。

「あれが可燃ゴミだったら、もっと悲惨なことになってただろうな」

当時を思い出すようにして、千尋がげんなりと息を吐いた。

夜中の十二時頃から探し始めて、もう外が完全に明るくなった午前七時過ぎ、巨大な倉庫のようなところに詰め込まれた、膨大なゴミ袋の山の中で、愛実がシガレットケースを発見した。最悪、クリーンセンターの営業時間までかかるかと思っていたが、千尋が言うように、可燃ゴミに比べて格段に数が少なかったことなどが功を奏し、ぎりぎり間に合ったのだ。まさか本当に見つけるとはね、と、夜中に施設へと入る段取りを組み、さらに早朝駆けつけてくれた隆平の知り合いも、ピアニッシモをふかしながら呆れたように驚いていた。

「あの後シガレットケースを持って行って、ちゃんともう一度話をしたら、杏奈ちゃんもわかってくれたって。二人して泣き笑いして仲直りしたみたいだよ」

結月は千尋に、愛実から送られてきた添付画像を見せた。あの公園で撮られたらしいそれには、制服姿の愛実と杏奈が、ピースサインをして笑って写っている。

「いいでしょこの写真。待ち受けにしちゃった。あ、それから杏奈ちゃんの家のことは、ちゃんと市のそういう係に相談するって。今までは学校に知られたくなくて避けてたみたい。奨学金とかもあるし、きっと何とかなるよね」

結月の携帯からまた本へと目を戻して、千尋は深々と息をつく。

「解決してなによりだ」

このオレがゴミを漁ったとか、このオレが徹夜で作業してやったとか、高飛車な物言いが見え隠れするものの、その言葉は千尋の本心で間違いないだろう。

「あ、そういえば隆平くんは？」

いつもならちゃっかりここで涼んでいる従弟が、今日はまだ顔を見せていない。徹夜明けだった昨日は、さすがにここへ顔を見せることなく帰ったようだが、今日あたりまたやって来るはずだ。

「そもそも高校生がここへ来るのは違反なんだ。別に来ないなら来ないで……」

そう言いかけた千尋の言葉が、戸口に見慣れた姿を見つけて途切れる。

「あ、隆平くん、おつか……れ……？」

いつもと同じように声をかけようとした結月は、彼にしては珍しくのそのそと歩き、なんだか背筋も丸まってしまっている隆平に、何事かと千尋と目を合わせる。

「……どうしたの？」

恐る恐る尋ねた結月に、隆平はふらつく足取りで作業台までたどり着くと、そのまその上に突っ伏した。

「……地獄だった……。オレは地獄を見た……」

「地獄？」

教室に閻魔《えんま》大王《だいおう》でも召喚されていたのだろうか。首を捻っていた結月は、自分の携帯に表示された日付を見つけて、あ！　と叫んだ。

「今日金曜日！」

それは確か、仙風館高校期末テストの、第一日目ではなかったか。

「……よりによって世界史……よりによって今日が世界史とか……。せめて土日挟んだ月曜なら丸暗記でなんとかなったのに……なんで今日が世界史……」

作業台にべったりと頬をつけたまま、隆平は死んだ目で呪いの言葉を吐く。

クリーンセンターで夜を明かしたのが木曜の朝。それから真面目に学校へ行った彼は、どうにかすべての授業を受けたものの、その日は夕食も取らずに眠りについたらしい。そして今朝登校してみたら、授業ではなくテストだったということだ。

「それは……なんというか……ご愁傷様……」

確かにこの一週間、愛実のことで彼にはいろいろと協力をしてもらった。テスト直前に悪かったとは思うのだが、まさか今日の今日まで本人が忘れているとは。

「これはもう、結月ちゃんにお詫《わ》びしてもらうレベル……」

「た、確かにいろいろしてもらったことには感謝してるけど、テストのこと忘れてたのは自分なのに⁉」

「メシ一回な」

作業台に張り付いたまま目を向けられ、結月は唸るように口をつぐむ。なんだか腑に落ちないが、協力してもらった以上、食事の一回くらい連れて行くのが人情だろうか。だがそうなると、千尋だけ置いていくわけにもいかない。そんなことを思って、ちらりと千尋を見やる結月に気付き、隆平が悟ったように口を開いた。

「あ、ちょうどいいじゃん。三人で出かけてメシ食って、その時皆で結月ちゃんの香水選べば……」

そう口にしておいて、隆平がにわかに顔色を変える。

「それ内緒って言ったでしょ⁉　なにさらっとばらしてんの⁉」

作業台に伏せている隆平を摑み起こす勢いで、結月は小声ながらも強い口調で責め立てた。

「ご、ごめん！　わざとじゃねぇって！」

「絶対黙っててって言ったのに！」

「オレ今、頭のネジ緩んでるし」

「香水がどうかしたか？」

香りのことに関しては地獄耳の千尋に問われ、結月は一瞬息を詰めた後、盛大なため息として吐き出した。もう後の祭りか。

「結月ちゃんが香水買いたいんだって。別に変なことじゃねぇだろ？」

ごまかすのは無駄だと思ったのか、開き直るように隆平が体を起こした。

「だから千尋にアドバイスもらえばいいんじゃね？　っていう話」

簡潔に説明した隆平に苦い目を向ける結月に、千尋がどこか不思議そうに首を捻る。

「秋山が、香水？」

そう改めて問われると、なんとなく恥ずかしいのはなぜだろう。

「……ゼミの子に勧められて、やっぱり、香りとかつけた方がいいのかなと思って。ほら、普段からこういうとこにいるし、香りを身につけるのって素敵だなって……」

結月は弁解するように説明する。

「でも、あんまりピンとくる香りがなかったんだよね……」

確かに、自分のお気に入りの香りを身につけるのは素敵だと思った。それで周りから大人っぽいと思われたり、印象に残ったりするのに憧れもする。しかし一方で、何か違うと呼びかける声が自分の中にあったのも事実だ。そしてそれは、愛実と杏奈の件に関わったことにより、確信へと変わったような気がする。

「きっと私にふさわしい香りが、もっと他にちゃんとあるような気がするの」

高校生がラッシュブリーズを身につけるように。

杏奈があのせっけんの香りを身につけるように。

「そしてたぶんそれって、焦って探しても見つからないと思う」

結月の言い分に、千尋は黙って耳を傾けていた。

「だからもういいの。香水探しはおしまい」

結月はそう宣言して、自分でも納得するように頷く。

背伸びもせず卑下もせず、今の自分に合った香りがきっとあるはずだ。

自分の知らないところで話題にされ、知らないうちに解決してしまった一部始終に、千尋はしばらく小首を傾げていたが、そのうち気を取り直すようにして本のページをめくった。

「それで、お前の方はどうなんだ？」

唐突に尋ねられ、結月は自分に問われているのだと数秒遅れて気付く。

「どうって、何が？」

せめて哀れな隆平のためにアイスコーヒーを淹れてやろうとしていた結月は、冷蔵庫の前で振り返る。香水の話は、もうカタが付いたはずなのだが。

目が合った千尋は、普段通りの涼やかな目で答える。

「ノート集め」

「ノート集め？」

首を傾げて素直に繰り返して、結月は一気に青ざめる。

「ノート集め!!」

絶叫する結月に、千尋がうるさそうにこめかみのあたりを押さえた。

そうだ、隆平を慰めている場合ではない。すっかり忘れていたが、再来週には自分も試験期間に入ってしまう。しかしまだ必要なノートが半分ほど揃っていなかった。

「どうしよう、忘れてた！　完全に忘れてた！　……で、でも、まだ一週間あるし、間に合う……、うん、ま、間に合うよね⁉」

「一週間もありゃ余裕じゃん！　オレなんかあと二日しか、この土日しかないのに、どうやってあと九教科も……！　数Bが……数Bがっ」

何やら叫んだと思った隆平が、再び作業台の上に崩れ落ちる。

「……ね、ねぇ千尋くん、確か、人類史Iの授業一緒だったよね？」

ダメ元で尋ねてみたが、案の定千尋からは体の芯まで凍りつきそうな、凍てつく眼差しが返ってくる。

「それがどうかしたか？」

「……なんでもありません……」

そう言って引き下がって、アイスコーヒーを淹れていた結月は、数秒黙った後に、やっぱ無理！　と叫んで、再び千尋の胸倉を掴む勢いで頼み込む。

「どう考えても千尋くん以上に綺麗なノートとってそうな友達が思い当たらない！　啓太くんとは違う授業だし、ゼミの子のノートは私と同レベルだったし、友達の友達の、そのまた友達のノートは、いろんな人のとこ回ってて、いつ手元に来るかわかんないし!!」

「断る。お前に貸したら、絶対ノートに食べ物のカスが挟まってそうだしな」

「挟まないから！　気を付けるからぁ！」

「千尋！　結月ちゃんにノート貸すなら、オレの数B代わりに受けてくれ！」

「ねぇ千尋くん、私たち友達でしょ⁉　友達のピンチは救うものだよ！」

「オレなんか従弟！　従弟だし血縁だし！　助けるの当然っていうか！」


あの日、ゴミの山から発見したシガレットケースの中には、一枚のプリクラが貼られていた。まだ愛実が引っ越す前、あの公園で一緒にオシロイバナを摘んで遊んでいた頃の二人が、当時の日付と、二人で書いたメッセージとともに、幼い笑顔を向けてフレームに収まっているものだった。

そして今、結月の手元に送られてきた添付画像にも、手書きアプリを使って、当時と同じメッセージが描かれている。『ずっと友達だよ』と。


「そういうのを、自業自得っていうんだ」

まとわりつく結月と隆平を冷たくあしらって、千尋はまた本を読み始める。結月は隆平と顔を見合わせて、慰め合うように肩を叩き合った。

けれどそんな光景とは裏腹に、小屋の中に満ちるのは、心地よい七色の香彩。

季節ごとに姿を変える木々や、喉の渇きを潤す水、そんなものと同じように、自分たちを取り巻く香りは、目には見えないけれど、ひそやかにこの世界を創っている。

そして耳を傾けてやれば、驚くほど饒舌《じょうぜつ》に彼らは語っているのだ。

人がこの目で見ることのできない、想いや願いを。

「あ、晴れてきた!」

アイスコーヒーを片手に結月がふと窓から見上げると、雲の切れ間に青空が覗いていた。なんだかその鮮やかな色を、久しぶりに見た気がする。思わず窓を開けると、梅雨の終わりの湿気と熱気が混ざった塊が、ぶつかるようにして結月を包んだ。

陽に照らされる土と、雨期を経ていっそう勢いを増した緑の草木。それに雫を纏《まと》ってなお、凛と咲く花々。辺りに漂うそれらの香りを、結月は胸いっぱいに吸い込む。

そして熱い風の端に、一片《ひとひら》の夏のにおいを捕まえた。

了

あとがき

執筆中、いろいろな資料を購入して読んだり、ネットで調べたりするのですが、パソコンの検索履歴が「女子高生　におい」とか「制汗剤　人気」とかで一杯になってきたとき、もしも今、何かのきっかけで強制捜査とかが入ってパソコンを押収されたらどうしよう、という妙な不安を抱えていた浅葉《あさば》です。刑事さん、私は変態ではありません。

さて、前作から一年を経て、ようやく新しい物語をお届けすることができました。思えば、一年前に女性作家で行った旅行先で「香りの話を考えている」という話をし、今年の旅行では「香りの話のタイトル何がいいかな?」と話していたという、デジャヴのような有様でした。おかげでH田M日さんからは、おいしい牛乳をヒントに『いいにおい』という、深夜に大爆笑をかっさらった素晴らしいタイトルの提案をいただいたのですが、担当様たちからは「おもしろいですねー。ところでタイトルの件ですが……」と華麗にスルーされるという、ちょっとしょっぱい末路を辿《たど》ったことをここに記《しる》しておきます。

今回の執筆でも様々な方からご協力をいただきました。名古屋のとある香舗様、某サイトご亭主様、そして某企業資料館の職員様。いただいた情報をすべて使い切ることはできませんでしたが、それでも何とか形にすることができました。改めてお礼を申し上げます。

また、いつまでたっても「まだ書いてる」「修羅場なう」と言い続けていた私を生温かく見守ってくれていたアンラッキーズ、友人家族親戚ご先祖様にも変わらぬ愛と感謝を。そしてべらぼうにお忙しい中、表紙を引き受けてくださったｔｏ·ｉ８様、香り立つような素晴らしい絵をありがとうございました！

今回より二人の担当編集様で見ていただいたのですが、没ネタが百六十ページを超えるという、いろいろ迷走しすぎた私をここまでお導きいただき、本当に感謝しております。「主人公の印象をもっと強くしましょう」「しました！」「やりすぎです！」というやり取りも、今となってはいい思い出……いや、あの、すいませんでした……。今後ともよろしくお願いいたします。

最後になりましたが、この本を手に取ってくださったあなたにも、小さな香りの声が届きますように。

またどこかでお目にかかれることを祈っております。

二〇一三年四月吉日　春霞《はるがすみ》に浮かぶ海峡の大橋を眺めて　浅葉なつ

参考文献

『アロマテラピー検定 公式テキスト2級』 公益社団法人日本アロマ環境協会編
『香道入門』 淡交ムック（淡交社）
『香道の歴史事典』 神保博行著（柏書房）
『調香師の手帖 香りの世界をさぐる』 中村祥二著（朝日新聞出版）
『日本の香り物語―心に寄り添う香りのレシピ』 渡辺敏子著（八坂書房）
『はじめてのアロマテラピー』 佐々木薫監修（池田書店）

五十音順

浅葉なつ

著作リスト

空をサカナが泳ぐ頃（メディアワークス文庫）
山がわたしを呼んでいる！（同）
サクラの音がきこえる　あるピアニストが遺した、パルティータ第二番ニ短調シャコンヌ（同）
香彩七色　～香りの秘密に耳を澄まして～（同）

メディアワークス文庫

香《こう》彩《さい》七《なな》色《いろ》
～香《かお》りの秘《ひ》密《みつ》に耳《みみ》を澄《す》まして～

浅《あさ》葉《ば》なつ

2013年6月25日　初版発行
2024年12月5日　7版発行

発行者　山下直久
発行　株式会社KADOKAWA
〒102-8177　東京都千代田区富士見2-13-3
0570-002-301（ナビダイヤル）
装丁者　渡辺宏一（有限会社ニイナナニイゴオ）
印刷　株式会社KADOKAWA
製本　株式会社KADOKAWA

●お問い合わせ
https://www.kadokawa.co.jp/（「お問い合わせ」へお進みください）
※内容によっては、お答えできない場合があります。
※サポートは日本国内のみとさせていただきます。
※Japanese text only

※定価はカバーに表示してあります。

Printed in Japan
ISBN978-4-04-891751-3 C0193

メディアワークス文庫　https://mwbunko.com/

本書に対するご意見、ご感想をお寄せください。

あて先
〒102-8177　東京都千代田区富士見2-13-3
メディアワークス文庫編集部
「浅葉なつ先生」係

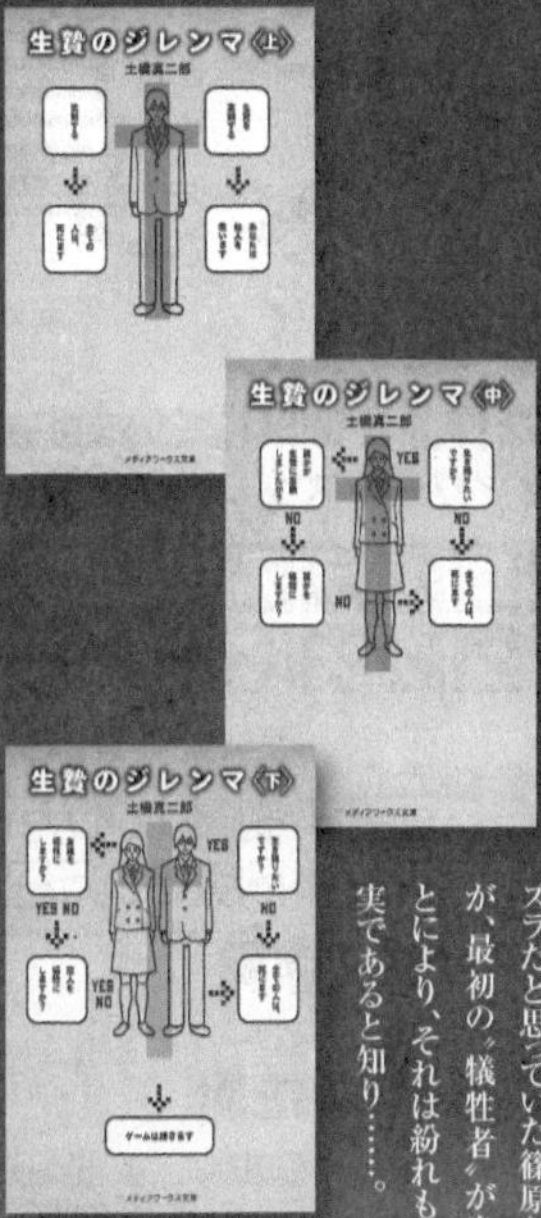

今から三時間後に
あなたたちは全員死にます。
ただし生き残る方法もあります、
それは生贄を
捧げることです。

卒業を間近に控えた篠原純一が登校してみると、何故か校庭には底の見えない巨大な〝穴〟が設置され、教室には登校拒否だった生徒を含むクラスメイト全員が揃っていた。
やがて正午になると同時に何者かから不可解なメッセージが告げられる。最初はイタズラだと思っていた篠原たちだが、最初の〝犠牲者〟が出たことにより、それは紛れもない事実であると知り……。

誰かを助けるために貴方は死ねますか――？
『殺戮ゲームの館』の土橋真二郎が贈る衝撃作！

生贄のジレンマ〈上〉〈中〉〈下〉

著●土橋真二郎

〈上〉と-1-3 ISBN978-4-04-868932-8
〈中〉と-1-4 ISBN978-4-04-868933-5
〈下〉と-1-5 ISBN978-4-04-868934-2

発行●アスキー・メディアワークス